岩 波 文 庫

32-223-4

エ リ ア 随 筆 抄

チャールズ・ラム著
南 條 竹 則 編 訳

岩 波 書 店

Charles Lamb

ELIA

1823

THE LAST ESSAYS OF ELIA

1833

目　次

エリア随筆抄

南洋商会①

読者よ、貴方(あなた)が英蘭銀行(ぎんこう)から——(仮に私のようなしがない恩給取りだとして)半年ごとの配当をもらった帰り——ドルストンかシャックルウェルか、どこか北の郊外の隠(かく)れ住居(ずまい)に向かう馬車の座席を取るために、フラワー・ポット亭②へ行く道すがら——左手に物悲しい様子の、構えは立派な、煉瓦(れんが)と石造りの建物が立っているのにお気づきになったことはないだろうか? そこはちょうどスレッドニードル街③がビショップスゲイト街と交わるところである。きっと、貴方はその壮麗な門にしばしば見惚(みと)れなさったことだろう。その門はいつも広く開いていて、回り廊下に柱の立ち並ぶ荘重な中庭が覗(のぞ)かれるが、出入りする人間はほとんどなく——バルクルーサ*の城のように荒れさびれている。

*我はバルクルーサの城壁を過ぎぬ。彼(か)の場所は寂しかりけり。④　——オシアン〔原註〕

ここはかつて商館であり——忙しい利害の中心だった。商人達がここに群れをなし——欲得の鼓動がドキドキと脈打っていた——今でも多少の仕事はここで行われているが、魂はとうにこの場所から逃げ去ってしまった。ここには今も豪壮な柱廊付きの玄関が見られる。いかめしい階段があり、事務室は宮殿の儀式の間のように広い——だが人気はなく、いるとしても事務員がほんの二、三人、ちらほらとウロついているばかりである。それよりも更に神聖な、内部の重役室や委員室には、使丁や門番の老いて尊むべき顔が見え——特別な式典の日には、かしこまった重役連が(空配当を告示するために)、マホガニーの立派なこしらえだったが、今は虫喰いだらけの長いテーブルに着く。そのテーブルには色変わりのした金被せ革の覆いがかかり、もう乾ききって久しい巨きな銀のインク入れが載っている——⑤樫の板張りの壁には物故した歴代の総裁と副総裁、アン女王、それにブランズウィック朝の最初の二人の君主の絵がかかっている——途方もなく大きな海図は、後の発見によって時代遅れになってしまった——埃をかぶったメキシコの地図は夢のようにぼんやりとしている——そしてパナマ湾の水深測量図!——長い廊下にはバケツがいたずらに列をなして壁からブラ下がっているが、その壁の素材は世の終わりの大火事でもない限り、いかなる火災にも持ちこたえるだろう⑥——こうしたもののすべての下には広大な地下室があり、かつてはそこに、マモンの孤独な心を慰めるため、ドルやイスパニヤ・ドルが「日の目を見ぬ財宝」⑦として貯えられていた——しかし、それもとうの昔に使い果たしたか、あるいは彼の有名な〝泡沫〟がはじけた時の風で、空に吹き散らされてしまった――

南洋商会はこのようなところである。少なくとも、私が四十年前に知っていた頃⑧はこのような――壮麗な遺物だった！　その後いかなる様変わりがあったか、たしかめる機会を持たない。〝時〟は、むろん、それに生気を与えてはいないであろう。いかなる風も、眠れる水の面を生き返らせてはいまい。今頃はいっそう厚い澱みがその上に溜まっていよう。あの頃、使われない元帳や日記帳を喰い荒らしていた蛾はもう掠奪をやめたが、身の軽い末裔どもがそのあとを継いで、単式複式の帳付けの間に素敵な雷文模様をこしらえている。塵埃の層が古い層の上にふりつもったろうが（汚物の複妊娠だ！）、かつてその埃を乱す者とては稀で、時たま好事家の指がアン女王時代の簿記法を調べようとするか、あるいは、もっと卑俗な好奇心にかられて、あの途轍もない大ペテンの謎をいくらかでも解こうとするくらいのものだった。くだんの詐欺事件の規模をふりかえる時、今日びのけちな受託金横領者どもは、とても信じられぬといった賛嘆の念と、自分もそれくらいのことをやってみたいという叶わぬ野心を顔に浮かべる。それはあたかも現代の陰謀家がヴォークス⑨の人間離れした企みの巨大さを思う時、そのちっぽけな顔に浮かびそうな表情である。

〝泡沫〟の霊に平安あれ！　誇り高き商館よ、汝の壁には静寂と欠乏とがかかって、汝を記念している！

汝は活発な生きた商業の中心に――投機の苛立ちと狂熱のさなかに――位置しているため、近くの英蘭銀行や王立取引所やインド商会は、現在繁栄の真っ盛りにあって、廃業した貧しい隣人にすぎぬ汝を偉そうな顔で見下している――だが、用もなく沈思に耽るだけの人間――私のような人間にとっては、古き商館よ！　汝の静けさにこそ魅力がある――憩いが――仕事を離れた涼しさが――ほとんど僧院の如き安逸がある――その好もしさよ！　夕暮れ時、私は如何ばかりの敬意を胸に抱いて、汝のがらんとした大部屋や中庭を歩きまわったことだろう！　それらは過去を語っていた――今は世になき会計係の亡霊が、耳に幻のペンを挟み、生前と同じようにかしこまって、私の傍らを通り過ぎた。生きている現実の会計や会計係は私の苦手である。私は計算が不得手なのだ。しかし、汝の死せる大冊の帳簿――当節の堕落した事務員では、三人がかりでも、それを安置している棚から持ち上げることの出来ない帳簿は――古めかしい風変わりな唐草模様や、絡み合った朱の線の装飾が入っていて――金額は三段に分けて記入され⑽、形ばかりの余計な零がついている――書き出しは敬虔な祈りの文句で始まるが、信心深い我々の先祖は、それなくしては商用の帳簿や積荷の証書すらも敢えて開かなかったのだ――帳簿のうちのあるものには高価な犢皮紙の装丁が施してあり、それを見ると、どこかのもっと良い書庫へ⑪入って来たような気がする――こうしたものはまことに愉快で、ためになる観物である。私はこれらの滅びた竜なら、悦に入ってながめることが出来る。汝の重い、妙な形の、象牙の柄のついたペンナイフは(我々の先祖の持物は何でも、今の人間の好みより大ぶりだった)ヘルクラネウム⑫から発掘された如何なる出土品にもひけをとらない。粉箱⑬など、当節の物はすっかり退化してしまった。

記憶にある南洋商会の事務員自体――私は四十年前のことを言っているのだが――そのあとに関わりを持った官庁の人間とは、まったく気風を異にしていた。かれらにもこの場所の魂がしみついていたのだ!

かれらはおおむね(くだんの会社はあり余るほどの給料をくれなかったから)独身者だった。概して(することもさほどなかったので)風変わりな、思索に耽る性質の人間だった。昔気質だったが、それは先に述べた理由による。一癖ある連中だったが、それは十人十色だったからである。若い頃に集められて同僚となったのではなく(そうした場合、集団の構成員はお互いに似て来る傾向がある)、大部分は成年または中年に達してからこの商会へ入ったので、いきおい各人の習慣や奇癖を無条件に、いわば共同の蓄えの中へ持ち込む格好になった。かくして、かれらは一種のノアの箱舟をつくっていた。変わり者の集まり。俗人の僧院。実用よりも見栄のために大家が養う家の子郎党。しかし、おしゃべり好きな楽しい連中で――そのうちの少なからぬ者が、ドイツのフルートを中々上手に吹きこなした。

当時の出納役はエヴァンズというウェールズ人だった。あの郷の人間特有の癇のきつさが顔つきにあらわれていたが、根は立派な、物分かりの良い男だった。彼は最後まで、髪の毛を縮らして粉をふりかけていたが、あのような風俗は、私の若い頃マカロニと呼ばれた伊達男の戯画で見た憶えがある。彼はその⑭洒落者一族の最後の生き残りだった。午前中はずっと、伴侶のない牡猫のように物憂く帳場台に向かって――その姿が今もありありと目に浮かぶようだ――ふるえる指で彼の現金(みんなはそう呼びならわしていた)を揃えている。周囲の人間はすべて債務不履行者だとでも思っているかのようで、憂鬱症が嵩じると、自分もその一人だと思いかねず、少なくとも、いずれそうなるかも知れぬという考えに取り憑かれていた。彼の憂わしげな表情は、二時に「アンダートン⑮」(このコーヒー屋には、彼が死ぬ少し前に店主の望みで描かれた肖像画が今もかかっている。彼はこの店に二十五年も通い続けた常連だった)で子牛の頸肉の焼いたのを食べる時、少しばかり明るくなるが、しかし、それが溌剌さの頂点に達するのは、夕方、お茶と訪問の時間が来てからだった。六時の鐘が鳴ると同時に扉をコツコツと叩く、おなじみの合図は、この愛すべき老独身者の訪問が喜ばせた家族にとって、けして期待を裏切らない賑(にぎ)やかな楽しみの到来だった。その時こそ彼の十八番(おはこ)、彼の栄光の時であった！　彼は一個のマフィンを食べながら、いかに楽しげにさえずり、羽根をのばしたことか！　いかに得々(とくとく)として秘密の話をはじめたことか！　彼の同郷人、ほかならぬペナント[16]その人でさえ、ロンドンの今昔についてあれほど雄弁には語れなかったろう――今は廃滅に帰した古い芝居小屋や、教会や、通りの跡――ロザモンドの池[17]はどこにあったか――マルベリー庭園[18]は――チープサイドにあった水道の貯水槽[19]は――彼はまた、ホガース[20]が「真昼」という絵に描(か)きとどめているグロテスクな人物達について、父方の身内からつたわる愉快な逸話を色々と語ってくれた――そうした人々は、ルイ十四世[21]の怒りと竜騎兵から逃れて、この国に身を寄せた雄々しき証聖者達――豚小路(ホッグ・レーン)[22]や七つ日時計(セヴン・ダイアルズ)[23]あたりの陋巷(ろうこう)に隠れ住んで、純な信仰の火を守った人々の立派な子孫だったのである。

　エヴァンズの下役はトマス・テイムだった。彼には貴族のような風格とかがみ腰の癖があった。貴方がもしウェストミンスター・ホールへ通じる廊下でこの男と出会ったら、てっきり貴族とお思いになったにちがいない。かがみ腰と言ったのは、身体が心持ち前に傾く癖の謂(いい)だが、これは貴人の場合、常日頃目下の者の訴えに身を低くして耳を傾ける、その結果と見なければならない。この男につかまって話をしている間、私達は精一杯気張った。対談が済むとホッと安心して、今まで自分を怖がらせていた相手の仰々しさがこけおどしだったことを微笑うのだった。彼の知性は甚だ浅薄なもので、格言とか諺にも手がとどかなかった。その精神は原初の白紙状態にあった。乳呑み児でさえ、彼をやりこめることが出来たろう。それなら、あの男には一体何があったのか？　金持ちだったか？　いや、とんでもない！　トマス・テイムはひどく貧しかった。彼も細君も外見は紳士淑女然としていたが、内証はつねに楽だったわけではないらしい。夫人は楚々とした痩せ形の女性で、飽食の罪を犯していないことは明らかだったが、その血管には高貴の血が流れていた。自分の祖先は、迷路のようにこみ入った血縁関係をたどってゆくと――私はそれをすっかり理解することがついに出来なかったし、いわんや今日、紋章学的確証を以て説明することなど出来はしないが――彼の名高い、されど不幸なダーウェントウォーター家[24]に遡るのだと彼女は話していた。これこそトマスのかがみ腰の秘密であった。これこそが――汝ら、温厚にして幸福なる夫婦よ――知性の闇と境涯の微賤のうちにあって汝らを励ました考えであり――感情であり――汝らの生を慰めた輝く一つ星だったのだ！　君達にとってはこれこそ富や、地位や、輝ける才芸の代わりであって、それらすべてをひっくるめたほどの価値を持つものだった。君達はそれでもって誰を侮辱したこともない。しかし、それをただ防禦の鎧として纏う限りは、いかなる侮辱もその鎧を通して君達を傷つけることは出来なかった。名誉ニシテ慰メナルカナDecus et solamen㉕。

これとはまったくべつの人種が、当時の会計係ジョン・ティップだった。彼は高貴の血筋といった顔をすることもなく、実際、そんなことには毛ほども頓着しなかった。「会計係こそこの世で一番偉大な人間だと思っており、その中でも自分が一番偉大な会計係だと思っていた㉖。」しかし、ジョンにも道楽がないではなかった。ヴァイオリンが彼の無聊の時を慰めた。彼の歌声はたしかに、オルフェウスの竪琴に合う調べではなかった㉗。実際のところ、いともおぞましいキンキン声で叫び、ギシギシと搔き鳴らしたのである。スレッドニードル街にある社宅に立派な続き部屋を借りていて、そこにはとくに大した家具などは付いていなかったが、住んでいると自分が偉く思えて来るほどの広さだった(今は誰がこの部屋㉘に入っているのか知らない)。この部屋には二週間に一度、クラブの部屋や楽団から搔きあつめた「良い咽喉㉙」――とでも昔の人は言ったであろう――の合奏が鳴り渡ったのである。合唱の歌い手に、第一チェロに第二チェロ――ダブルベース――クラリネット――といった連中で、一同は彼の羊の冷肉を食べ、彼のパンチ酒を飲み、彼の耳を讃めそやした。彼はミダス王㉚の如く、みんなに取り巻かれていた。だが、ティップは仕事机に向かうと、まるで別人だった。そこからは、飾り物にすぎぬ考えは一切追放された。ロマンティックな、現実離れしたことを言おうものなら、きっとお小言を食らった。政治の話は御法度だった。新聞なぞはお上品で抽象的すぎると考えられた。人間の本分はもっぱら配当金支払証を書くことにあるのだった。彼は会社の帳簿に年間の収支決算をつけることに(その数字は、おそらく去年の収支決算と二十五ポンド一シリング六ペンス違っていたりする)、一ヵ月前から昼も夜も没頭した。とはいえ、ティップは愛する商会の事情(シティではそのように言うのだ)がもはや望みのないものであることを知らぬではなかったし、〝南洋〟が若い希望に溢れていた昔の忙しい日々が帰らぬものかと嘆息をつかなかったわけでもない——(実際、彼は今日の会社であれ当時の会社であれ、もっとも羽振りの良い会社の如何なる複雑な会計でも、やってのける能力を持っていたのだ)——だが、真の会計家にとっては、利益の多寡など問題ではない。彼の心には、端数の一銭も、その前に並んでいる何千という数字と同じだけ大事なのである。彼は真の俳優であるから、王侯だろうと田夫だろうと、同じ真剣さで演じねばならない。ティップには形式がすべてだった。彼の人生は形式だった。彼の行動は物差しで計ったようだった。彼のペンはその心と同様、間違いを犯さなかった。この世にまたとなき遺産管理人だったが故に、遺産管理の仕事を始終押しつけられて、そのことは癇癪の種にもなったが、同じくらい彼の虚栄心を慰めもした。彼は幼い孤児達に毒づいたが（ティップは悪態をつく男だったのである）、そのかわり、彼の保護に子供達の利害を委ねて死んでゆく人の手がひしと握りしめる如くに、しっかりとかれらの権利を守った。そんなふうでいて、彼には気の弱いところがあった――（数少ない彼の敵は、もっと悪い言い方をしたが）――それは、故人に敬意を払って、英雄の気概には少しとどかぬものだった、とでも言っておこう。造化はたしかに自己保存の主義をジョン・ティップにたっぷり授け与えた。臆病と一口に言っても、そこに卑劣な、あるいは裏切りの要素を含まないため、我々が軽蔑しない臆病さがある。それが裏切るのは自分自身であって、貴方ではない。それは単なる気質であり、ロマンティックな心とか冒険心が欠けているにすぎない。行く手に獅子の姿を見、㉛フォーティンブラスの如く、名誉が危険にさらされるとあらば「気位高く一本の藁しべにも喧嘩の種を見つける」㉜ようなことはしない。ティップは生涯一度たりとも駅馬車の御者台に上がらなかった。バルコニーの手摺りに寄りかかりもしなかった。城の胸壁の上を歩いたり、断崖を覗き込んだりしたこともなく、鉄砲も打たなければ船遊びにも行かず、出来れば他人も行かせまいとした。一方、彼が金銭のためとか脅迫に負けたとかの理由で、友達を見捨てたり、主義を捨てたという話はついぞ聞かないのである。

塵に埋もれた死者達のうちから、今度は誰を喚び出そうか？　かれらに於いては、ありふれた性質もありふれたものではなくなる。私は汝を忘れることが出来ようか、ヘンリー・マン㉝よ——南洋商会きっての才人にして風雅な文人、著作家たりし汝を？　汝は朝会社へ来る時も、昼に帰る時も——（一体汝は会社で何をしていたのだろう？）——チクリと胸を刺す警句を言わなかったためしがない！　汝の嘲罵も冗談も今は絶え果て、二巻の忘れられた書物の中に残るのみだが、幸いなことに、私はつい三日ほど前、バービカン通り㉞の露店からその本を救い出した。その本は生前の汝と同じように、簡潔で冴えた諷刺句を吐いていた。汝の機知も当節の口喧しい時代にはいささか古臭くなった——汝の話題は、今日びの「新しく生まれた安ぴか物」㉟のために廃れてしまった——しかし、「パブリック・レッジャー」㊱や「クロニクル」㊲の紙面に於ける汝は大したもので、チャタム㊳やシェルバーン㊴やロッキンガム㊵を、ハウ㊶やバーゴイン㊷やクリントン㊸を、そしてとどのつまり、叛逆する植民地を大英帝国から引き裂くに終わったあの戦争を——またケッペル㊹、ウィルクス㊺、ソーブリッジ㊻、ブル㊼、ダニング㊽、プラット㊾、リッチモンド㊿——などの小政治家を論じたのだ——

　さほど冗談気はなかったが、賑やかさで数等勝っていたのは、口から先に生まれたようなおしゃべりのプルーマー(51)だった。彼の一族は——嫡系ではないが、読者よ、（というのも、彼の自慢の血統には、自慢の美貌と同様、いささか逆斜めの帯(52)が掛かっていたからである)――ハーフォードシャーのプルーマー家の後裔だった。言い伝えではそうなっていて、一族のある種の特徴も、この説を少なからず裏書きしていた。たしかにウォルター・プルーマー老(彼の父親と噂される人)は若い頃道楽者で[53]、度々イタリアへ行って、世間を見た。彼は今なお健在である立派なホイッグ党議員の伯父[54]、独身の伯父だったが、くだんの議員は州を代表して幾度も引きつづき議会に出、ウェア[55]の近くに立派な古い屋敷を構えている。ウォルター老が全盛の時[56]はジョージ二世の御代で、彼こそは、老マールバラ公爵夫人に郵便の無料送達を許した件で下院に召喚された、あの人物だった。それについてはジョンソンの「ケイヴ伝」[57]を御覧になると良い。ケイヴはあの事件ではうまく立ちまわった。我々のプルーマーは、たしかに、この噂を否定しようとはしなかった。人がやんわりとそのことを仄めかすと、むしろ喜んでいるふうに見えた。だが、家柄自慢はともかくとして、プルーマーは愛嬌のある男で、歌が素晴らしくうまかった――

とはいえ、そのプルーマーも、汝ほどに美しくは歌わなかった。穏やかで、子供のような、牧歌にでも出て来そうなM[58]――よ。冬の風も忘恩の輩よりは情がある、とアミアンズが追放された公爵にうたった歌[59]を、汝はアーデンの森にふさわしい声音で歌ったが、横笛のかそけき音色も、汝のアルカディア風のしらべほどに神々しいささやきではなかった。汝の父君はぶっきら棒なＭ――老、ビショップスゲイトの近寄り難い教区委員だったが、よもや汝のような子を生むとは思っていなかったろう。汝、風吹き荒ぶ冬が生んだ、春のようにやさしい子供――ただ汝の最期は不幸だった。穏やかで、なごやかで、白鳥のような最期であるべきだったのに――

歌いたいことは、まだたくさん残っている。多くの風変わりな姿が立ちあらわれるが、かれらは私だけのものにしておかねばならない――私はもうすでに読者を目一杯手玉に取って来たのだ[60]――さもなくば、あの変わり者のウーレットのことをどうして語らずにいられよう？　あの男は裁判沙汰を起こすのが生き甲斐で、訴訟を金で買いさえしたのである――また、それに輪をかけた変わり者で、天下無双の謹厳居士ヘップワースといったら、ニュートンならあの男の重々しさから重力の法則を演繹したろうと思われるほどだった。彼は何と森厳な面持ちでペン先をとりかえたことだろう――何という深い思慮を以て、封緘紙を濡らしたことだろう！――

しかし、もう切り上げ時だ――夜の車輪[61]がガラガラと音を立てて、私の上を疾く走り過ぎてゆく――この厳かな物真似芝居にも幕を引くべきだ。

読者よ、私がこれまで戯言を申し上げて来たのだとしたら――ことによると、貴方の前に呼び出した名前それすらも荒唐無稽な――正体のないものであって――ヘンリー・ピンパネルやグリースのジョン・ナップス(62)の類(たぐい)だとしたら、如何(いかが)なさる——何かかれらに相当するものが、かつて存在したということで御満足いただきたい。かれらの重要な点は、過去の人だということにあるのだから。

（The South-Sea House）

『ロンドン雑誌』一八二〇年八月号初出。後に『エリア随筆』正・続篇に収められるエッセイのうち三篇はこれより前に活字化されているが、いずれも他の媒体であり、ラム本人として漏らした個人的感慨や劇評の記事を書籍化の際に組み入れたものである。従って、これが記念すべきエリア随筆第一号。

エリアという偽名については、東インド会社の前に五ヶ月だけ勤務した南洋商会の同僚だったイタリア人社員の名前から借りたと、ラム自身が編集者宛の手紙に書いている。だが、Elia が嘘(a lie)のアナグラムである以上それもあてにならず、エリアという仮面とラム本人との間の距離は、その時々の都合によって融通無碍に伸縮する。

休暇中のオックスフォード

用心深い版画の鑑識家（めきき）は珍しい版画を見て、これはヴィヴァル(1)だとかウーレット(2)だとか言う前に、(読んでいながら読まぬかのように)目を素早く走らせ、画（え）の隅の署名を必ずたしかめる。ちょうどそのように、この一文の末尾をあらかじめチラリと見やった時――読者よ、貴方（あなた）がこう叫ぶのが聞こえるような気がする――**エリアとは一体何者か**、と。

私は前の文章で、とうの昔に廃滅に帰した古い商会の、今は亡き事務員達の半ば忘れられた気質を物語って、お慰めに供さんとした。だから、さだめし貴方は心の中で、私を同じ仲間の一人として思い描いておられるに相違ない――仕事机の熱心家――いがぐり頭の筆耕――ある種の病人はそうすると言うが、鵞（が）ペンの細い芯（しん）の穴から栄養を啜（すす）る人間として。

さよう、まずはそんなものだと申し上げて差し支えない。実のところ、私の気まぐれな楽しみは——文人の心がなにがしかの気晴らしを要する一日の前半に——（その気晴らしには、一見、彼の鍾愛の学問とは相容れぬものがもっとも良いのだ）——藍だの、綿だの、生糸だの、花紋様があったりなかったりする反物だのをながめて、たっぷり数時間を過ごすことなのである。第一に＊＊＊＊＊＊③だし、また、その故にいっそう本が恋しくなって家に帰るのだし＊＊＊＊＊言うまでもなく、端紙や不要な大判の包み紙は、ソネットだの、エピグラムだの、随筆だのの書き込みをいともやさしく、自然に受け入れてくれる——されば、経理室の紙屑それ自体が、いくぶんは著述家の道具立てとなるのだ。午前中ずっと数字や零のならぶ荷車道を行き悩んでいた鵞ペンは、今や解放されて、真夜中の論説文という花の毛氈の上を気の向くままにとんだり、跳ねたりする——ペンは己の出世を感ずるのだ。＊＊＊＊＊だから、全体として見ると、エリアの文人としての尊厳が、かかる職業に身を落としているために損なわれることは、まずないのである。

　もっとも、私が会社勤めの生活に付帯する利便を多く数え上げたからといって、その多少の欠点に盲目だと思っていただきたくはない。目端の利くあらさがし屋なら、このヨセフの上着④に、そうしたものをいくつも指摘することが出来よう。それ故、私はここで心の底から、遺憾の意を表明しなければならない——四季を通じて折々に訪れる、あの慰めの間隙、自由の撒布が廃止され、まったくなくされてしまったことに。——緋文字の日は今やすっかり死文字の日となり果てた⑤。以前はパウロの日があり、ステパノの日があり、バルナバの日があって⑥——

　　アンデレとヨハネ、そのかみの名高き人々⑦

の日があった——我々は、昔私がクライスツ校にいた時分から、こうした聖人の日をすべて浄い祭日として守っていたものだのに。それについて思い出すのは、バスケットの祈禱書⑧に載っていた聖人達の画像である。そこにはペテロ⑨が不愉快な姿勢で吊る下がり——聖バルトロマイ⑩が、スパニョレッティが描いた有名なマルシュアス⑪の画に倣って、難儀な皮剝ぎの目に遭っていた——私はかれらを皆尊敬し、イスカリオテのユダが預かった金を掠める⑫図を見ては泣きそうになった。——私達はそれほどに、聖者の記憶を貴いものとして守り続けようとしたのである。——ただ、私は良い方のユダ⑬の日とシモン⑭の日を一緒にし、(いわば)かれらの神聖を持ち寄って、二人でただ一人分の祝祭日を設けることに——天の摂理にはふさわしからぬ倹約だと——いささか不満をこぼしたように思う。

　こうした祝日は学者の、そして事務員の生活に於いて、輝かしい天の恵みであった

――「近づく姿は遠目にも輝けり⑮」――あの頃の私は生きた暦も同様に、これこれの聖者の日が来週来るとか、再来週だとか、顕現日⑯がたまさか周期的な不幸によって、六年に一ぺん安息日と重なることもある、などと言うことが出来た。今では不信心な人間と変わらない。こうした聖者の祭節をこれ以上遵守することはローマ教会的であり、迷信的だと判断した世上のお偉方の知恵に難癖(なんくせ)をつけるのだとは思わないでいただきたい。ただ、このように長く続いた慣習に関しては、礼儀として、まず主教猊下(げいか)達にお伺(うかが)いを立てた方が――しかし、こんな話をするのは僭越(せんえつ)の沙汰(さた)であった。私は世俗の権威と教会の権威の境を決めるべき人間ではない――一介のエリアにすぎず――セルデン⑰でもアッシャー大主教⑱でもないのだから――もっとも、今はここ学問の中心にあって、偉大なるボドリー⑲の影の下、かれらの書いた本の山に埋(うず)もれているのであるが。

私はここで紳士のふりをすることも出来るし、学生の役を演ずることも出来る。若年の時、学府の甘き糧(かて)を騙(だま)し取られた私のような者にとっては、二、三週間無為の時を過ごすのに、両大学⑳のいずれかほど心地良い場所はない。これらの大学の休暇もまた、一年のこの時季には我々の休暇とぴったり重なっている。私はここで邪魔されずに散歩し、好き勝手な学位や地位を持っているように想像することが出来る。ここの学生と同程度の学力を持つと認められて㉑、編入されたような気がする。私は過去の失った機会を取り返す。礼拝堂の鐘の音と共に起きて、あの鐘は自分のために鳴っているのだと夢想する。謙譲った心持ちの時には、給費生か校僕㉒にもなれる。孔雀が羽を広げたような気分になって来ると、特別優待生㉓として気取って歩く。真面目な時は文学修士に進む。じっさい、私はそういう立派な身分の人間に見えぬこともないと思うのだ。目の霞んだ聖堂守や眼鏡をかけた寝室係は、私が通りかかると、何かその種のものと賢くも思い誤って、頭を下げたり、膝を曲げてお辞儀をしたりする。私は黒服を着て歩きまわるため、なおさらそう思われやすいのである。私はただクライスト・チャーチ学寮の尊い中庭にいる時だけは、熾天使の如き博士㉔以下のものに見られたのでは満足出来ない。

こうした時、散歩道はまるでわがもの同然である——クライスト学寮の高い木立も、モードリン学寮の森も！　人気のない大広間は扉が開いたままで、こっそり中に忍び込みたくなる。中へ入って、創立者や、この大学に恩恵を施した貴族や王家の御婦人方に（私達もその恩恵にあずかりたかった）敬意を表したくなる。この人達の肖像画は、見過ごされた貧者を微笑んで見下ろし、私を養子にしてくれそうではないか。それから、昔の歓待の薫りがただよう食べ物部屋や流し場をついでに覗いて見よう。巨きい洞穴のような厨房、厨房の炉、暖かい引っ込んだ片隅、四世紀前に初めてパイを焼いた窯、チョーサーのために料理をした焼串！　皿の山に埋もれたもっとも卑しい給仕といえども、彼の詩人の想像によって私には神聖なものとなり、料理人は〝賄い人〟㉕として進み出る。

おお、古よ！　汝、不可思議な魅力よ、汝は一体何者なのか？　無でありながら、すべてであるとは！　汝がかつて在った時、汝は古ではなかった——その時は何でもなくて、汝よりもさらに遠い古があり、汝はそれを古と呼んで、盲目の崇敬を以てふりかえった。汝自身は汝にとって、味も素っ気もない現代にすぎなかった！　この回顧という行為のうちには、如何なる神秘がひそんでいるのであろう？　また、我々は何という隻面のヤヌス*なのであろう？　後ろを向く時はいつも崇拝の念を以てするのに、前を見る時は、その同じ崇拝の念を持てぬとは！　大いなる未来はすべてでありながら無であり、過去は無でありながらすべてであるとは！

＊サー・トマス・ブラウン㉖。〔原註〕

汝の暗黒時代は一体、如何なるものだったのだろう？　太陽は間違いなく今と同じに輝いて昇ったろうし、人間は朝になれば仕事に赴いたろう。我々はその時代のことを聞くと、必ずある感覚にとらわれる。手に触れることの出来そうな昏冥㉗があらゆるものの表面を暗くし、我々の先祖は手探りであちこちを彷徨っていたような感じがするのだが、それはなぜであろう！

汝の珍かな宝物のうちで、古きオクセンフォード㉘よ、私をもっとも喜悦せしめ、慰めるのは、汝の朽ちゆく学問の貯蔵庫、汝の書架である――

古い書庫というのは、何と居心地の良いものだろう！　あたかも、このボドリーアン図書館に労作を遺したすべての著述家の魂が、寄宿舎か、あるいはこの世と来世の間にでも眠るように、ここに休らっているかと思われる。私は本のページを、かれらの経帷子をいじって瀆したくはない。それは霊魂を棲処から追い出すに等しい。私は書物の葉叢の間を歩いているだけで、学問を吸い込むような気がする。そして古い、蛾の臭いがしみついた表紙の香りは、幸せの果樹園に生えた智慧の果実の初花のように馨しい。

されば、私は手稿本の一段と古い安息を乱そうという好奇心など、さらさら持ち合わせない。ああした異文校合 variae lectiones の如きは、博学な人々の好尚をそそるものではあっても、私の信仰を乱し、不安に陥れるものでしかない。(29) 私はヘルクラネウムの遺跡を掘り返すような手合いではない。証する三つの者の信頼性は、(30) 私にとっては疑わずにそっと眠らせておいても良いものなのである。さような穿鑿はポーソンやG・D(31)にまかせておこう――ちなみにG・D(32)といえば、私はこの人がオリエル学寮の片隅で、人が手を触れることも稀な印刷物の中から引っぱり出して来たぼろぼろの古文書を、蛾のように夢中になって調べているのを見たことがある。彼は長いことじっとそれに読み耽り、ほとんど一冊の本と化してしまったようだった。古い書棚のわきに、本の如く身じろぎもせずに立っていた。私はよほどこの人物にロシア革㉝の新しい上衣を着せて、然るべき場所に置いてみたかった。そうすれば、背の高いスカプラ㉞のギリシア語辞典と言っても通ったかも知れない。

Dはこうした学問の府に足繁く通っている。彼のささやかな財産のうちの少なからぬ部分が、こうした学府とクリフォード法学院㉟との間の往復に費やされているのではないかと思う——彼はこの法学院で、毒蛇の巣の上に止まった鳩さながら、弁護士や、弁護士の書記や、執行吏や、法の毒虫たる訴訟屋どもの支離滅裂な集まりのさなかに、そんな場所とはつゆ知らず居を構え、「穏やかにして罪なき平和のうちに㊱」坐しているのである。法律の牙も彼を咬むことはない——訴訟の風も彼のつつましい部屋の上を吹き過ぎて、苛酷な裁判所の執達吏も、通りかかれば帽子を取って挨拶する——合法な無礼も不法な無礼も彼には加えられることなく——誰も暴力をふるったり、不当な仕打ちをしようなどと考えない㊲——そんなことをするのは、「抽象的観念に殴りかかる㊳」ようなものであろう。

Dは自ら述べるところによると、長年辛苦して、彼の両大学に関わりのあるあらゆる珍奇な資料を調べて来た。そしてつい最近、C——大学に関係のある勅許状の写本を集めたものに出くわし、それによっていくつかの論点に——特にどちらの大学が先に創立されたかという、両者間で長く闘わされて来た論争に、決着をつけられるのではないかと期待している。彼がこうした高尚な研究に傾ける情熱は、ここでもC――大学でも、それにふさわしい励ましを受けていないようだ。学寮の評議員や学長達は、こうした問題に他の誰よりも無関心で――〝養いの母(アルマ・マーター)〟なる大学の乳の泉を吸っていれば満足であり、尊(たっと)むべき淑女達の年齢を探るなどという気はなく、そうした穿鑿はむしろ余計な――不謹慎なことと考えている。かれらは良き教会料地を現ニ握ッテ in manu いるので、権利書をほじくり返そうなどとは思わないのだ。ともかく、私はそのことをべつの方面から聞いて知っている。Dは愚痴(ぐち)をこぼすような人間ではないので。

Dは私が声をかけると、人に馴れぬ若い牝牛(めうし)[39]のようにギョッとした。私達がオリエルで出会うことは先天的(ア・プリオリ)にありそうもなかった。しかし、仮に私がクリフォード法学院かテンプルの彼の散歩道でいきなり話しかけたとしても、Dはまったく同じ反応を示したろう。じれったいほどの近眼(遅くまで勉強し、夜中に油の明かりに向かっているせいだ)であることに加えて、Dは甚だ心がお留守な人間なのである。ついこの間も、彼は午前中、ベッドフォード広場に住む私達の友人M[40]の家を訪れた。家の者はみな不在で玄関の広間に通されたが、そこでペンとインクを求め、帳面に――それは間(ま)が悪いか、運の悪い訪問者の失敗を記録すべく、通例そうした場所に置いてある――ことさら丁寧に記名した。そして慇懃に礼を尽くし、遺憾の意を述べて辞去したのだ。それから二、三時間後、彼の散歩を支配する運命は、彼を同じ界隈へ引き戻した。すると、ふたたびM家の炉端にくつろぐ人々の静かな様子が心に浮かび――M夫人が炉神の后よろしく㊶その場に在し、傍らには可愛らしいA・S㊷がいる――抗し難く惹かれたので、彼は（「来週の今日までは田舎から戻りません」と言われたのも忘れて）ふたたびM家を訪れ、二度目の失望を味わい、前と同様ペンと紙を求めた。例の帳面がまた出て来て、二度目に名前を（彼のお書き返しだ）書き込もうとしたが、その一行上に――最初に書いた名前が（インクもまだ乾ききっていなくて）、もう一人のソシア㊸の如く、あたかも突然己の分身に遭遇したかの如く――こちらを見つめていたのである！――その時の心持ちはお察しになれよう。向後かような間違いはすまい、とDは幾度も固く決心した。私としては、その決心をあまり厳格に守らないことを望んでいる。

　というのも、G・Dの場合――肉体を留守にすることは、時に（罰当たりなことを言うわけではないが㊹）主と共にいることなのである。㊺その身は君と出会っていながら気づかずに行ってしまう、その時――あるいは、呼びとめられて、不意を衝かれた者のようにハッとする時㊻――読者よ、彼はその瞬間、タボル山㊼にいるか――パルナッソス山か――プラトンと同じ天空にいるか――あるいは、ハリントンと共に「不滅の共和国」を構想し㊽——国家や人類を改良する計画を立てているか——ことによると、ほかならぬ貴方自身に何か個人的な親切か恩恵を施そうと考えていて、その当人が彼の瞑想(めいそう)を破って、いきなり目の前にあらわれたものだから、びっくりして、うしろめたいような気持ちでいるのかも知れない㊾。

Dはどこへ行っても愉快にしているが、こうした場所にいる時が一番楽しいのである。㊿彼はバースはあまり好きではない。バクストンでも、スカーバラでも、ハロウゲイトでも居心地が悪い。彼にとってはカム川とアイシス川(51)こそ、「ダマスカスのすべての河水に勝る(52)」。詩神(ミューズ)の丘にいる時こそ、彼は幸せで、善良で、「歓楽の山」の羊飼いの如くであり、彼が貴方と歩きまわって大広間や学寮を案内する時、貴方は「美しの家」の「解説者(53)」と一緒にいるような気分になるのである。

(Oxford in the Vacation)

『ロンドン雑誌』一八二〇年十月号初出。「学府の甘き糧(かて)を騙(だま)し取られた」エリアが、夏の休暇に遅ればせながら擬似的な大学生活を満喫し、書物や建物ほか古(いにしえ)の魅力を語り、浮世離れした友人ダイアーの愉快な姿を共感のこもった眼差しで描き出す。おそらくラムが実際に訪れたのは、ダイアーの出身大学ケンブリッジだったと思われる。

人間の二種族

人類は、私が思いつく最善の説によれば、はっきり異なる二種族から成っている――すなわち借りる者と貸す者である。ゴート族だの、ケルト族だの、白人だの、黒人だの、赤色人種だのといった不都合な分類はすべて、煎じつめれば、この二つの原種に帰すると言ってよろしい。地上に棲む者はことごとく、「パルテヤ人も、メヂヤ人も、エラム人も[1]」ここへ集まり、こうした根本的な区分のいずれかに自ずと当て嵌まるのである。前者が限りなく優れていることは――私はこの人々を偉大なる種族と呼びたい――その身体つきや物腰や、一種本能的な王者らしさにうかがわれる。後者は生まれながらにして賤しい。「彼はその同胞に仕ふべし。[2]」この種の人間の様子には何か貧相で疑い深げなところがあり、もう一方の人種の、開け放しで人を信ずる鷹揚な態度と対照を為している。

古今のもっとも偉大なる借り手達を見るが良い――アルキビアデス[3]、フォールスタッフ④、サー・リチャード・スティール⑤——故人となったが、われらが比類なきブリンズリー⑥——この四人には、何とまぎれもなき骨肉の相似があることか！

　借り手は何と屈託のない泰然とした様子をしていることだろう！　何という薔薇色の頬！　天の配剤に何と美しい信頼を示していることだろう——野の百合の如く思い煩うことをしないで！⑦　金銭というものに対する何という軽蔑——さようなものは（ことに貴方や私の金は）塵芥としか思っていない！⑧　我ガモノ meum と、汝ガモノ tuum という衒学的な区別を、何と大らかに一緒くたにすることだろう！　いや、むしろ、何という気高い言語の単純化（さしものトゥックもシャッポを脱ぐ）⑨によって、これら仮定の対立物を一個の明晰な、わかりやすい代名形容詞に融合させてしまうことであろう！——彼は原始の共同社会に如何に近づくことか——その原則の、少なくとも半分は実行して！

　彼は「天下の人に税を課さんと詔令する」⑩真の課税者であり、彼と我々風情との差は、アウグストゥス皇帝と、エルサレムで雀の涙ほどの年貢を納める極貧のユダヤ人との違いほどもあるのだ！——その取り立てもまた何とも朗らかで、自由闊達である！　渋っ面をした教区や国家の徴税人とは——日頃歓迎を受けないことが顔に書いてある、インク壺臭い下郎どもとは大違いだ！　彼はニコニコ微笑みながらやって来て、面倒臭い受け取りなど渡さず、いつと定まった時期なしにやって来る。毎日が彼の聖燭節⑪であり、聖ミカエルの祭日⑫なのだ。彼は貴方の財布に、気持ちの良い顔という快キ責苦lene tormentum⑬を用いる――すると財布は、太陽と風が競って旅人から奪いとろうとした外套のように、その穏やかな温もりに対して、自然と絹の扉を開くのだ！　真に、彼こそ引潮のないプロポンティスの海⑭である！　誰の手からもたっぷりと奪って行く海。彼が名誉を与えんと欲する⑮犠牲者は、運命に逆らっても無駄なことだ。もう網にかかっているのだから。されば、快く貸すが良い、おお、貸すべく定められた人間よ――この世の一文に加えて、約束された復帰権⑯までも結局失うということのないように。ラザロと富人が受けた罰⑰を、汝一身に受けるような馬鹿げた真似はするな――それよりも、彼の正当な権能の保持者がやって来るのを見たら、こちらから微笑みつつ進み寄るが良い。さあ、たんと犠牲を差し出せ！　見よ、先方はそれを何と気楽に受け取ることだろう！　高貴な敵に対しては、下手な遠慮は要らぬ。

旧友レイフ・バイゴッド氏⑱の訃報に接した時、私の心は上述の如き諸々の思いに迫られた。氏は水曜日の晩にこの世を去ったが、生前と同様、死ぬ時もさしたる苦労はなかった。彼はかつてこの国で公爵の位を保っていた同名の偉大な先祖の裔であることを誇りにしていた。行動に於いても気性に於いても、自らその後裔と称するところの家柄を辱しめなかった。若年にして豊かな収入を得たが、偉大なる種族の人間に固有のものだと先程述べた、あの気高い無頓着さで、さような身分になるとほとんど同時に、財産を蕩尽し、無一物となるべき手段を講じた。なぜといって、国王が私用の財布を持つなどということには、どこか厭わしいものがある。そしてバイゴッドは何事も王者の如く考えたからである。かくして、彼は捨てるというまさにその事によって供給われ、（詩人も歌っているように）

賞讃にふさわしき事をせよと美徳を促すよりは⑲
美徳を弛ませ、その角を鈍らせる

富という厄介な荷物をふり捨てて、アレクサンドロスさながら、「借りては、また借りんとて」⑳壮図に乗り出したのであった。

彼はこの島中をめぐって周遊㉑を、あるいは勝利の進軍をしながら、全住民の十分の一に献金させた計算になるという。これは甚だ誇大な見積りと思われるが――しかし、私はわが友がこの大都市を逍遥するのに幾度も同行の栄を得たが、そんな時、こちらを知っているとおぼしき恭敬な態度を示す人間におびただしく出会ったので、初めのうちは大いに驚嘆したものだった。ある日、彼は親切にもこの不思議を説明してくれた。くだんの人々は、どうやら彼の進貢者だったらしいのである。彼の国庫を満たしてくれる人々であり、良き友人(彼はそう称して喜んでいた)たる紳士方で、時々金を用立ててもらったのだ。そういう相手が大勢いることを、彼は少しも意に介していなかった。むしろ、その数をかぞえては得意になり、コーマスと同様、「かくも美(うる)わしき家畜の群れを貯える[22]」ことを喜んでいる風だった。

彼がこれほどの財源を持ちながら、国庫をいつも空(から)にしておくことが出来たのは驚異だった。彼はそれを、日頃口癖にしていた格言の力を借りてやり遂げたのだ――「金は三日以上置くと、臭(にお)う[23]」。だから、新鮮なうちに使ってしまったのである。かなりの部分は飲んでしまい(素晴らしい酒豪だったから)、いくらかは他人(ひと)にやり、残りは投げ捨てた。文字通り放りつけ、乱暴に投げ出したのだ――子供が毬彙(いが)を放るように、触ると病気でも伝染(うつ)るかのように――池や、溝や、深い穴の中、地面の底知れぬ空洞(うつろ)の中へ――さもなくば、川岸の土手の下に埋めてしまって、けして掘り返そうとはしなかった。その土手(バンク)[24]は銀行とちがって利息を払わない(と彼はふざけて言ったものだ)が――金は、ハガルの子が曠野(あらの)に逐(お)われた如く、どうあってもあどけないうちに遠ざけねばならないのだった。彼はけしてあとになって惜しんだりしなかった。国庫を満たす流れは四時(しじ)尽きることがなかった。新たな供給が必要になると、友達であれ、赤の他人であれ、彼と最初に出逢う幸運に恵まれた者が、きっと不足を補うのだった。なにしろ、バイゴッドに頼まれると、嫌とは言えなかったからである。彼は朗らかで、あけっぴろげな様子をしていて、眼は生きいきと愉快そうに動き、額は禿げ上がり、(灰白ノ〝信〟ノ神 cana fides[25] なる)白髪がほんの少し混じっていた。言訳をつけて断られるなどとは思ってもいなかったし、実際、そんなことはなかった。ここで、偉大なる種族についての私の説はしばらく措き、理屈に興味のない読者にお訊ねしたい。貴君のポケットには、時々、好きに使える小金が入っていることだろうが、――心優しい貴君としては、私が今申し上げたような人物の願いを断る方が、哀れに嘆願する悪党(ろくでなしの借り手)に否と言うよりも辛いのではなかろうか。後者の物哀れな顔つきを見れば、何程の期待も持っていないのは明らかである。従って、頼みを断っても、その思惑と期待にさしたる衝撃は与えないのであるから。

私はこのバイゴッドのことを考えると――彼の心の燃える輝き、感情の高邁、如何に立派な、理念に満ちた人物だったか、真夜中の宴に於いて如何に偉大だったか、そういったことを考え、以後つきあった連中と較べてみると、つまらぬ端金を貯めるのが厭になり、自分は貸し手とちっぽけな人間の仲間に堕ちてしまったのだとつくづく思う。

エリアのような人間――その財宝は鉄の金櫃にしまってあるよりも、むしろ革表紙に包まれている人間にとっては、これまで述べて来たよりももっと恐ろしい徴発者の一群がいる。すなわち、本の借り手――揃え集めた本を不揃いにし、書棚の均整を崩し、端本を産み出す連中である。略奪にかけては並ぶ者なきカンバーバッチ㉖がいる。

貴方の前の書棚の下段に、まるで大きな糸切り歯が抜けたような厭らしい隙間がある――(読者よ、貴方は今私と一緒に、ブルームズベリにある我が家㉗の裏手の小さな書斎にいらっしゃるのだ)――その両側には、スイス兵のように巨大な㉘(居場所が変わって、もう何を護っているのでもないロンドン市庁の両巨人像㉙さながらの)書物があるが、この隙間には、かつて私の持っていた二折り本のうちでも一番背の高い『ボナヴェントゥーラ著作集』㉚が収まっていた。精選された大冊の神学書で、これに較べると、両脇の二人(やはりスコラ神学ではあるが、器の小さいベラルミーノ㉛と聖トマス㉜)は侏儒のように見えたものだ――ボナヴェントゥーラの方はさしずめアスカパート㉝で――カンバーバッチはその本を、持論にのっとって、持って行ってしまったのだ。私としては、正直なところ、彼の説に反駁するよりも黙って耐え忍ぶ方が楽なのであるが、その理論とはすなわち、「書物を(例えば、私のボナヴェントゥーラを)所有する資格は、要求者がそれを理解し、鑑賞する能力に正比例する」というものなのである。彼がこの理論を実践し続けるとしたら、我々の書棚のどれが無事でいられようか？

左手の本箱――天井から二段目の棚――に空いた小さな空白は、喪失った者の聡い眼でなければ、まず気づかないだろうが――往時はブラウンの「壺葬論」㉞の手広い休息所だった。まさかCも、あの論説について私より良く知っているとは言わないだろう。彼にあの本を教えたのは私で、じつに私こそ、あの書物の美点を(近代人のうちでは)最初に見出した人間なのだ――しかし、それは愚かな恋人が、自分よりも彼女をさらって行くにふさわしい恋敵の前で、愛する女性を讃め称えるのと同じであることは承知している。そのすぐ下の、ドズリーの出した戯曲集㉟は第四巻が欠けている――そこにはヴィットリア・コロンボーナ㊱がいるはずだのに！　残る九巻は、あたかも〝運命〟がヘクトルを借りていいった、あとの、プリアモスのろくでもない息子達㊲のように、見るも忌々しい。ここには『憂鬱の解剖学』㊳が真面目くさって立っていた――あそこには『完全なる釣師』㊴が、生前と同様、物静かに川のほとりを散歩していた――向こうの隅にはジョン・バンクル㊵が男鰥の本となり、「目を閉じ」㊶て、奪い去られた配偶者を悼んでいる。㊷

我が友のために公平を期して一つ言っておかねばならない――彼は海の如く、時折宝物を持ち去るかも知れないが、また時には海の如く、それに匹敵するほど豊かなものを打ち上げてくれるのである。私はこの種の二次的な蒐集(我が友がさまざまな訪問の折に集めたもの)を少しばかり所蔵している。それは彼が、どこだったか本人も忘れたが、あちこちで拾って来て、やはりうっかりと私のところへ置いて行ったものである。私はこれらの二度捨てられた孤児(みなしご)を引き取る。こうした門の改宗者[43]も、真(まこと)のヘブライ人同様に歓迎する。かれらは彼処(かしこ)に、本地人も、帰化人も一緒になって並んでいる。後者は私同様、自分の本当の血統(ちすじ)を尋ねあてようなどとは思っていないようだ——私はこうした奉納物に対して倉庫代を請求しないし、費用(かかり)を払うためにかれらの売却を広告するような、紳士らしからざる面倒な真似(まね)をするつもりもない。

　一巻の書物をCにとられることには、多少の意味なり意義なりがある。彼が貴君の食料でもって、たっぷりした一回の食事を摂(と)ることは間違いない——たとえあとでその御(ご)馳走(ちそう)について説明出来なかったとしても。しかし、一体何だって、身勝手で意地悪なK[44]よ——やめてくれと涙ながらに懇願したにもかかわらず、彼(か)のやんごとない婦人、こよなく高貴なマーガレット・ニューカッスル[45]の書簡集を持って行ってしまったのか？——あの時、汝は知っていたし、私がそれを知っていることも知っていた——汝は一ページたりと、あの素晴らしい二折り判の書物をめくることなどないであろうと——あれは単なるつむじ曲がりの、友達をやっつけたいという子供じみた心でなくて何であろう？——そうして何よりひどいことに、あの本を持ってガリアの国へ——

　そのような素直な人を――あらゆる気高い思想、
　純な思想、優しい思想、高き思想の宿りし美徳を、
　女性（にょしょう）の奇蹟を匿（かくま）うにふさわしからぬ国へ、(46)

渡ってしまうとは！――汝は脚本や、冗談や洒落（しゃれ）の本をいくらも身のまわりに置いているではないか？　同席したあらゆる人を皮肉や面白おかしい話で楽しませるように、汝はそうした本で自身を楽しませているではないか？　楽屋の申し子よ、汝のしたことは不仁（ふじん）であった。汝の――一部はフランス人で、より良き一部はイギリス人である細君もまた――私達を思い出すための優しい記念に、よりにもよって、ブルック卿（きょう）フルク・グレヴィル(47)の著作集に目をつけるとは――あの作家はいかなるフランス人も、フランス、イタリア、また英国のいかなる女性も、その天性からして、これっぽっちも理解するはずがないのに！――持って行くなら、ツィンマーマンの『孤独論』(48)があったではないか？

　読者よ、貴方がもしそこそこの書物の蒐集を持つ幸せに恵まれているなら、それを他人に見せることは慎みたまえ。もしも気が大きくなって人に貸したいと思ったら、S・T・Cのような人に貸したまえ――彼はそれに（たいていは約束の期限よりも早く）利息

をつけて返すだろう――注釈をふんだんにほどこし、三倍の値打ちにもして。私にはその経験がある。彼のこうした貴重な手稿が沢山（たくさん）――（内容に於いてしばしば、そして分量に於いても、原本に匹敵することが稀（まれ）ではなく）あまり几帳面（きちょうめん）な筆跡ではないが――私のダニエル(49)にも、バートンにも、サー・トマス・ブラウンにも、そしてグレヴィルのあの玄妙な思索の書にも書き込んである。その本は、ああ！　今は異教の国をさすらっているが――私は汝に忠告する。汝の心を閉ざすなかれ。汝の書架も閉ざすなかれ――S・T・Cに向かっては。

(The Two Races of Men)

『ロンドン雑誌』一八二〇年十二月号初出。世の中には借りる者と貸す者の二種族がいる。旧友の故レイフ・バイゴッドのように、堂々と借金をして惜しみなく散財する者は高貴な種族であり、小金を貯めて人に金を貸す己の卑小さを思い知らせてくれる。書棚から貴重な本ばかり徴発して虫食い穴を作るコールリッジははた迷惑この上ないが、内容、分量とも原本に匹敵する書き込みをして、利息付きで返却してくれる。どちらも貸し手側だったラムから、借り手への羨望と皮肉を込めた礼賛。

除夜

人には誰にも誕生日が二つある。毎年少なくとも二日、時の経過に思いを致し、それが自分の生の長さに関わることを考える日が。その一つは、特別に自分のと呼ぶ誕生日である。古い習慣が追々廃れる中で、我々自身の誕生日を言祝ぐこの習慣もほとんど跡を絶ったか、子供のものになってしまった――生死のことなど何も考えはせず、菓子とオレンジのこと以外、何も理解しない子供のものに。しかし、新年の誕生は広く一般の関心事で、王も靴職人もこれをなおざりには出来ない。一月一日を無関心にながめた者は、いまだかつていたためしがない。万人がこの日を起点に自分の時を数え、残された時を勘定する。この日は、我らが共通の父祖アダムの誕生日である。

ありとあらゆる鐘の音の中で――(鐘は、天国に接することもっとも近き楽の音だが)もっとも厳かで胸を打つのは、旧年を送り出す鐘の響きである。それを聞くたびに私の心は集中し、過ぎた十二ヵ月に亘って散らばっているあらゆる印象が一点にまとまる

――惜しまれるその一年に自分がしたことや、蒙ったこと、為し遂げたことや怠ったことのすべてが。あたかも人が死ぬ時のように、私はその価値を知りはじめる。逝く年は人間のような色合いを帯びる。現代のさる詩人がこう叫んだのも、あながち詩的な飛躍ではなかったのだ――

我は去り行く「年」の裳裾を見たり①。

それはあの厳かな別れに際して、誰もが真面目な悲しみのうちに意識するであろうことにすぎない。昨夜、私はたしかにそれを感じたし、私と共に皆が感じた。もっとも、私の仲間のうちには、逝く年へのやさしい哀惜よりも、むしろ来る年の誕生の喜びを態度に表わそうとする者もあった。しかし、私は――

来る客を歓迎し、去る客を追い立てる②

類の人間ではない。

私は性分として、新奇なものには初端から腰が引けてしまうのである。新しい本、新しい顔、新年に対しても――何らかの心の屈託のせいで、将来に顔を向けることが辛いのである。私はほとんど希望というものを捨ててしまった。前の(昔の)歳月に向かう時だけ気が乗るのだ。私は過ぎし日の幻影や決断の中にとび込む。過去の失意とやみくもに出くわす。古い落胆に対しては鎧(よろい)で身を守っている。昔の敵を恕(ゆる)したり、空想の中で打ち負かしたりする。かつてあんなに高い代価を支払った勝負(ゲーム)を、賭博師連のいわゆる賭金ぬきでもう一度やってみる。今では、私の生涯に起こった大小の不運な出来事を一つでも取り消しにしたいとは思わない。それらを変更したくないのは、良く出来た小説中の事件を変えたくないのと一緒である。思うに、あんなにも激しかった恋の冒険が失われてしまうよりは、アリス・W――n③の美しい金髪とさらに美しい瞳(ひとみ)の虜(とりこ)になって、青春も真っ盛りの七年という歳月を、思(おも)い窶(やつ)れて暮らした方が良かったのである。私の一家はドレル④の奴に遺産を騙(だま)しとられてしまったが、今現在、銀行に二千ポンドの預金があって、あの猫かぶりな老悪党のことを全然知らないよりも、あの金を騙しとられた方が良かったのである。

　こうして女々しいほどに昔をふり返ってばかりいるのが、私の弱点である。人は四十年という時の経過を間に置けば、自己愛の譏(そし)りを受けずに己を愛することが許されると言ったら、奇言を弄(ろう)することになるだろうか？

　私にもし自分というものが少しでもわかっているなら、こう言っても良いと思うが、内省的な精神(こころ)――私の心は苦しいほどそうなのである――を持つ人といえども、私がエリアという人間を蔑するほどに、現在の自分を低く見ている方はあるまい。私の知るこの男は軽薄で虚栄心が強く、気分屋である。悪名高い＊＊＊であり、＊＊＊＊に溺れ、他人の意見を聞くことも、他人に意見をするのも嫌いだ――おまけに＊＊＊と来ており、吃りの道化者だし、もう何とおっしゃっても構わない。存分にやっつけていただきたい。私はすべて認めるし、貴君が言い立てようと思わないことまでも認めよう――しかし、子供のエリアに対しては――あの背後の方にいる「もう一人の私」に対しては――あの若紳士の思い出を懐かしむことを御容赦いただきたい――なにしろ、この子は、当年四十五歳になる愚かな取りかえっ子とは、ほとんど何の関わりもなく――どこか他所の家の子供であって、私の両親の子ではないに等しいのだから。あの子が五歳の時にかかった執拗い天然痘⑤と、病気よりも辛かった薬を思うと、私は今も泣けてくる。熱のある哀れな頭をクライスツ校の病床に横たえ、ふと目醒めると、知らぬうちに眠りを見守っていてくれた母が優しく覗き込んでいるのに驚いた――あの時のことを今も思い出す。あの子が、少しでも虚偽の色のあるものには近づかなかったことも知っている。いやはや、エリアよ、汝も変わり果てたものだ⑥！　汝は世間ずれしてしまった――私はあの子が如何に正直で、(弱虫にしては)勇気があったか――如何に信心深く、想像力が豊かで、希望に満ちていたかを知っている！　記憶にあるあの子供が本当に私自身であり――慣れない私の歩みに規矩を与え、道徳心の調子を整えんがために、守護天使か聖者が偽の私になりすましているのではないとしたら、私は何と堕落したことだろう！

私が他人の同情も望めないほど、こうした回想にばかり耽ろうとするのは、何か病的性向の兆候かも知れない。それとも原因は別にあるのだろうか？　妻も家族もいないために、心を自分の外へ投ずることをおぼえず、一緒に戯れる自分の子を持たぬため、記憶をふり返って、幼い日の己が姿をわが嗣子、わが寵児として迎えるにすぎないのだろうか？　もしもこうした考えが由もないものに思われるなら、読者よ――（汝はさだめし忙しいお方であろう）もしも私が汝の同情の埒外に踏み出して、ただ異様な考えに取り憑かれているのであれば、私は嘲笑の矢のとどかぬエリアの幻の雲の下⑦へ引き籠るとしよう。

私が共に暮らして育った年長者達は、古い習慣の神聖な義務を怠るような性質ではなかったので、鐘の音と共に旧年を送り出す風習も、格別の儀式を以て守り続けた。――当時、そうした夜半の鐘の音は、まわりの人みんなを浮かれさせるようだったが、私の心には決まって一連の物憂い心象をもたらしたものだ。しかし、それが何を意味するのか、その頃は考えもしなかったし、よもや自分に関わりのある計算事だとは思わなかった。子供の頃だけでなく青年となっても、三十歳までは、自分がいずれ死ぬことを実感しない。たしかに理屈ではわかっているし、必要とあらば、生の儚さについて一説打つことも出来ようが、身にしみては感じないのである。ちょうど暑い六月に、十二月の凍てつく日々を思い描けないのと同じことだ。しかし、この際、真実のことを白状しようか？――私はこうした決算をあまりにも痛切に感ずるのだ。残りの命を勘定しはじめ、守銭奴が一文の銭を惜しむように、一刹那一瞬間の浪費を惜しむようになる。残る年月が減り、短くなるに比例して、私はその区切り区切りをいっそう重く見、時間の大きな車輪の輻に、力なき指をかけて止めたいとさえ思う。私は「機の梭の如く(8)」去って行くことに承服出来ない。そうした比喩は私の慰めとはならないし、口に苦き死の水を甘くすることもない。人間の命をこともなく永劫へ運び去る潮にさらわれて行きたくないし、避け難い運命の進行に臆する。私はこの緑の大地を愛している。町と田野の面を、言葉には言い尽くせぬ田舎の寂寥や、街の嬉しい安穏さを愛している。私はここに自分の幕屋を建てたい。自分が達した年齢のまま変わらなければ、それで満足する。自分も友達も――今より若くも、金持ちにも、美貌にもならなくて良い。老齢のためこの世から切り離されたくはないし、いわゆる熟した果実のように(9)墓穴へ落ちて行きたくない――食事であれ、住居であれ、この地上で何かが変わることは私をまごつかせ、不安にさせる。我が家の守護神達はおそろしく固い根を張っているので、引き抜けば血が流れずには済まない。かれらは進んでラウィニウムの浜辺[10]を目ざして行ったりはしない。新しい生活環境は私の足元をぐらつかせる。

太陽と空と微風と孤りきりの散歩、夏の休日、野の緑、そして肉や魚の美味、人とのつきあい、楽しい酒杯、蠟燭の光、炉端のおしゃべり、罪のない虚栄や冗談、そして皮肉そのもの――こうしたものも命と共にみな消えてしまうのだろうか？

幽霊は貴方がふざけている時、笑ったり、瘦せこけた脇腹を震わしたりすることが出来るのだろうか？

そして君達、わが真夜中の恋人、わが二折り判の書物達よ[11]！　私は（腕にひと抱えもある）君達を抱擁する無上の喜びとも別れねばならないのだろうか？　知識は私のもとへ――もし死後も知識が得られるとしたら――何か不細工な直覚的体験によって伝えられ、読書というこの慣れ親しんだ方法によっては得られなくなるのだろうか？

私はあちらへ行っても友達を持てるだろうか？　この世で友があることを教えてくれるにこやかな指標――それとわかる人の顔――「それと請合う優しき眼差し[12]」――がなくなってしまっても？

死に対するこの耐え難い嫌悪の情――と、なるべく穏やかに言っておくが――は、冬になるとひとしお頭にこびりついて、私を悩ませる。快い八月の正午、蒸し暑い空の下では、死はほとんど疑わしいものにすぎない。そんな時は、私のような哀れな蛇も一種の不老不死を楽しむ。その時、私達は身を伸ばし、芽吹く。その時はふだんより倍も強く、倍も勇ましく、倍も賢く、背もずっと高くなっている。私を凍えさせ、縮かませる寒風は私に死を考えさせる。空虚なるものと結託んだあらゆるものが、あの感情を主として侍っている。寒さ、麻痺、夢、当惑――影深く凄愴なさまを見せる月の光でさえ、同様だ――あの冷たい太陽の幽霊、太陽神の青ざめた妹、『雅歌』で悪し様に言われている栄養の足らぬ妹[13]に似た月影さえも――私は彼女のお気に入りではない――私はペルシア人と共に太陽を崇める[14]。

何であれ私の邪魔をしたり、行く手を塞いだりするものは、私の心に死を呼び込む。あらゆる局部的な害悪が、体液のように、あの悪性な疫病の腫物に入って行く。――命などどうでも良い、と人々が公言するのを聞いたことがあるが、そうした人々は生存の終わりを避難港として喜び迎え、墓を、枕して眠れる柔らかい両腕であるかのように語る。中には死に求愛した者もいる――だが私は言う、糞喰らえ、汝、汚らわしく醜い亡霊よ！　私は汝を憎み、嫌い、呪詛し、(ジャン修道士と共に[15])汝を十二万の悪魔に引き渡す――いかなることがあっても恕さず、勘弁せず、天下の害敵として遠ざけ、烙印を押して追放し、罵るべき者として！　汝には何がなんでも、我慢出来ない。汝、痩せこけた憂鬱なる欠乏よ、[16] あるいはもっと恐ろしく、忌まわしい実在よ！

汝の恐怖を除くために処方された解毒剤も、汝自身と同じように、まったく冷酷で人を馬鹿にしている。なぜなら、「死しては王や皇帝と共に横たわる」[17]からといって、生前、そんな共寝の仲間と昵懇になろうともしなかった人間が、一体どんな満足を得られよう？――あるいは、「花の顔もかくならん」[18]といったところで――一体なぜ、私を慰めるために、アリス・W――nが化物にならなければいけないのだ？ 何よりも、私はそこいらの墓石に刻んである、あの厚かましくも不穏当な文句に嫌悪を覚える。死者という死者が私に向かって、「汝もほどなく我の如くなるべし」という厭わしい陳腐な説教をはじめねばならないとは。友よ、生憎、おまえさんの思うほどすぐではないかも知れぬよ。私は今のところ、まだ生きている。動きまわる。汝の二十人分の値打ちがある。汝より優れた者を敬え！ 汝の新年は過ぎてしまった。私は生き残って、一八二一年を楽しく暮らそうとしている。葡萄酒をもう一杯――そして、今し方、逝ける一八二〇年の弔辞を悲しげに誦したあの裏切り者の鐘が、音色を変えて、新しい年を晴々しく迎え入れる間に、我々も鐘の響きに合わせて歌おうではないか。陽気で朗らかなコットン氏[19]がかかる折に作った歌を――

新　年

聞け！　雄鶏は啼き、明星は
朝も近しと人に告ぐ。
やよ見よ、暗闇を陽は破り、
西山を染む、金色に。
老神ヤヌスも現われて、
未来の年を覗き込む、
此方の将来は暗しとも
言わむばかりの顔をして。
我等は起きて、それを見て、
身の不幸をば予言する。
災禍を怖ずる心こそ
実の凶事にいやまして
魂を苛む悩ましき
凶事を招くものなるに。

されど待て、待て！　我が眼は
朝の光に教えられ、
顰むと見えし彼の容貌に
晴朗の色を見出せり。
後ろを向ける彼の顔は
過ぎし苦難に顰むとも、
此方向けるは、晴れやかに、
新たな年に笑みかくる。
高き場所より見る故に、
新たな年は隈もなく
刹那刹那が目に入りて、
見守る神は誤たず。
さるにヤヌスは、ひととせの
めでたき周転に笑みてぞやまぬ。
されば、我等は何故に
このひととせを疑わむ？

最初の朝より微笑みて、
生れし時より福を告ぐるを。
いやさ、去年は大厄年、
今年はましにちがいなし。
悪くするとも、旧年を
堪えしようにやれば良し。
さすれば、明けて来年は
恵みの年となる道理。
何故なら、（日々に見る如く）
悪しき災禍も幸運も、
永遠に続きはしないもの。
また幸運は喜びを
不幸が悩みを保たすより、
長持ちさするものなれば。
三年に一度、良き年を
得ながら運を嘆くとは、

忘恩の徒に他ならじ、
幸を恵むに値せじ。
されば迎えむ、新客を
溢るる美酒の杯で。
愉快は常に幸と逢い、
「災禍」をすら和ませる。
「幸福姫」が背向くとも、
我等は腹に酒を詰め、
堪えて待たむ、またの年、
姫が此方をふり向くを。

如何だろう、読者よ――こうした詩句には、古いイングランド気質の無骨な大らかさが味わえるではないか？　薬湯さながらに人を力づけてくれるではないか？――消化すれば気力を増し、きれいな血と寛大な精神を生み出して。私がついさっき口にした――あるいは心にもなく言ったのかも知れぬ――あの意気地ない死の恐怖はどこへ行ったろう？――雲のように通り過ぎてしまった――清澄な詩の浄化の陽光に吸いとられ――ああした気鬱症（きうつしょう）に効く唯一の鉱泉である、まじり気なきヘリコンの波⑳にすっかり洗い流されてしまった。――さあ、それではこくのある酒をもう一杯！　そして新年おめでとう。皆様方に幾久しき新春のめぐりを祈って、お祝いを申し上げましょう！

(New Year's Eve)

『ロンドン雑誌』一八二一年一月号初出。死をめぐる憂鬱な悲観論が色濃いため、信心深い人々の間で物議を醸した。読者からは、あの世の幸福というキリスト教の約束を忘れるなとエリアを諫める詩が投稿された。編集者にこれを見せられたラムは、この世で友人に恵まれたことには感謝しており、あの世で再会できると思えば興奮に震えんばかりだと皮肉な感想を漏らしている。二年後、単行本として出版された『エリア随筆』正篇に触れて、『季刊評論（クォータリー・リヴュー）』でコールリッジの義弟ロバート・サウジーが、「健全な宗教的感情の欠落」を嘆いたのに対して、ラムは、その攻撃の主目標は「除夜」だと推測して、『ロンドン雑誌』でかなり長い反論を行なった。

バトル夫人のホイストに関する意見

「澄んだ火と清潔な炉と、本気の勝負」(1)。これが(今は神の御許にいる)サラ・バトル夫人の有名な願いだった。夫人はホイストの好勝負が、信心の次に好きだった。そこいらの生ぬるい賭事師——三番勝負をするのに人が足りなければやっても良いというような、半端な競技者の類ではなかった。自分は勝っても嬉しくないとか、一番勝ったら一番負けるのが良いとか、トランプの卓に向かえば一時間を面白く過ごせるが、自分は勝負をしてもしなくてもかまわない、などと公言し、間違ったカードを出した敵手に、どうぞ引っ込めて、やり直して下さい、などと言う手合いではなかった。こういう耐え難いのらくら者は卓の呪殃である。このような蠅が一匹でもまぎれ込むと、壺の中味全体が駄目になる。(2)かかる連中はトランプをするのではなく、トランプごっこをして遊ぶのだと言って良かろう。

サラ・バトルはそのような人種ではなかった。私同様、この手の人間を心底嫌っていて、よほどの緊急事態でもない限り、かれらと同じ席に着こうとはしなかった。彼女は徹底した相棒を、③断固たる敵を望んだ。譲歩られることも、譲ることもなかった。情け容赦を嫌った。反則はけしてしなかったし、敵手がした場合には重大な罰金を科さずにはおかなかった。切って、突いて、良い闘いをたたかった。④利剣を（カードを）「踊り子のように⑤」持っているのではなかった。しゃんとして椅子に坐り、他人にカードを見せもしないし、他人のを見ようともしなかった。人間には誰にも盲点が――迷信がある。ハートが自分のお気に入りの組なのだ、と私にこっそり教えてくれたことがある。

　私は生涯に一度も――わが幸福な月日の大半を通じて、サラ・バトルとつきあっていたが――彼女が自分の番になって嗅ぎ煙草入れを取り出したり、勝負の最中に蠟燭の芯を剪ったり、すっかり終わりきらないうちに鈴を鳴らして、召使いを呼んだりするのを見たことがない。途中で雑談をしかけたり、他人がおしゃべりするのを黙過したことも、一度もない。彼女が力説したように、カードはカードなのであった。夫人の上品な前世紀風の顔に、純然たる不興の色が浮かぶのを見たことがあるとすれば、それは、ある文学者肌の若い紳士の態度に対してだった。その若紳士は誘われて散々渋った末、やっと勝負に加わったのだが、率直さが過ぎて、こんなことを言ったのだ――真面目な勉強のあとに時々こういう気晴らしをして、心をくつろげるのは悪いことではありませんね、と！　夫人は自分が全力を挙げて取り組む高貴な営為を、そんな風に見られることに我慢がならなかった。それは彼女の仕事であり、義務であり、彼女はそれをするためにこの世に生まれ――実際にやっていたのだ。彼女はそれが終わってからくつろいで――本を読んだのである。

　ポープが夫人のお気に入りの作家で、「髪の毛盗み」⑥がお気に入りの作品だった。夫人はかつて、あの詩に出て来るオンブル⑦という有名な遊戯を、私を相手に（実際にカードを使って）やって見せてくれたことがある。そして、この遊戯がどの辺までトラドリール⑧と一緒で、どういう点が違うかを説明してくれた。夫人の説明は適切にして鋭いものだったから、私はその内容をボウルズ氏⑨へ書き送るの喜びを得たのである。しかし、氏が彼の作家の作品に付けた優れた注釈に加えるには遅すぎたらしい。

　カドリール⑩が自分の初恋の相手だ、と夫人は常々語っていた。しかし、円熟した彼女が貴んだのはホイストだった。夫人が言うには、カドリールは華美で見場が良く、若い者の心をそそりがちである。組む相手が定めなくすぐに変わること――ホイストの貞節はこれを忌み嫌う――スパディール⑪のめくるめくばかりの無上権と王者の装い――これは夫人がいみじくも言った通り、ホイストの純粋な貴族制度からすると馬鹿げたことで、後者に於いては、冠とガーター勲章も、貴族仲間の他のエース達に勝る権力を与えないのだ――独り舞台を演ずるという、初心者の気を引く浮わついた虚栄(みえ)――何より、サン・プランドル・ヴォル⑫の圧倒的な魅力――たしかに、その大勝利に匹敵する、あるいはそれに近い出来事は、ホイストの勝負では起こらない――こうしたことの故に、カドリールという遊戯は若い情熱家を魅するのだ、と夫人は言っていた。しかし、ホイストの方がしっかりした遊戯だというのが、夫人の決まり文句だった。それは長いゆったりした食事で、カドリールのような早飯(はやめし)の饗宴(きょうえん)ではない。ホイストの三番勝負を一、二回すれば、一晩の長きに及ぶこともある。その間に友誼(ゆうぎ)を根づかせ、不動の敵意を培(つちか)うことが出来る。夫人はカドリールに於けるような、偶然に始まる気まぐれな、絶えず揺れ動く同盟関係を軽蔑(みくだ)していた。彼女に言わせれば、カドリールの小競合(こぜりあ)いは、マキャヴェリ描くところのイタリアの小国同士が、けちくさいその場限りの紛争(いざこざ)を起こすさまを思い出させる。年中態度や関係を変え、今日の憎い敵が明日は可愛(かわい)い可愛い恋人、接吻(せっぷん)するかと思えばすぐに引(ひ)っ掻(か)くといった具合だ――しかるに、ホイストの戦いは、偉大なる英仏両国が久しきに亘(わた)って、確固とした、根の深い、合理的な反目をし合うのに譬(たと)えられよう。

夫人はお気に入りの遊戯(ゲーム)の重厚な単純さに惚(ほ)れ込んでいた。そこにはクリベッジのノブ⑬のような愚かしいものはなく――余計なものが一切ないのである。フラッシュ⑭などというものはない——あれは理性を持った人間がなし得る申し立てのうちでも、もっとも不合理なものだ——誰でも、同じ印と色のカードを持つだけで、勝負の運びにも、カード自体のそれぞれの値打ちや権利にもかかわりなく、四点を取れるというのだから！　夫人はこれを不都合と考え、文章に於ける頭韻法の如く、カードに於ける憐れむべき野心だと思っていた。彼女は浅薄皮相を軽蔑し、物事の外色よりも深いところを見た。——トランプの組札は兵隊である、と夫人はよく言うのだった——だから、区別をつけるために揃いの服装をする必要がある。しかし、仮に愚かな地主がいて、整列させることもなければ戦場へ出ることもない小作人に赤い制服を着せて、手柄に思っているとしたら、一体何と言えば良かろう？——夫人はホイストを今より単純にしたいとさえ思っていて、私の察するに、いくつかの付属物を——人間は弱いものだから、それくらいは見逃しても、また奨励しても良いとさえ思えるものを——剝ぎ取ってしまいたかったらしい。カードをめくって切札を決めることを無意味だと思っていた。ある組がいつも切札であっては、なぜ不可ないのか？——また、それぞれの組の印で十分見分けはつくのに、なぜカードを二色にするのか？——

「しかし、マダム、そういう変化をつけることによって、眼を娯しませることが出来ます。人間は純粋な理性だけの生き物ではありません——五感に快く訴えてもらいたいのです。そのことはローマ・カトリック教の国々へ行けば、良くわかります。あちらでは音楽や絵画に引かれて大勢の人が礼拝にやって来ますが、感覚の喜びを否定するあなた方クエーカーの精神は、そういう人々を寄せつけないでしょう。――あなた御自身だって、素敵な絵の蒐集をお持ちではありませんか――でも、正直におっしゃい。サンダム⑮のお宅の画廊で、あの冴えざえしたヴァン・ダイク⑯の絵の間を歩いている時、あるいは控えの間のパウルス・ポッター⑰の絵の間を歩いている時、あなたは一度でもお感じになったことがありますか？――色とりどりなトランプの絵札を前にして、毎晩のように体験出来る、あの喜びと比べ得るような優雅な喜びに胸が熱くなるのを？――行列する紋章官のように綺麗で風変わりな衣装――華やかに勝利を約束する緋色――それとはうって変わって、命取りの凄まじい黒――『白髪を戴いたスペードの王⑱』――栄光赫々たるクラブのジャック⑲――

　こうしたものは全部なしでも済ませられるかも知れません。茶色い厚紙に名前だけ書いて、絵を省いても、勝負は支障なく進められるかも知れません。しかし、カードの美しさは永久になくなってしまうでしょう。想像的なものをすべて剥ぎ取られたら、ただの賭博に堕さざるを得ません。――考えてもごらんなさい、あの素敵な緑の絨毯(自然のそれの次に素晴らしい)、雅な闘士達が勇ましい馬上槍試合を行うのにもっともふさわしい闘技場のかわりに、味気ない樅板(もみいた)か太鼓の皮にカードを並べるとしたら！——あの繊細につくられた象牙(ぞうげ)の数取りに代えて——(あれは支那の工人の作で、その工人はああしたものの意味を知らないか——あるいは、女神の小宮をつくった極悪なエペソスの細工人[20]のように、真の使い道を知りながら、罰当(ばちあ)たりにもそれを蔑(なみ)しているのです)——あれに代えて、(我々の祖先の貨幣(おかね)だった)皮の切れ端や、チョークや石板の欠片(かけら)を使うとしたら！」

老婦人はニッコリ微笑(わら)って、私の論法の正しさを認めた。そして私はずっと思っているのだが、珍しいクリベッジの点数盤[21]を遺贈してくれたのは、その晩、私が夫人のお気に入りの問題に関して述べた主張が気に入ったためにちがいない。くだんの点数盤は極上のシエナの大理石で出来ていて、夫人の母方の伯父(べつの場所で讃(ほ)めたことのあるウォルター・プルーマー老[22])がフィレンツェで買って来たものだ——これと五百ポンドのささやかなお金が、彼女の亡くなった時、私に贈られたのである。

私はこの形見の品(私はこれを少なからぬ価値の物と考えている)を神聖なものとして大事にしまっているが、じつを言うと、夫人自身は、さしてクリベッジに魅(ひ)かれなかった。あれは根っから下品な遊戯(ゲーム)だと言うのを聞いたことがある——夫人はクリベッジが大好きな伯父に異を唱えて、そう言ったのだ。「行け」とか——「こいつは行けだ」とか㉓の言葉を快く口にすることが、夫人にはどうしても出来なかった。あれは文法にかなわない遊戯だと言っていた。木釘(きくぎ)を立てて点を数えることも㉔彼女を苛(いら)つかせた。一度などはこんなことがあったのを知っている――夫人はジャックをめくったので、それで勝てるはずだったが、そのためには「踵(かかと)で二点㉕」とはしたない宣言をして、権利を要求しなければならない。それがために、(五シリング銀貨五枚を賭けた)勝負をみすみす捨ててしまったのである。この種の克己には、まことに育ちの良さをうかがわせるものがある。サラ・バトルは生まれついての淑女だった。

二人でするカード遊戯のうちでは、ピケ㉖が一番だと夫人は思っていた。もっとも、ピーク㉗とか――ルピーク㉘とか――カポ㉙といった用語はしゃらくさいと(夫人は思って)馬鹿にしていたが。しかし、彼女は二人でする遊戯を、いや三人でする遊戯さえも、あまり好まなかった。正方形を、四角を愛した。なぜかと訊(き)けば、このように論ずるのだった――カードは戦争であり、目的は利得と栄光である。しかし、カードは気晴らしを装った戦(いくさ)だ。一騎打ちとなると、所期の目的があからさまになりすぎる。当人同士にとってはあまりにも接近戦だし、見物人がいても、さして変わりはない。見る者は賭けでもしない限り興味を持てないし、賭ければ、単なる金銭(かね)の問題になってしまう。演者の幸運や勝負の運びに心からの同情を持って関心を払うことはないのである。――これが三人となると、なお悪い。クリベッジに於けるように㉚、同盟も連合もない、各人の各人に対する赤裸々な戦であるか、あるいはトラドリールに於ける如く、相反するけちな利害が入れ代わり、熱意のない同盟や、さして気が乗らぬ同盟の破棄が次々に続く。――しかし、四角形の遊戯では（夫人はホイストのことを言っているのだ）、カード遊戯に於いて可能な一切のことが成し遂げられる。そこには利益と名誉という二つの動機があり、これはあらゆる遊戯に共通のものではあるが――他の遊戯では見物人がほんのわずかしか参与しないため、名誉はとても十分に享受し得ない。しかるに、ホイストのそれぞれの組は見物人であり、かつ主役である。自分が自分にとっての観客で、傍観者を必要としない。むしろいない方がましで、いれば邪魔になる。ホイストは中立も、遊戯の外の興味も忌み嫌う。貴君が何か驚くべき技巧を発揮したり、幸運に恵まれて得意然となるのは、冷淡な――いや、たとえ興味を持つ人であろうと――傍観者がそれを見とどけるからではなくて、貴君の相棒がその一手に共感を抱くからなのである。貴方方は二人で勝つ。二人で凱旋する。二人で有卦に入り、また二人で無念を噛みしめる。だから、屈辱は二人で折半することになり、一方、組んでいるために（嫉妬が取り去られて）栄光は二倍になる。二人が二人に敗ける方が、一対一の血みどろの接近戦で敗けるよりも、和睦㉛が容易である。捌け口を増やすことによって敵意も緩和される。戦は行儀の良い競技となる——老貴婦人はかくの如き理屈によって、鍾愛の慰み事を弁護するのが常であった。

偶然が構成要素として関わってくる遊戯の場合、夫人は誰が何と言おうと、賭金ぬきではやらなかった。偶然は、と彼女は論ずるのだった——ここでも、その結論の巧妙さに感心すべし！——偶然は何か別のものがそれにかかっているのでない限り、無意味である。[32]それが栄光たり得ないことは明らかだ。自分一人で、また見物人のいる前で、一と六を立て続けに百回出したとしても、賭けているのでなかったら、それに嬉々とする合理的な理由があろうか？——当たり籤が一本だけ入っている十万本の籤をこしらえてみるがいい——その当たりを十万回続けて引いたとしても、懸賞がないのだったら、愚かな驚異の感覚は別として、我々の持って生まれた如何なる本性を満足させるだろうか？——それ故に、夫人は金を賭けてやるのでない西洋双六に偶然が混じることを嫌っていた。それを馬鹿げた遊びと呼び、そうした条件の下に幸運な目が出るのを喜ぶ人間を白痴と呼んだ。純然たる技巧だけの遊戯も、夫人のお気には召さなかった。賭け金のためにやるなら、それは単なる出し抜き合いの仕組にすぎない。栄光のためにやるなら、それは単に一人の人間の知恵を——記憶力、あるいはむしろ組み合わせの能力を——他人のそれと競い合うにすぎず、閲兵の際に行う模擬戦のように、流血もなく益もない。偶然という霊魂注入、幸運という立派な申し訳を欠く遊戯などというものを、夫人は考えてみることも出来なかった。部屋の真ん中でホイストに打ち興じている時、隅の方で二人が将棋(チェス)をさしているのは、夫人に耐え難い嫌悪と倦怠(けんたい)を感じさせた。〝城〟だの〝騎士〟だのを巧みに模したああした駒(こま)、将棋盤上の姿形はまったく場違いで無意味だ、と彼女は説くのだった(私もこの場合は正しいと思う)。ああした酷烈な頭脳の競い合いは、けっして空想と手を結ぶことは出来ない。形や色彩を撥(は)ねつける。鉛筆と乾いた石板こそ(と夫人は言うのだった)かかる闘いにふさわしい闘技場である。

カードは悪(あ)しき情熱を養うものだといって攻撃するつまらぬ輩(やから)に対し、人間は競技(ゲーム)をする動物である、と夫人はやり返すのだった。人間は常に何かしらで他人(ひと)を負かそうとせずにいられない。——この情熱を向ける場として、カード遊戯ほど安全なものはない。カードは束(つか)の間(ま)の幻惑である。実のところ、ただの芝居である。なぜなら、我々はたかだか二、三シリングしか賭けていないのに、重大な利害に気を揉(も)む人間の役を演ずる。そして幻惑が続く間は、王冠や王国を賭けた人間と同じほどに実際気を揉むのである。それは一種の夢の戦闘、大騒ぎ、大合戦とわずかな流血、それに見合わぬ些細(ささい)な目的のための大がかりな手段であって、人々がそうとは思わずに演じている、もっと深刻な人生の遊戯の多くと同じくらい面白く、害は遥(はる)かに少ないのである——

老貴婦人のこうした事柄に関する見識には大いに敬意を払うが、それでも私は賭けずにカードをして楽しかったことが、生涯のうちに折々あったと思う。私は病気だったり、あまり元気がなかったりすると、時々カードを出してもらって、賭金ぬきでピケをする。従姉妹(いとこ)のブリジェット――ブリジェット・エリア[33]を相手に。そこには何か陋劣(ろうれつ)なものがあることは認めるが、歯痛だとか、足首の捻挫(ねんざ)だとかで――おとなしく縮(ちぢ)こまっている時は――さほど動機が立派でない行動も厭(いと)わぬものだ。この自然界には病人のホイストというようなものがあることを私は確信する。それが人間の最上等の行いでないことは認めよう――私はサラ・バトル夫人の霊に赦(ゆる)しを乞(こ)う――悲しいかな、彼女はもうこの世にはいないのだ！　私が詫(わ)びねばならない人は！

　そうした折には、なつかしい我が友が異を唱えた用語も、不都合のないものとして入って来る――私はティエルスだとかカトルズだとか[34]を手に入れるのが好きだ――それらの言葉に何の意味もなくとも。私は甘んじて低級な興味に支配される。勝利の影が私を楽しませる。

　優しい従姉妹とこの前勝負した時（私は彼女にカポで完勝した）――（私が如何に愚かであるかをお話ししようか？）――あの時、私はこれが永遠に続けば良いと思った。私達は何物も得ず、何物も失わず、その勝負は勝負の影にすぎなかったけれど――あの他愛ない愚かな遊びを永久に続けられれば、それで良いと思っていた。私の足の鎮痛剤をこしらえる土瓶は、いつまでも煮え立っているがいい。この一勝負が終わったら、ブリジェットはその薬を貼りつけてくれることになっているが、私は膏薬を貼るのがあまり好きではないから、いつまでもふつふつと沸いているがいい。ブリジェットと私はいつまでも勝負をしていたい。

(Mrs Battle's Opinions on Whist)

『ロンドン雑誌』一八二一年二月号初出。バトル夫人は、ラムの母方の祖母メアリ・フィールドだとする説もあったが、ホイスト仲間だった海軍少将ジェイムズ・バーニー(「婚礼」の「提督」)の妻セアラがモデルだと考えられている。一八〇三年二月、ラム姉弟は夫妻に出会うとたちまち意気投合し、ジェイムズが亡くなった翌年、もうホイストをしてもバーニーがいないので楽しくも何ともないと、ラムはその死を心から悼んだ。なおバトル(戦闘)という名は、「カードは戦争であり、その目的は栄光ある利得である」と宣う勇猛な夫人にいかにもふさわしい。

魔女その他夜の恐怖

妖術の信仰に途方もない矛盾(と我々には思われるもの)が含まれているからといって、我々の先祖を一まとめに馬鹿扱いすることは早計である。目に見えるこの世界に関して言えば、かれらも我々と同じくらい合理的で、時代錯誤を看破る目も鋭かった。だが、一度不可視の世界が開かれ、悪霊どもの無法な力が仮定されたとなると、古人は一つの証言を排けたり認めたりするにあたって、蓋然性、穏当さ、妥当さ、釣り合いといったものの——あり得ることと、わかりきった不合理を弁別するものの——如何なる目安を拠所とすることが出来ただろう?——蠟人形が火の前で溶けてゆくにつれて、乙女達が心悩み、窶れ果ててゆくとか——麦が薙ぎ倒され、牛が跛足になったとか——旋風が悪魔の如く暴れて、森の樫の木を根こぎにしたとか——あるいは、風もないのにどこかの田舎家の台所で、焼串や薬罐が恐ろしくもまた罪のない乱痴気踊りをおどったとか——作用力の法則が理解されなかった時代には、こうしたことすべてが等しくありそうに思われたのである。闇（やみ）の力の王が地上の華（はな）にして壮観なるやんごとない人々の前を素通りして、貧乏な年寄りの弱い空想（こころ）に途轍（とてつ）もない包囲攻撃を仕掛けるということは——我々には先天的（ア・プリオリ）にありそうともなさそうとも言えない。我々は悪魔の策略を推し測る目安を持たないし、悪魔の市（いち）で、そういった老婆の魂にどれほどの値がつくか見積もることも出来ないからだ。それに、邪悪が山羊（やぎ）によってはっきりと象徴されていた時代に、彼が時々山羊の姿で現われ、その隠喩の正しさを証明したとしても、さほど驚くにはあたるまい。——二つの世界の間に交通が開かれたことは、たぶん間違いだったろう。——しかし、一旦（いったん）それが仮定された上は、人が証言したこの種の話を、甲は乙よりも不合理だといって斥（しりぞ）ける理由はないと思う。無法なものを判ずる法はなく、夢を批判する規範もない。

　時々思うのだが、私などは魔女の妖術が信じられていた時代には、とても暮らせなかっただろう。そうした噂（うわさ）のある老婆が住む村では、夜もおちおち眠れなかっただろう。我々の先祖は我々より豪胆だったか、さもなくば鈍感だったのである。こうした悪者どもが諸悪の創造者と結託し、呪文（じゅもん）によって地獄を意のままに従わせると誰もが信じていたというのに、お人好しの治安判事はかれらの逮捕状を出すことを躊躇（ためら）わず、愚かな警吏も、執行を躊躇わなかったらしいのだから——まるでサタンを召喚でもするかの如く！――船中のプロスペロ(1)は、魔法の書物と杖を手元に持ちながら、敵のなすがままに知らない島へ流される。途中で嵐の一つや二つ、起こしても良さそうなものだと我々は考える。彼が黙って従うのは、魔女が官憲に抵抗しないのとまったく良く似ている。――スペンサーの魔物はどうしてガイアン(2)を八つ裂きにしないのだろう？――また彼を餌食とするには、ガイアンが輝く宝物に手を出さなければならぬ、という条件を一体誰が定めたのだろう？――我々には見当もつかない。あの国の法律はわからない。

私は子供の頃から、魔女や魔女の物語について、むやみと人に聞きたがった。女中や、女中よりも伝説にくわしい伯母が話をたっぷり仕込んでくれた。だが、私の好奇心を初めてこの方面に向けた出来事をお話しするとしよう。私の父の本部屋では、スタックハウスの『聖書の歴史』(3)が目立つ場所を占めていた。その本にふんだんに入っている挿絵――ことに箱舟の絵とソロモンの神殿の絵は、いずれも画家がその場にいて、目で測量ったかの如く如実に描かれていて――幼い私の注意を引いた。また、〝魔女〟がサムエル(4)の霊を呼び出す場面の絵もあって、私はあれを見なければ良かったと思っているが、その話はまたあとでするとしよう。スタックハウスの本は大冊の二巻本で――精一杯力をこめてやっと持ち扱えるような、あの大きな二折り判を、上の棚の、それが占めている場所から動かすのは、一種の楽しみだった。以来、今に至るまで、あの本にめぐり会ったことはないが、あれは私の記憶によれば、旧約聖書の物語を順序良く記したもので、それぞれの物語に異論が付記してあり、その異論の解決がきちんきちんと添えてあった。異論はその話の信憑性に対して、古代近代の賢しい不信心者が突きつけた疑義を総括したもので、ほとんど好意的と言っても良いほど過度に率直な調子で書かれている。解決は短く、控え目で、納得のゆくものだった。毒と解毒剤が両方共、目の前にあるのだった。疑問はそのように提起され、そのように打ち砕かれて、もう永久に片がついたように見えた。竜は死んでしまい、赤ん坊の足でも踏みつけることが出来たのだ。しかし、スペンサーの詩で殺された怪物のように——もっとも、あの詩の中では、そういう事が起こったのではなく⑤、懸念されたにすぎないが——打ち砕かれた⑥誤謬の腹から竜の子供達が這い出して来て、私のように幼く繊弱な聖ジョージの武力を以てしては、退治出来そうもなかった。各々の章句に異論が呈されるのを期待する習慣がつくと、やがて私はもっとたくさんの異論を考え出し、それに対する自分なりの解決を見つけて得意になった。私は狐疑し、心惑い、産衣を着た懐疑論者となった。自分で読んだり、教会で人が読むのを聞いた聖書の美しい物語は、純粋で真実な印象を失い、あらゆる論難者を向こうにまわして弁護すべき歴史的ないし年代学的な論題となってしまった。それらを信じなくなったわけではないが——それに近いものになった——誰かしらこうした話を信じない者、あるいは信じなかった者がいることを確信したのである。世の中に不信心者がいることを教えるのは、子供を不信心者にするも同然である。ものを何でも信じることは大人なら弱点だが、子供の場合、強味である。ああ、嬰児、乳児(7)の口から聖書への疑いが発せられるとは、何と聞き苦しいことだろう！——私は危うくそうした迷路に迷い、このような豆殻が供する不適切な栄養のために痩せ細ってしまうところだったが、その頃、幸運なる不運が私にふりかかった。私は箱舟の絵を急いでめくったものだから、不幸なことに、その巧みなる構造の船体に破れ目をつくってしまった。二頭の大きな四足獣——象と駱駝——を不注意な指で突き破ってしまったのである——かれらはあの天下無類の船舶の船尾に接した二つの窓から（無理もないことだが）ぎょっとしてこちらを見ていた。これ以降、スタックハウスは厳重にしまい込まれ、禁制の宝物となってしまった。あの本と共に、異論と解決も私の頭からしだいに消えて行き、それ以来、強い力を持って私を悩ましに戻って来ることはめったにない。——しかし、私がスタックハウスから吸い取った印象のうちに、錠でも閂でも閉め出せないものが——そして、幼い私の神経をもっと深刻に苦しめるべく運命づけられたものが一つあった。——あの忌まわしい挿絵である！

私は神経を苛つかせる恐怖におそろしく敏感な性質だった。夜と孤独と闇は私にとって地獄だった。私が耐えたこの種の苦しみは本当にひどいものだったから、こんな言い方をしても許されよう。生まれて四歳から、たぶん七歳八歳(ななつやっつ)になるまで——こういう昔のことは記憶も曖昧(あいまい)だが——枕に頭をのせると必ず、何かおそろしい妖怪を見ると思い込み、その予想は現実となったのである。〝魔女〟がサムエルを呼び出しているあの絵——(おお、あの外套(マント)を被った老人よ!)——が私に与えたものは、真夜中の恐怖と幼児期の地獄ではなく——それらが訪れる際の形と様子にすぎないと言ったならば、スタックハウスは幾分罪を免れることになろうか。夜毎(よごと)私の枕の上に坐(すわ)り込む老婆——伯母や女中が遠くへ行ってしまうと、きっとやって来る寝床の友を私のために扮装(つく)り立てたのは、この男だった。あの本を読むことが許されていた間、私は終日彼の描画を前にして、目醒(めざ)めたまま夢を見ていた。そして夜になると、(こんな大胆な表現が許されるなら)眠りのうちに目醒めて、あの幻が真実(ほんとう)であることを知るのだった。日中(にっちゅう)でさえ、自分が寝る部屋へ入ると窓に顔を向けて、魔女が取(と)り憑(つ)いている枕のあるベッドを見ないようにしなかったためしはない。——世の親達はいたいけな赤ん坊を寝かせるために、たった一人暗闇に置いて行く時、自分が何をしているかわかっていないのである。優しい腕を求めて手さぐり——聞き慣れた声を聞こうとする——目が醒めて泣き叫ぶが、誰もあやしてくれる人がいない時——そんな経験はかぼそい赤ん坊の神経を、どれほど恐ろしく掻き乱すことであろう！　かれらを夜中まで起こしておいた方が――蠟燭の明かりの中で、いわゆる不健康な時間を過ごさせた方が――医学的見地からも、より良い配慮だと私は信ずる。あの厭な絵は、前にも言った通り、私の夢に様式を与えた――あれがもし夢だったのなら――というのも、夢の舞台はいつも決まって私の寝る部屋だったのだから。あの絵にもし出会わなかったら、恐怖は何か違う形で――

頭のない熊、黒ん坊、あるいは猿⑧――

といった風に、己の姿を描いてやって来たろう。しかし、現実として、私の想像はくだんの形態を取ってしまった。――こうした恐怖を子供の心のうちにつくり出すのは、本でも、絵でも、愚かな召使いがする物語でもない。それらはせいぜい方向づけをするにすぎない。可愛らしい小さなT・H⑨は、子供のうちでも例のないほど細心の注意を払って、迷信に染まらぬように育てられた――小鬼やお化けの話を聞くことはついぞ許されなかったし、悪人の話を聞いたり、悲惨な物語を読んだり聞いたりすることさえ、めったに許されなかった――ところが、この子は外部ヨリハ ab extra 自分がかくも厳重に閉め出されていた恐怖の世界を、彼自身の「押し寄せる妄想」⑩のうちに見出すのである。そして小さい真夜中の枕から、楽天主義が育てたこの子は、伝説から借りて来たのではない物の姿に怯えて、ハッと跳ね起きる。この子が掻く汗に較べれば、独房で死刑を待つ殺人者の夢は平穏というに等しい。

　ゴルゴンやヒュドラや恐ろしきキマイラ⑪――ケライノーと化鳥達⑫の物語は――迷信を抱く頭脳の中に己を再現するかも知れないが――しかし、そうしたものは以前からそこにあったのだ。それらは転写であり、型である――原型は我々のうちにあって、永劫不変である。さもなければ、正気の時の分別で嘘だとわかる話が、どうして我々を動かすことが出来よう？――あるいは、

　――意味のわからぬ名のみのものが、
　在らざるもので我等を怯えさせることが⑬？

我々はかかるものが肉体上の害をこちらに加え得る能力を考えて、自ずと恐怖を抱くのだろうか？――いや、けっしてそんなことはない！　こうした恐怖はもっと古いものだ。それは肉体以前に遡る――あるいは、肉体がなくとも同じだったであろう。ダンテの詩に出て来るあの残酷な、人を責苦にかける、はっきりと描かれた悪魔達――引き裂き、切り苛み、息を詰まらせ、頸を絞め、火炙りにする魔物達――かれらは人間の霊にとって、形なき霊が背後からついて来るという単純な考えの半分も恐ろしいであろうか――

寂しき道をこわごわ歩み、
一度（ひとたび）はふり返っても、歩み続けて、
また頭（こうべ）をめぐらすことはない。
なぜなら、恐ろしい魔物が
ついて来るのを知っているから――
そのような人の如くであった。*

＊コールリッジ氏の「老水夫行」(14)。〔原註〕

ここに扱った種類の恐怖が純粋に霊的なものであること――地上にその対象がなければないほど強烈であること――罪のない幼年期に支配的な力をふるうこと――こうした難しい問題がもし解明されたら、我々の生まれぬ前の状態について何らかの洞察が得られ、未生（みしょう）の影の国を瞥見（べっけん）するくらいは出来るかも知れない。

夜の空想は、もうとうの昔に私を悩ませなくなった。実をいうと、たまに悪夢を見ることもあるが、幼い頃のように、悪夢の群れを飼っているわけではない。悪鬼（あっき）のような顔は小蠟燭（ころうそく）を消すとやって来て、私を見る。だが、かれらの出現を避けられなくとも、私は連中が贋物（まがいもの）であることを知っているから、取っ組み合って闘うのだ。自分の想像

力がどればかりかということを考えると、私の夢がいかに大人しい散文的なものになってしまったかは、申し上げるのも恥ずかしいくらいである。私の夢はけしてロマンティックではなく、田園的であることすら、めったにない。建築や建物の夢——今までに見たこともなく、これから見ることもなさそうな外国の都市の夢だ。自然な一日の長さとも思える時間のうちに、ローマ、アムステルダム、パリ、リスボンを経巡り——これらの街の教会や、宮殿や、広場や、市場、店屋、郊外、廃墟などを、得も言われぬ喜びを感じながら——地図のように明瞭な輪郭で——ほとんど目醒めている時に近い、白昼の如き鮮やかな光景として見た。——以前、ウェストモーランド⑮の山々——私にとって一番高いアルプス——を旅したことがあるが、⑯ああした対象は偉大すぎて、私の夢の認識力には把握出来ない。それから、ヘルヴェリンの峰の姿を何とかして思い浮かべようと、甲斐なく心眼⑰を凝らしているうちに目が醒めたことが幾度もある。あの地方へ行ったようにに思ったのだが、山々はなくなっていた。私の夢の貧弱さにはほとほと愛想が尽きる。コールリッジなどは氷の丸屋根や、クブラ・カーンの遊宮や、アビシニアの乙女達や、アバラの歌、そして

聖河アルフの流るる⑱

洞窟を思いのままに喚び出し、夜の孤独を慰めることが出来る――しかるに、私ときては、ヴァイオリン一丁呼び寄せることが出来ないのだ。⑲バリー・コーンウォール⑳は夜の幻の中で、トリトンやネレイスが目の前を跳ねまわり、ネプトゥヌスに息子が生まれた㉑旨を告げ知らせるさまを見る――しかし、私は夜間如何に想像力を働かせても、魚売りの女の幽霊を呼び起こすことさえ出来ない。私の失敗をいささか無念だが御覧に入れると――あれは、この詩人の「夢」㉒という立派な詩を読んだあとのことだった。私の空想はああいった海の幻影に強く傾き、心の内でなけなしの造形力が働きはじめて、ほかならぬその夜、一種の夢の中で、私の愚かな気持ちに阿ろうとしたのだ。どこかで海の婚礼があったらしく、私は太洋の大波に高々とうち乗り、私の前には、お定まりの行列が法螺貝を吹いて（私自身はもちろん、先導の神であり）、にぎやかに海原を進んで行った。やがてイーノー・レウコテアー㉓が（あれはイーノーだったと思うが）白き抱擁をもって私を迎えるべき場所へ来ると、大波は次第に静まり、荒海から凪の海に変わって、さらには川の動きになった。その川は（夢の中では、見慣れぬものが馴染み深いものに変わることがよくあるけれども）ほかでもない優しきテムズ川であって、私は穏やかな波の一つか二つにふわりと乗って、たった一人無事に、しかし冴えない格好で、どこかランベス邸㉔の下のあたりに上陸したのだった。

睡眠時に魂の創造性がどのくらいあるかということは、同じ魂が目醒めている時に有する詩才を量るうえで、信頼に足る基準となるかも知れない。私の友人で変わり者のさる老紳士は、この考えをとことん突き詰めていたので、知り合いの若い者が詩人を志しているというと、真っ先にこう尋ねたものだ――「お若いの、君はどんな夢を見るかね?」私はこの老友の説に深く信を置いているから、自分にそういった徒し心(あだごころ)がぶり返すのを感じると、身を躱(かわ)して逃げてしまうネレイス達と、あの目出度からぬ川岸への上陸を思い出し、やがて己の領分たる散文の世界へ引っ込んで行くのである。

(Witches, and Other Night-Fears)

『ロンドン雑誌』一八二一年十月号初出。見えざる世界に住む魔女、悪鬼の魅力を語る本篇もまた不信心の誹りを免れなかった。しかし、一番怖い悪夢は未生以前から人間の心の中に存在する原型(イデア)から発するものだとするプラトン主義的主張や、夢見の豊かさが詩的創造力と直接つながっているというような、フロイトやユングの精神分析を予兆する先駆的陳述は、やはり多少とも不信心にならざるを得ないのではないか。

私の近親

片親でも生きていれば珍しいことであって、天の恵みと思っても良い年齢に私は達した①。もっとも、私はそんな幸せには恵まれておらず——時折、ブラウンの「キリスト教教訓集②」の一節をしみじみと思い浮かべるのだ。著者はその個所で、この世に六、七十年も生きた人間について語っている。「それ程の時間を過ごし」と彼は言う。「己の父親を憶えている者は一人もおらず、また若き日の友人すら残り少なくなるまで生き永らえた時、人は忘れられることが如何なることかを良く理解出来ようし、また遠からずして〝忘却〟が如何なる顔で己に対するかをまざまざと悟り得るであろう。」

私には伯母③が、懐かしい、善良な伯母がいた。独身のめでたさ④の故に、世間に対しては気難しくなった人だった。この世の中で可愛いのは、おまえだけなのだよ——おまえが死んでしまうかと思った時は、母親のように泣いて悲しんだのだよ、とよく言っていた。私の理性は、そのように排他的な偏愛を手放しで良しとすることは出来ない。伯母は朝から晩まで有益な書物と勤行の本を読み耽っていた。愛読書はスタノップ訳のトマス・ア・ケンピスと、⑤朝禱と終禱がちゃんと載っている――当時の私は幼くて、そうした言葉の意味を理解出来なかったが――ローマ・カトリックの祈禱書だった。さような旧教的傾向のものは良くないと毎日意見をされたにもかかわらず、伯母は断固としてそれらを読み続け、しかも、毎週安息日には、良き新教徒の務めとして教会へ行った。伯母が勉強した書物はただこれだけだった。もっとも、伯母の話によると、たしかある年頃には、『不運なる若き貴紳の冒険』を大そう面白く読んだそうである。ある日、エセックス街⑥にある礼拝堂の扉が開いているのを見て――それは彼の異端派の揺籃期のことだった――伯母は中へ入り、説教と礼拝の仕方が気に入って、それからしばらくの間、折々そこへ通った。教養のために行ったのではなく、そんなものはどうでも構わなかった。先にもちょっと触れた通り、伯母の性質には少し邪険なところがあったが、それでもしっかりした親切な人で、立派な昔気質のキリスト教徒だった。分別のある婦人で、頭の廻りが良く――人の言葉に当意即妙の受けこたえをしたものだが、この人が沈黙を破るのはそういう時くらいのもので――それ以外は、あまり機知というものを重んじていなかった。伯母が世俗の仕事をするのを見た記憶としては、莢隠元の皮を剝いて、きれいな水をたたえた陶器の鉢へ落とすのを見たことがあるばかりだ。あの柔らかい野菜の香りは、なつかしい思い出に馥郁として、今日でも私の感覚に蘇る。あれはたしかに、台所仕事のうちで、もっとも美妙なるものである。

男のおば⑦とある人が呼ぶところのものを、私は——記憶にある限りでは——持っていなかった。親の兄弟に関して言えば、孤児として生まれたと言っても良い。私には兄弟も姉妹もなかった⑧——顔を憶えている同胞は。たしか、エリザベスという名の姉がいたはずだが、私達がどちらも幼いうちに死んでしまった。この姉を失ったために、私はどれほどの慰めを、また苦労を失ったことだろう!——だが、いとこなら何人かいて、ハーフォードシャーのあちこちに散らばっている。——そのほかに二人、生まれてからずっと親しくしているいとこがおり、極めつきのいとこと呼んでも良いだろう。それはジェイムズ・エリアとブリジェット・エリア⑨である。私よりも十二歳と十歳年上で、どちらも、忠告とか指導とかに関して、年長者の特権を抛棄する気はなさそうである。願わくは、二人がいつまでも同じ気持ちでいますように——そして七十五歳⑩と七十三歳になっても(私はそれより早くこの人達を手離せないので)、六十三の大厄年を迎えた私を、依然若僧か弟として扱ってくれますように!

ジェイムズは不可解な従兄弟である。自然にはそれなりの統一があるものだが、すべての批評家がそれを看破し得るとは限らないし、また我々はそれを感じても、説明出来ないことがままある。ヨリックの筆⑪でなければ——それ以後の何人の筆を以てしても、J・Eの全体像を——彼の物語を作り上げる微妙なシャンディ風の明暗を——描きあらわすことは出来ないだろう。私は運命から授かった恩恵と才能に従い、自分の貧弱な対照法で、跛を引きひき随いて行くしかない。さて、そうするとJ・Eは——少なくとも、通常の観察者の目には——相矛盾する諸原理によって出来上がっているように見える。——まぎれもなき衝動の子であり、冷徹な深慮の哲学者でもある——わが従兄弟の主義に於ける粘液質は、おそろしく多血質な気性とたえず戦っている。つねに何か真新しい企画を脳裡に抱いていながら、J・Eは革新への徹底した反対者で、時間と経験の試煉を経ていないものは、何でも彼でもこきおろすのである。彼の空想の中には時々刻々、百もの素敵な考えが追いかけっこをしているのに、他人がほんの少しでもロマンティックなことを言おうものなら、愕然としてしまう。何事も自分の感覚で決めるくせに、貴方には、いかなる場合も常識の指導に従えと勧める。——自分と来ては、言うこと為すこと、どこか必ず奇矯な点があるのに、貴方が馬鹿げたことや突飛なことをして恥をかかないように気を揉んでいるのだ。以前、私が食卓で、万人が好むある料理を嫌いだと口を滑らしたところ、後生だから、とにかくそんなことは言うな、と彼は言った——世間の人が狂人だと思うだろうから、と。彼は高尚な美術品（そうしたものの立派な蒐集を蓄えている)が好きでならないのだが、また売るために買うのだという口実の下に、その情熱を隠している——自分の熱心さが貴方(あなた)のそれを煽(あお)り立てるといけない(12)と思って。しかし、もし売ることが目的なのだとしたら、あの優しい牧歌的なドメニキーノの絵は、何故いまだに彼の壁に掛かっているのだろう?——金よりも眼福の方がずっと大事だというのだろうか?——それに、如何なる画商が彼のように語り得るだろうか?

一般に人間は、思索上の結論を歪(ま)げて、自分個人の気質性向に合わせようとするものだが、これに反し、彼の理論は、必ずその性格と正反対のところに立っている。本能からすればスウェーデンのカール王(13)のように勇敢だが、主義の上からは、旅するクエーカー宗徒のように御身大切なのである。彼は私が生まれてからこの方、偉い人には頭を下げよという教えを——出世するには礼儀作法が必要だということを、ずっと私に説き続けた。自分自身は、私の知る限り、そのいずれも心がけず——韃靼(だったん)の汗(ハン)の前に出しても直立する気概を有している。彼が忍耐を説き——これこそもっとも真実な知恵だと称揚するのを聞くのは——その一方で、晩餐(ばんさん)の用意が出来る間際の七分間に、彼の様子を見ているのは楽しい。〝自然〟は、このせっかちな従兄弟をこしらえた時以上に、落ち着きのない急ぎ仕事をやったことはない——そして〝人工〟は、静穏の利と、如何なる状況に置かれても満足することの利という、お得意の話題について滔々(とうとう)と語る時の彼ほど、念の入った能弁家を生み出したことはないのである。ジョン・マレーの通り⑭の外れへ行くと、西の街道へ通う短距離の乗合馬車が邪魔臭く往来をふさいでいるが、あの馬車の中で貴方をしっかりとつかまえた時、彼はこの題目について大得意になって語る――あそこでは、空いている馬車に乗ってから、お客が定員を満たすまで待たされ――ことによると四十五分もかかるから、人によっては耐え難い思いをする。彼は貴方の落ち着きのなさに呆れる――「我々はどこへ⑮行ったら、今より良い目に逢えるというんです。かくの如く坐し、かくの如く談ずるのは楽しいじゃありませんか？」と言い――「自分としては、移動よりも休んでいる状態を好みます」と言いつつ――その間ずっと御者から目を離さず――ついには、貴方に辛抱がないので辛抱出来なくなり、御者に向かって悲痛な抗議を爆発させる。約束した刻限よりもこんなに長く待たせるとは何事だ、「今すぐ馬車を出さないと、こちらにお乗りの紳士は下りてしまわれるぞ」と権高に言い渡すのである。

　議論を立てたり、詭弁を見抜いたりするのは実に得意なのだが、彼は貴方の相手をして一続きの議論をすることが出来ない。実際、論理上の無茶苦茶はするし、論理とは似ても似つかぬ筋道によって、いとも立派な結論に跳びつくようである。これとは良く辻褄が合うけれども、彼は折々、人間に理性という能力があることを否定してきた。そもそも、人間がどうしてそんなことを思いついたのかを怪しみ――持てる限りの理性的推論の力を総動員して、否定説を展開するのだ。笑いを悪しきものとする哲学的な考えを抱いていて、笑うことは自分にとって⑯不自然だと言い張る――だが、ともすると次の瞬間、彼の肺臓は雄鶏のように時をつくるのである。じつに気の利いた警句を吐くくせに――機知などというものは嫌いだと言う。イートン校の少年達が運動場で遊んでいるのを見て、こう言ったのは彼である――こういう素晴らしい純真な若者が、もう二、三年もすると、みんな軽佻浮薄な国会議員になってしまうとは、何と残念なことだろう！

彼の青年時代は火と燃え、灼熱し、嵐のようだったが――老齢に至っても、冷める徴候を示さない。これこそ、私が敬服する所以である。私は〝時間〟に歩み寄る人間が嫌いだ。あの避け難い破壊者と妥協しようなどとは思わない。J・Eは生きている限り、思いのままに振舞うだろう。愉快なのは、五月の晴れた朝など、私が日々の仕事をする街の方へ歩いて行くと、彼が反対方向からズンズンこちらへ近づいて来る。楽しそうな綺麗な格好をして、血色の良い顔を輝かせているところを見ると、何か買い物の目当てがあるらしい――クロード⑰か――それともホッベマ⑱か――というのも、彼の羨むべき余暇の多くは、クリスティーズや、フィリップス⑲や――その他あちこちの場所で、絵だの安ぴか物だのを掘り出すことに費やされるのだから。こうした時、彼はたいてい私を呼び止め、ちょっとした講釈をはじめるのだ。曰く――おまえのような人間は、しなければならない仕事に時間を奪われているから、自分よりも有利である――自分はしばしば〝時〟が両手に重くのしかかるのを感ずる⑳――休日がもっと少なければ良いのに――そんなことを言って――「おおい、西だ！」とばかりに――鼻歌をうたいながらペル・メルへ行ってしまう――私を納得させたとすっかり信じ込んで。一方、私は歌声もなく反対方向へ歩き続ける。

さらに、この〝恬淡居士〟が新しい買い物をしっかと家に持ち込んだ時、それに敬意を表する様子を見るのも愉快である。貴方はそれをあらゆる光線の中で見なければならない。彼が最良の光を見つけるまで――この距離に置いたり、あの距離に置いたりしながら、しかし常に目の焦点を彼のそれに合わせて。貴方は濃淡遠近法の効果をとらえるために、指の間から絵を覗き見なければならず――自分には、この風景はそんな小細工を弄しない方がずっと良く見える、などと言い張っても、無駄である。彼の有頂天の喜びに応じないのみならず、前の買い物の方が良かった、などとうっかり口走る不運な輩は禍いなるかな！――彼には最新の当たりが常に最善の当たりで――彼の「たまゆらの月白」㉑なのである。㉒――あわれ、私は如何に多くの物穏やかな聖母がこの家へ入って来るのを見たことだろう――ラファエロの絵だと言って！――その絵はわずか二月三月、高い地位を保っているが、やがて表の客間から裏の画廊へ、そこからさらに暗い居間へと、間を置いた格下げを経て——カラッチ家㉓のそれぞれに順繰りに養子とされ、いっきに転がり落ちはしないが、段々と卑しき素姓にされつつ——忘却の物置に放り込まれ、しまいにはルッカ・ジョルダーノ㉔か凡庸なカルロ・マラッティ㉕として出て行くのだ！

——私はこうしたありさまを見るにつけても、この世の有為（うい）転変（てんぺん）がつくづくと思われ、貴人の栄枯盛衰、あるいは彼（か）の愁傷（いたわ）しいリチャード二世の妃㉖に思いを致すのだった。その人は——

——華やかにいで立ちて、
美しき五月の如く飾られて此方（こなた）へ来しが、
万聖節か冬至の日の如く送り返さるるなり。㉗

J・Eは貴方を大そう愛しているが、貴方が感じたり、したりすることには、限られた同情しか持たない。自分独りの世界に生きていて、貴方の心を何が過（よぎ）るかはあまり察しもしない。貴方の習癖の心髄に触れることは、ついぞない。彼は年季の入った芝居通に向かって、どこそこの（と劇場の名を挙げ）誰それは、じつに活（い）きの良い喜劇役者だと語るのである——耳寄りな報（しら）せとして！　ついせんだっても、私が大の散歩好きであることを知っているので、おまえのために気持ちの良い緑の小路（こみち）を見つけてやった、と言う。その路は私の家のすぐ近くにあり――私はこの二十年間、そこを始終出入りしているというのに！――彼は感情的という名で通っているあの種類の心情には、あまり敬意を払わない。真の害悪なるものの定義を、もっぱら肉体的な苦しみに適用し――他はすべて空想として斥（しりぞ）ける。生き物が苦しむのを見ると、またそれを想像しただけでもおそろしく気に病むが、私は女性以外にそういう人を見たことがない。この種の苦痛に敏感な体質であることが、その理由の一つかも知れない。彼はことに動物族を格別の保護下に置く。息切れしたり、拍車擦（ず）れした馬は必ずや彼を弁護人として見出すだろう。過重な荷を負わされた驢馬（ろば）は、永久に彼の被護者である。彼は獣類にとって福音伝道者であり――かまってくれる友達のない者らの、けして裏切らぬ味方である。生きたまま伊勢（いせ）海老（えび）を茹（ゆ）でたり、鰻（うなぎ）の皮を剝（む）いたり、といったことを考えただけで苦しみ悶（もだ）え、「哀れみのあまり死にそうになる[28]」。そのために何昼夜も食べ物の味がしなくなり、枕しても眠ることが出来ない。彼はトマス・クラークソン[29]と同じ熱情を持っていて、ただ彼（か）の「〝時〟の真の共働者」[30]のような確固不抜の実行力と目的の統一とを欠いていたため、クラークソンが黒人世界のためにしただけのことを、動物界のためにすることが出来なかったのである。しかし、私の御（ぎょ）しにくい従兄弟は、人との協力を必要とする仕事には不向きに出来ている。彼は待つことが出来ない。彼の改善計画は一日のうちに熟さねばならない。かかる理由から、彼は慈善協会や、人間(ひと)の苦難を軽減するための組合では、頭角をあらわさないのである。彼はいつでもその熱意故に協力者達を追い抜き、困らせてしまう。彼は救済を考える――ほかのみんなが議論することを考えている時に。彼は＊＊＊＊＊救済協会(31)から除名されたが、それは彼の仁愛の熱が、仲間の会員達の形式的な了解や、蝸牛(かぎゅう)の歩みの手続きの先へ突き進んでしまったからだった。私はこの栄誉をいつまでも、エリア家の高貴の証(あかし)と見なすであろう！

私がこうした一見相矛盾する点を並べ立てるのは、比類なき従兄弟を嘲笑(わら)ったり、咎(とが)めたりするためだろうか？　いやいや、天も、一切の礼節も、近親の間にあるべき思いやりも、さようなことを禁ぜよかし！――このエリア家随一の変わり者には、これだけ変わったところがあるが――私は彼をほんの一点一画たりとも、あるがままの彼とは違うものにしたいと思わないし、この奔放な親族を、この世で一番几帳面(きちょうめん)で、折目正しい、何事にも筋の通った親族と取り替えたり引っ換えたりしたいとも思わない。

読者よ、たぶん次の文章では、従姉妹(いとこ)ブリジェットについて少しお話しするかも知れない――もういいとこには飽きあきしたとおっしゃるのでなければ――そして、もし一緒にいらっしゃることをお望みとあらば、貴方の手を取って、私達が一、二年前の夏、さらに大勢のいとこを探しに行った小旅行にお連れしたいと思う——

楽しきハーフォードシャーの緑野をめぐって。(32)

(My Relations)

『ロンドン雑誌』一八二一年六月号初出。四十代半ばを過ぎたラムが、次第に少なくなっていく年長の親族に思いを馳せ、伯母さんを枕に、従兄ジェイムズの「エリア家随一の変り者」ぶり、明暗の両極端が共存する性格、絵画への偏愛と動物愛護精神などについて語る。従兄すなわち兄のジョンは、姉メアリの母親刺殺事件の際に、姉を生涯精神病院に閉じ込めようとしたため、自分が看取ることを選んだラムとの間には精神的な軋轢があったと思われる。だが、その奇矯ぶりを描きつつも、この独りよがりの親族を、折り目正しく首尾一貫したどの親族とも取り替えたくないと擁護する態度は、いかにも臍曲がりのエリアらしい。本篇と「ハーフォードシャーのマッカリー・エンド」は、兄と姉を主題とする続き物として書かれている。

ハーフォードシャーのマッカリー・エンド

ブリジェット・エリアはもう長年、わが家の家政を担っている。私は思い出せないほど遠い昔から、ブリジェットの世話になっているのだ。私達は年老った独身男と老嬢とで一緒に住み、いわば二重の独身生活を送っている。全体として、まあそこそこ快適に暮らしているから、私としては、彼の軽はずみな王の子①と共に山へ入って、独身であることを嘆く気にもならない。私達は趣味も習慣もかなり良く合っている——「相違はなきにあらざれど②」、だが。おおむね上手くやっていて、時々口喧嘩くらいはするが——身内同士はそうでなければいけない。私達は思いやりをあからさまに示すよりも、むしろ黙って了解し合っている。一度など、私がわざと声をつくって、ふだんよりも優しく話しかけたところ、従姉妹はワッと泣き出して、貴方は変わってしまったと不平を言った。私達は二人共、傾向は違うが、大の読書好きである。私がバートンやその同時代の風変わりな作者の一節を（もう千回も）繰り返し読んでいる時、従姉妹は現代の物語や冒険譚に夢中になっていて、二人の共用の読書机には、その種のものが毎日せっせと新しく積み上げられる。物語は私を苛つかせる。私は事件の進展にほとんど関心を持たない。従姉妹は話の筋がないと気が済まない――語り口は上手でも、下手でも、まあそこそこでも――とにかく、その中に人生が活動し、良い事や悪い事が沢山起こらなければならないのだ。虚構に於ける人の運命の転変は――また、ほとんど実人生に於けるそれすらも――私の興味を惹かなくなったか、あるいは鈍い作用しか及ぼさない。尋常でない気質や意見――何か面白く、ひねくれたところのある頭脳――作者の奇癖といったものが、私を一番喜ばせるのだ。しかし、従姉妹は奇矯なものとか、怪奇なものは何でも嫌いな性分である。風変わりだったり、破格だったり、一般の同情の道から外れたりするものは、一切受けつけない。彼女は「自然の方が賢いと考えている」。私は彼女が『医家の宗教』の美しい偏屈さに盲目なのは許せるが、しかし、前々世紀のわが鍾愛の作家――いとも貴く、純潔にして高徳な――それでいて、やはりいくらか気まぐれで独創的な頭脳を持ち、鷹揚なマーガレット・ニューカッスルの知性に関して、彼女が近頃投げかけた失敬なあてこすりについては、謝罪してもらわねばならない。

　これまで私の従姉妹は、たぶん私が望むよりも頻繁に、自分と私の仲間として自由思想家達③――新奇な哲学と体系の首唱者と弟子達――とつき合う運命にあったが、かれらの意見と闘いもしなければ、それを受け納れもしなかった。子供の頃に良いもの、尊ぶべきものと思っていたものは、今でも彼女の心の上に権威を保っている。彼女はけっして自分の理解力を誑かしたり、弄んだりしない。

　私達は二人共、少し独断的すぎる嫌いがあり、これまで私の見たところでは、言い争いをした結果は、ほとんど例外なくこんな具合である――事実とか、日付とか、周囲の状況とかいったことについては私の方が正しく、従姉妹は間違っている。しかし、道徳上の問題で二人が意見を異にする場合――何かをすべきだとか、放っておくべきだとかいう場合には、私は初めのうち如何なる熱意を以て反対し、確固たる信念を抱いていようと、長丁場に及べば、必ず従姉妹の考え方に屈してしまうのである。

　わが近親の婦人の弱味には、優しい手で触れなければなるまい。ブリジェットは自分の欠点を言われるのを好まないからだ。彼女には人前で本を読む困った癖(それ以上に悪くは言わないとして)がある。そんな時は何を訊いても、生返事でええとかいいえとか答える――これには腹が立つし、質問をした人間の尊厳を著しく毀損するものだ。彼女の沈着さは人生のもっとも緊急な危機にも耐え得るが、時に、ほんの些細なことで度を失ってしまう。事態がそれを必要とし、しかも重大なことである場合には立派な落ち着きを示すけれども、良心に関わらない事柄④に於いては、時折不適切な言葉を洩らす。

彼女は若い頃、教育にあまり手をかけてもらえなかったので、幸いにも、たしなみという名で通っている婦人の装飾品（かざり）一式を身に付けないで済んだ⑤。小さい時から、偶然にか意図してのことか、古き良き英国の書物が沢山ある広い部屋に押し込められて、これを読めとか読むなとかもあまり言われずに、美（うる）わしく健全な牧場の草を心のままに食（は）んだのだった。私にももし二十人の娘がいたら、これとまったく同じやり方で育てるだろう。そのために結婚の機会を逃さぬかどうかはわからないが、（最悪の場合でも）世に類（たぐい）なき老嬢が出来上がることは請け合っても良い。

辛（つら）い時、従姉妹は本当に心を慰めてくれる。しかし、意志を以て対処することを要しないような、煩わしい慮外（りょがい）の出来事とか些細な紛乱（ふんらん）といった場合には、出しゃばりすぎて、事態をいっそう悪くすることがある。苦労を常に分かってくれるとは限らないが、愉（たの）しいことがある場合には、きっとこちらの満足を三倍にしてくれる。芝居を観に行ったり、人を訪問したりするには素晴らしい連れだが、一緒に旅行する時の彼女こそ最高である。

二、三年前の夏、私達は一緒にハーフォードシャーへ小旅行をした。あの美わしい麦生（お）うる地方へ、あまり知らない親戚の本営へ奇襲をかけに行った⑥のだった。私の脳裡（のうり）に残っている一番古いものはマッカリー・エンドである。ハーフォードシャーの古い地図にはマッカレル・エンドと綴ってあるが、たぶんその方が正しいのだろう。これは農家で——ホェタムステッド[7]からゆっくり歩いて行けるくらいの、気持ちの良い場所にある。子供の時、ブリジェットに連れられて、そこへ大叔母[8]さんを訪ねて行ったのを憶えている。ブリジェットは、前にも言った通り、私より十歳程年上なのだ。私は二人の余命をまとめて、等分に分けられれば良いと思うが、それは出来ない相談である。あの家には当時、祖母の妹と結婚した裕福な小地主が住んでいた。名前はグラッドマンといった。祖母はブルートン家の娘で、フィールド家に嫁いだ。グラッドマン家とブルートン家は今もあの地方に繁栄ているが、フィールド家はあらかた絶えてしまった。今言った訪問をしてから四十年以上の歳月が過ぎ、その間、私達はこの両家ともほとんど音信がなかった。誰が、またどういう人がマッカリー・エンドを継いだのか——身内か、それとも赤の他人か——想像するのも怖いくらいだったが、いずれ様子を探りに行くつもりではあったのである。

いくらか回り道になるが、私達はセント・オールバンズから、途中ルートンの素晴らしい邸園を通って、正午頃、気にかかってならなかったあの場所へ到着した。古い農家の光景は、記憶から跡形もなく消えていたにもかかわらず、もう何年も味わったことのない喜びを私に与えた。というのも、私は忘れてしまったが、私達は一緒にそこへ行ったことをけして忘れなかったし、マッカリー・エンドのことは年中話していたので、私の記憶はそれ自身の幻に欺かれ、あの場所の様子を知っているように思い込んでいたのだ。ところが、現にこの目で見ると、幾度となく想像裡につくり上げたものとは、ああ、何という違いだろう！

それでも、あたりに微風は心地良く通っていた。季節は「六月のさなか(9)」であり、私は詩人と共にこう言うことが出来た。

　されど、愚かなる想像の目に
　　かくも美しく見えし汝が、
　　陽の光の中で、妙なる幻と
　　　美しさを競う。(10)

ブリジェットの喜びは、私のそれよりも醒めたる喜び(11)だった。昔の顔馴染みをすぐに思い出したからだ――もちろん、幾分面変わりしたのを少し残念には思ったが。実際、初めのうちは、あまりの嬉しさに信じられないほどだったのである。しかし、その場所はやがて彼女の愛情のうちにふたたび自らの地歩を占め――彼女は古い屋敷の外回りを隈なくめぐり歩いて、薪小屋や、果樹園や、鳩小屋のあった場所（建物も鳥も飛び去ってしまったが）へ行き――夢中で息を切らしながら、昔日の記憶を確認した。その様子は、五十いくつという年齢にしては、行儀が良いというよりも、まあ赦されるといったところだった。しかし、ブリジェットは、ある種の事柄については年甲斐もなくなるのだ。

あとはもう家に入るだけだった――それは、私一人だったなら、越え難い関門だった。私は羞にかみ屋で、見知らぬ人や、今は疎遠になった親族に名乗りを上げるのがひどく苦手だからだ。従姉妹は逡巡よりも強い〝愛〟に駆られ、私を置いて中へ入って行ったが、やがて〝歓迎〟の像をつくる彫刻家のモデルにでもなれそうな人を連れて、戻って来た。それはグラッドマン家の一番若い人だったが⑫、ブルートン家の人間と結婚して、古い屋敷の奥方になったのである。ブルートン家は縹緻良しの家系である。この家の六人の女性は、州で一番の美人達として知られていた。しかし、ブルートン家に嫁いで来たこの女は、私の思うに、かれらの誰よりも――縹緻良しだった。彼女は生まれるのが遅かったため、私のことは憶えていなかった。幼い頃に一度、踏み越し段に登っていると、誰かが従姉妹のブリジェットを指さして、この人が誰それだと教えてくれたことだけは、かろうじて憶えていた。しかし、身内であり、いとこであるというだけで十分だった。大都会の殺伐たる空気の中では遊絲の如く儚いものとなってしまう細い絆が、深切で、素朴な、情愛の深いハーフォードシャーでは、かくもしっかりと人を結びつけるのである。五分もすると、私達はまるで一緒に生まれ育ったも同然に、お互いを良く知り合い、洗礼名で呼び合うほど心おきなくなった。およそキリスト教徒たる者はこうして呼び合うべきなのだ。ブリジェットと彼女を並べて見ると――まるで聖書に出て来る二人の従姉妹⑬の出会いさながらだった！　この農家の奥方には気品と威厳があり、その心柄にふさわしくふくよかな姿で、身の丈も高く、宮殿に連れて行っても輝くだろう――少なくとも、私達はそう思った。私達は夫妻双方から等しく歓迎された――私達と、それから一緒に行った友達は。そういえば彼のことを忘れかけていたけれども――しかし、B・F⑭はあの出会いをそうすぐに忘れはしないだろう――もしカンガルー⑮の棲む遥か遠くの海辺で、たまたまこの一文を読んだならば。歓待の御馳走が用意された、というよりも、私達が来るのを待ちうけていたかの如く、すでに用意が出来上がっていた。そして、この場にふさわしい地酒を一杯やったあと、忘れもしない――もてなし好きの従姉妹は、心底誇らしげに私達をホェタムステッドへ連れて行き、（まるで何か珍しい物でも見つけたように）私達をグラッドマン家の母親と姉に紹介した。果たしてこの二人は、彼女がまだろくに物心もつかなかった頃、私達のことを多少知っていた。――私達はこの人達からも同じように優しく迎えられ――ブリジェットの記憶はこのことに刺激されて、物や人の薄れかけた思い出を無数に呼びさましたので、私もブリジェット自身もすっかり驚いた——その場に、いとこでないほとんど唯一の人間として坐っていたB・Fも驚倒した——レモン汁で書いた文字が、優しい熱にあてられると浮き上がって来るように、半分以上忘れ去った名前や場面の心象が、群れなして彼女の心に蘇って来たのだった。——私がもしこうしたことを忘れたならば、その時は田舎の従姉妹達が私を忘れてしまってもかまわない。それにブリジェットも、もう思い出さなくても良い——幼い子供だった頃の私は彼女のかよわい預り物で——その後、愚かな大人になっても面倒を見てもらっているが——遠い昔、ハーフォードシャーのマッカリー・エンドのまわりできれいな田野を散策した時も、彼女に手を引かれていたことを。

(Mackery End, in Hertfordshire)

『ロンドン雑誌』一八二一年七月号初出。従姉ブリジェットは実際には姉メアリであり、やや含むところもあった兄ジョンへの態度と異なり、二人で身を寄せ合って「二重の独身生活」を送っていた姉への親身な思いが伝わってくる。読書の趣味、進歩的自由思想に対する立場、言い争いの仕方など、さまざまな点で互いに両極端であるにもかかわらず、静かに身を寄せ合って生きる二人。しかし、一生付き添って看病

する道を選んだ弟にとって、姉は重荷であるどころか、愉快なことを三倍にしてくれる楽しい遊び相手だった。

その姉と一緒に友人も伴って出かけた親戚筋の住むマッカリー・エンドへの旅。微かな血縁を頼りに訪問した姉弟を、放蕩息子を迎える父親のように歓待する親戚たちに接して、ブリジェットは、四十年前に幼いエリアを伴って同地を訪問した時の薄れていた記憶を鮮烈に甦らせる。その傍らにあって、この麗しい歓待を自分が忘れるとすれば人でなしだと思うほど感じ入るエリアがその時捧げるのは、幼少時以来、立場が逆転して自分が保護する側に回ったかに見える今に至るまで、変わることなく自分を庇護し楽しませ続けてくれたブリジェットへの感謝にほかならなかった。

初めての芝居見

クロス・コート①の北の端に今も一つの門が立っている。建築として貴ばれる資格が多少はあるものだが、現在はつつましい用途にあてられ、印刷所②の入口となっている。この古い戸口は、読者よ、お若い方は御存知ないかも知れぬが、他でもない、古いドルーリー座——ギャリックのドルーリー座③——の平土間の入口であって、今に残るすべてなのだ。私はここをくぐるたびに、四十年程の歳月を肩から振り落とし、初めての芝居を見るためにそこをくぐった晩を思い出さずにはいられない。その日の午後は雨降りで、私達(大人達と私)が芝居に行く条件は、雨が止むことだった。私はどんなに胸をドキドキさせて、窓から水溜りを見ていたことだろう！　そこの水が静かになれば、目出度く雨が上がる前兆だと教わっていたのである。晴れる前の最後の一降りと、それを知らせに走って行った時の喜びとを今でも憶えているような気がする。

私達は名づけ親のF④が送ってくれた割引券を持って出かけた。Fはホウボーンのフェザーストン・ビルディングの角で油屋(今はデイヴィスの店になっている)を営んでいた。背の高い、おごそかな人物で、尊大なしゃべり方をし、身分にそぐわぬ見栄を張っていた。当時、喜劇役者のジョン・パーマー[5]と交際があって、相手の歩きぶりや仕草を真似しているようだったが、それはジョンが(十分あり得ることだ)私の名づけ親の癖をいくらか借用していなかったとすれば、の話である。彼はシェリダン[6]とも知り合いで、折々訪問を受けることもあった。若きブリンズリー[7]が最初の妻と駆け落ちして、バースの寄宿学校から彼女を——美しいマライア・リンリーを連れて来たのは、ホウボーンのFの家へであった。シェリダンが声麗わしき女を伴って晩方到着した時、私の両親も(カドリールのテーブルを囲んで)その場に居合わせたのである。——こういった関係のいずれからしても、私の名づけ親が当時のドルーリー・レーン座の割引券を自由に手に入れられたことは推察されよう。——実際、F当人の語るところによれば、ブリンズリーが達筆で書いた安い切符をふんだんに発行してもらえることが、彼が長年に亘って、あの劇場の楽団やあちこちの通路を夜毎照明したことに対する唯一の報酬なのであった。——彼はそれに満足していた。シェリダンと昵懇である——あるいは昵懇だと思っている——ことの名誉は、私の名づけ親にとって金銭に勝るものだったのだ。

Fは油商の中でももっとも紳士的な人物で、大言壮語の癖はあったが、礼儀正しかった。およそ平凡な事実を言うにも、キケロの如(ごと)く語った。ラテン語の二つの単語を始終口にしていたが(油屋の口からラテン語というのも異(おつ)なものだ)、私はその後勉強したので、彼の発音を矯正(ただ)することが出来る。それは厳密に発音すると、ヴァイシー・ヴァーサー vice versâ⑧ となるべきだったが――あの頃の幼い私には、今日セネカ⑨やウァッロー⑩の文章の中で、この言葉を正しく読むのを聞くよりも――何かヴァース・ヴァースといった風に単音節化、ないし英語化した彼独特の発音の方が偉そうな印象を与えたのだった。堂々たる態度と、この歪(ゆが)められた音節のおかげで、彼は聖(セント)アンドルー教区が与え得る最高の(といっても、多寡(たか)が知れた)名誉ある地位⑪に昇りつめたのだった。

この人ももう亡くなった――だから、これだけは彼の思い出のために記しておくべきだと思ったのだ。初めて割引券(小さな、素晴らしき魔法の札よ!――ちっぽけな鍵(かぎ)であって、見かけはつまらないものだが、私にアラビアの楽園にも優る世界を開いてくれた!)をもらった恩もあるし、それに彼の遺言の恩恵によって、私は自分のものと呼ぶことが出来た唯一の地産⑫を所有するに至ったのだから――その土地は、ハーフォードシャーの街道筋の村、気持ちの良いパッカリッジの近くにあった。そこを受け取るために出向いて、わが土地に足を踏み下ろした時、贈与者の堂々たる癖が私に乗りうつり、私は（わが虚栄心を告白しようか？）空と地球の中心との間にあるものはすべて我が物だという、英国の不動産所有者の気分を味わいながら、真ん中に手広い邸がある四分の三エーカーのわが土地を、ふだんよりも大股に闊歩したのだった。この地所も今は私より嗜みの良い人の手に渡り、土地均分論者でもない限り、取り戻すことは出来ない。

あの時分は平土間の割引券というものがあった。あれを廃止してしまった厭な支配人に禍いあれ！――私達はその切符で行ったのである。扉のところで待っていた時のことを思い出す――今残っている戸口ではなく――あの扉と蔭になった奥の扉との間で――ああ、いつになったら、もう一度あのような期待に胸をふくらませることがあるだろうか！――当時の芝居小屋には付き物だった林檎売りの呼び声を聞きながら。私の思い出せる限りでは、あの頃、劇場の果物売りの女はこんな風に発音するのが流行だった。「オレンジはえかが。林檎はえかが。番付はえかが」――いかがの代わりにえかがと言うのである。けれどもいよいよ中へ入って緑の幕を見た時――私の想像では、その向こうに天国のようなところがあり、もうすぐそれが露わになるのだ――私は待ち遠しさに息も詰まりそうだった！　私はそれと似たようなものを、ロウ⑬のシェイクスピアの「トロイラスとクレシダ」についている口絵⑭で見たことがあった――ダイアミードとの天幕の場面で――あの口絵を見ると、あの晩の気持ちがいつもなにがしか蘇って来る。――当時の桟敷は着飾った身分の高い御婦人方で一杯で、平土間の上に張り出していた。桟敷の下まで伸びている小柱は（何か知らないが）チカチカ光る材質の上にガラスを乗せた（そのように見えたのである）もので装飾してあり、まるで――卑俗な空想だが――砂糖菓子だと私は思った――しかし、私の昂揚した想像力には、卑俗な性質を脱ぎ去って、栄光に輝く砂糖菓子に見えたのである！――しまいに楽団席の明かりが点いた――「麗わしの曙の女神達⑮」が！　鈴が一度鳴った。もう一度鳴るはずだ――私は待ち遠しさに耐えきれなくなり、もういいやと目をつむって、母の膝⑯の上に顔を伏せた。二度目の鈴が鳴った。幕が上がった――私はまだ六歳になるかならぬかだった――そして劇は「アルタクセルクセス⑰」だった！

　私はそれまでに「万国史⑱」を――古代の部分を――少しだけ読み齧っていたが、ここにはペルシアの宮廷があった。過去の光景に入ることを許されたのだ。筋の運びに然るべき関心を持たなかったのは、その意味が理解出来なかったからだが――しかし、ダリウスという言葉が聞こえ、私は「ダニエル書」のただ中にいた⑲。あらゆる感覚が視覚に吸収された。豪華な衣装が、庭園が、宮殿が、王女達が目の前を通り過ぎた。役者のことは何も知らなかった。私は一時ペルセポリスにいて、かれらが崇める燃える偶像⑳は、私を帰依者にしてしまいそうだった。私は畏怖し、そういった象徴が意味しているのは、四大元素の一つである火以上のものなのだと信じた。それはまったく魅惑と夢であった。あれほどの快楽はその後、夢の中でしか味わったことがない。——「ハーレクインの闖入」㉑がそのあとの演し物で、そこでは判官達が白髪の老婆に変身したが、私には厳粛な歴史上の裁判のように思われたし、仕立て屋が自分の首を持って歩くのも、聖ドニ㉒の伝説と同じくらい掛け値のない事実と思われたのだ。

次に連れて行ってもらった芝居は「荘園の奥方」㉓だったが、これについては舞台背景をいくらか憶えているのを除けば、ごくかすかな記憶しか残っていない。そのあとに、「ランの幽霊」㉔というパントマイムが演じられた——これは当時物故して間もないリッチを諷刺したものだと思うが——(真面目で諷刺ということのわからぬ)私の理解力には、ランはラッド王㉕——ハーレクイン一統の元祖で、木舞の短剣(木製の王笏)を千代に久しく伝える、あの王様——のように遠い昔の存在だった。私は原始の〝道化〟が、死んだ虹の幽霊さながら白いつぎはぎの不気味な衣装を着て、黙せる墓から現われるのを見た。ハーレクインというのは死ぬとあんな風になるのだな、と思った。

三番目の芝居は、それからすぐあとに観た。それは「世の習い」㉖だった。私は裁判官のように真面目くさって見物していたと思う。人の良いウィッシュフォート夫人㉗のヒステリックな演技が、厳かで悲劇的な熱情のように私を感動させたのを憶えているから。「ロビンソン・クルーソー」がそのあとに続いた。クルーソーも、下僕のフライデーも、鸚鵡も、物語の通りで本物らしかった。——こうしたパントマイムの道化やパンタルーンの演技は、きれいに私の頭から消えてしまった。私はかれらを笑わなかったと思う——あの年頃の私は、聖堂騎士団が建てた古い円型教会[28](私の教会である)の内側の石に彫刻されて、ポカンと口を開いたり、歯を剝いて笑ったりしているグロテスクなゴシック式の頭像(当時の私には、深い宗教上の意味があるように思われた)を見ても、笑う気にならなかったのと同じである。

これらの芝居を観たのは一七八一年から二年にかけての興行季節で、私は六歳から七歳になるところだった。そのあと六、七年の間隔をおいて[29](学校では芝居に行くことを禁じられていたから)、ふたたび劇場の戸口をくぐった。「アルタクセルクセス」を観たあの晩のことは、私の空想をけして去らなかった。同じような機会を持てば、同じ感情が蘇ると期待していた。しかし、十六歳と六歳の違いは、六十歳と十六歳の違いよりも大きいのである。あの六、七年の間に、私は何と多くのものを失ったことだろう！　初めの時期の私は何も知らず、何も理解せず、何も弁えなかった。すべてを感じ、すべてを愛し、すべてに驚嘆した——

如何にとは知らざれど、滋養を得たり㉚――

私は熱心な信者として神殿を去り㉛、合理主義者として戻って来たのだ。そこには物質的に見れば同じ物があったが、象徴は、深意は消え失せていた！――緑の幕はもはや二つの世界の間に引かれた帷、それを上げれば過ぎ去った時代が呼び戻され、「王者の亡霊㉜」が現われる帷ではなくなり――観客を一定時間、幾人かの同胞から引き離す――その幾人かはやがて目の前に進み出て、それぞれの役を演ずるのだ――いくばくかの緑の羅紗にすぎなかった。照明は――楽団席の照明は――不細工な仕掛けとして灯された。第一の鈴の音も、第二の鈴の音も、今では後見役が鳴らす鈴の手妻にすぎなかった――以前には、その合図をする手は見えもせず、想像もされず、郭公の声と同様、声の幻㉝であったのに。役者は顔にドーランを塗った男女だった。私はかれらが悪いのだと思ったけれども、そうではなく、私自身とあの幾世紀もの歳月――短い六年間――が私の上に齎した変化のせいなのだった。――その晩の芝居がただの三文喜劇にすぎなかったことは、たぶん私にとって幸せだったのだろう。理不尽な期待を刈り取る時間が与えられたからだ。私はその後まもなく「イザベラ」という芝居でシドンズ㉞夫人を初めて見たけれども、もはやそうした由もない期待には邪魔されず、真の感激を味わうことが出来た。昔との比較や回顧は、やがて眼前の舞台の魅力に負けた。そして劇場は私にとり、新規蒔き直しで、娯楽のうちのもっとも楽しいものとなったのである。

（My First Play）

『ロンドン雑誌』一八二一年十二月号初出。六、七歳で初めて芝居に出かけたエリアは、生身の役者ではなく歴史上の人物が舞台にいると信じ込み、夢の魅惑と喜びを味わう。しかし、学校での七年に及ぶ芝居見物禁止期間を経て劇場という神殿に戻った時、エリアは「熱心な信者」から「合理主義者」へと変貌している。もはや、緑の魅惑の幕は同胞を役者として舞台に上げるための間仕切りにすぎず、役者の声も現実離れした幻ではない。

だが、そうした悲しい幻滅との引き替えなしには、シドンズ夫人の妙技に感動し、本当の芝居の魅力を味わうことはできないのだ。果物売りの呼び声（「オレンジはえかが。林檎はえかが。」）など当事者ならではの印象的な細部を伴って鮮やかに描かれる追憶は、幻滅の後、憑き物が落ちたように演劇観を新たにして、少年から青年へと至るエリアのほろ苦い成長物語ともなっている。

夢の子供達

——一つの幻想——

子供は大人についての話を、大人が子供だった頃の話を聴くのが好きだ。想像の翼を広げて、今は言い伝えとなっている大伯父さんやお祖母(ばあ)さんといった、会ったこともない人々のことを考えてみるのが好きだ。この間の晩、私の小さい子供達がそばへ寄って来て、ひいお祖母さんのフィールド夫人①のことを聞きたいとせがんだのも、こうした気持ちからだった。フィールド夫人はノーフォークのさる大きなお屋敷②(子供達やパパが住んでいる家よりも百倍大きい)に住んでいたが、この家は、近頃「森の子供達③」というバラッドで、わが家の子供にもおなじみになった悲劇的な事件の舞台だったと——少なくとも、州のそのあたりでは一般にそう信じていた。たしかに、その家の大広間の炉棚には、子供達と残酷な叔父の物語が一伍一什(いちぶしじゅう)、赤い胸の駒鳥(こまどり)④が出て来るくだりまで、木彫りで美しく彫刻してあったのである。ところが、ある愚かな金持ちがそれを取り壊して、代わりに、何の物語も彫刻まれていない、今風の大理石の炉棚を据えつけたのだ。それを聞くと、アリスは大好きな母親がした表情の一つを真似してみせたが、それは咎める顔つきというには、あまりにも可愛らしい顔だった。それから、私はさらに語り続けた――ひいお祖母さんのフィールド夫人がどんなに信心深く、善良な人だったか。みんなにどれほど愛され、敬われていたか――といっても、ひいお祖母さんはたしかに、このお屋敷の奥様ではなくて、持主から家を預かっているだけだった（それでも、ある点では、奥様と言って差し支えなかったのである）。持主は隣の州のどこかに買った、新しくて当世風の邸宅⑤に住むことを好んだのだ。それでもやはり、お祖母さんはそこを自分の家も同然に住んでいて、生きている間は、それなりにお屋敷の格式を守っていた。家はその後荒れ果て、あらかた取り壊されて⑥、古い装飾はみんな引き剝がされて持主のもう一つの家へ運ばれ、そこに取りつけられたけれども、いかにもちぐはぐで見苦しかった。譬えて言うなら、このあいだ子供達も見に行ったウェストミンスター大聖堂から、誰かが古い墓石を持って来て、C夫人⑦のけばけばしい金ピカの客間に据えつけたようなものだった。それを聞くと、ジョンは「ほんとに馬鹿みたいだね」とでも言いたげに、ニッコリ微笑った。それから私は語った――ひいお祖母さんが亡くなった時、お葬式には近在の何マイル四方から貧しい人がみんな集まって来たし、良家の人も何人か参列して、お祖母さんの思い出に敬意を表した。なぜなら、お祖母さんはたいそう善良で、信心深い婦人だったからだ。本当に立派な人で、「詩篇」を全部と、それに新約聖書を大部分諳んじていたほどだった。それを聞くと、小さなアリスは驚いたように両手を広げてみせた。それから、私は語った——ひいお祖母さんのフィールド夫人が昔は背の高い、背筋のしゃんとした姿の佳い人だったこと、若い頃は誰よりも踊り上手と言われていたこと——それを聞くと、アリスの小さな右足は思わず動き出したが、私が怖い顔をしたので止めた——州で一番踊りが上手だったのだ、と私は話を続けた——おしまいには癌という酷い病気になって、痛みのために腰が曲がってしまったけれども、病気といえどお祖母さんの潑剌な気性を曲げたり、歪めたりすることはけして出来なくて、心は依然しゃんとしていた。なぜなら、たいそう善良で信心深い人だったからだ。それから、私は語った——ひいお祖母さんは大きな寂しい家の寂しい部屋にいつも独りで寝ていた。真夜中になると、二人の幼な子の幽霊が、寝所のそばの大階段をスーッと滑るように上がり下りするのが見える、とお祖母さんは信じていたが、「あの罪のない子供達は、私には悪さをしないよ」と言っていた。でも、私はどんなに怖かったことだろう——あの頃は女中に添い寝をしてもらったけれど、私はお祖母さんの半分も善良でもなければ、信心深くもなかったからだ——けれども、ついに幼な子達を見たことはなかった。それを聞くと、ジョンは眉毛（まゆげ）を思いきり吊（つ）り上げて、勇ましい顔をしようとした。それから私は語った——お祖母さんは孫達みんなにじつに親切で、休日にはお屋敷へ招（よ）んでくれた。ことに私は、この家で独り長い時間を過ごした。ローマの皇帝だった十二人のカエサル[8]の古い胸像をじっと凝視（みつめ）ているうちに、古い大理石の頭像が生き返るような、あるいは私がかれらと一緒に大理石になってしまいそうな気がしたものだ。私はあの途方もなく大きな屋敷を歩きまわって飽きることがなかった。がらんとした広い部屋部屋、擦（す）り切れた掛布（かけぬの）、破れてひらひらする綴（つづ）れ織り、彫刻を施した樫（かし）の羽目板は金箔（きんぱく）がほとんど剝げ落ちてしまっていて——時には広い古風な庭をさまよったが、そこを独り占めしたも同然で、時折、庭師が独りぼっちで歩いて来るのにすれ違うだけだった——ネクタリンや桃が塀にさがっていたが、私は捥（も）ごうともしなかった。それらはたまに取ることを許されるけれども、ふだんは禁断の木の実だったからだ——それに、私は古い憂鬱（ゆううつ）な様子をした水松（いちい）の樹（き）や樅（もみ）の樹の間をぶらついて、見るほかには役に立たない赤い実や樅の実をとったり——あるいは、庭の馨（かぐわ）しい香りにつつまれて、青々とした草の上に寝転がったり——オレンジの温室で日向（ひなた）ぼっこをしているうちに、あの素敵な暖かさの中で、オレンジやライムと一緒に自分も熟（う）れてゆくような空想に浸（ひた）ったり——あるいは庭の外れにある養魚池で、鮠（はや）があちらこちらへすばしこく泳ぎまわり、またそこかしこ、池の中程に、大きなむっつりした川鱒魚が、小魚どもが生意気にふざけるのを嘲るように、じっとしているのを見たり――私は桃やネクタリンやオレンジといった、子供がふつう釣り寄せられる美味しい果物よりも、こうした忙しくて長閑な気慰みにいっそう多くの楽しみを感じたのだ。それを聞くと、ジョンはこっそり一房の葡萄を皿へ戻した。その葡萄は、見ていたアリスと分け合って食べるつもりだったが、二人共、今は不宜いと思ってあきらめたようだった。それから私は声の調子をいくらか高くして語った――ひいお祖母さんのフィールド夫人は孫をみんな可愛がったけれども、伯父さんのジョン・L――をとりわけ可愛がっていたと言って良い。なぜなら、ジョンはたいそうな美男子で元気の良い若者であり、ほかのみんなの王様のようだったからだ。それに、私達の誰かのように隅の方でたった独り鬱ぎ込んでいたりはせず、なるべく気の荒い馬をつかまえては、それに跨って――この話を聞いている子供達と年の違わない腕白小僧だったというのに――朝のうちに州の半分くらい先まで走らせて、狩の人が出ていれば、その仲間入りをしたのだ――けれども、ジョンはあの古いお屋敷と庭も好きだった。ただ元気があり余っていたので、屋敷内にずっと閉じ込もってはいられなかったのだ――この伯父さんは成人すると、美男子であるだけでなく勇敢な大人になって、みんなに誉められたが、ことにひいお祖母さんのフィールド夫人は誉めそやしてやまなかった。それに私がまだ子供で跛を引いていた時——ジョンは私よりずっと年上だったから——私が痛くて歩けないと、何マイルもおぶって行ってくれたものだった。——後年、彼自身も跛になったが[11]、彼が痛みに苦しんで焦れている時、私は十分思いやってあげないことがあったし——私自身が跛だった時にどれほど労ってもらったかを思い出しもしなかったようである。そして彼が死んだ時は、死んで一時間も経たないというのに、もうずっと昔に死んだような気がしたのだった——生と死の間にはそれほどの距離があるのだ。私は初めのうちは彼の死にかなり良く耐えているつもりだったが、時が経つと、もうそのことが頭から離れなくなった。私はある人たちがするように——私がもし死んだら、彼もそうしただろうと思うが——泣いたり、くよくよしたりはしなかったけれども、彼がいないのを一日中寂しく思い、その時になってやっと、彼がどんなに好きだったかを知ったのだ。彼の親切を懐かしく思い、意地悪を懐かしく思い、彼にもう会えないよりは、生き返ってもらって喧嘩をしたいと思い(私達も時には喧嘩をした)、彼のいないことが不安でならなかった。彼も、子供達の可哀想な伯父さんも、医者が片足を切った時はあんな風に心細かったに違いない。それを聞くと、子供達はわっと泣き出して、自分達がつけている小さな喪章はジョン伯父さんのためなのかとたずね、顔を上げて、伯父さんの話はもうしないでちょうだい、亡くなった綺麗なお母さんのお話を聞かせてちょうだい、とせがんだ。そこで私は語った――七年の長い年月、時には希望を抱き、時には絶望し、それでもひたすら頑張り通して、美しいアリス・W――n[12]に求愛したことを。そして子供にも理解出来る範囲で、乙女の羞じらいや、気難しさや、拒絶が意味するものを説明してやった――その時ふとアリスの方を向くと、母親のアリスの魂が、在りし日の面影をそのままに、子供の目からこちらを見ているではないか。私は目の前に立っているのがどちらのアリスなのか、あの輝く髪は誰の髪なのか、わからなくなって来た。そうしてじっと凝視ていると、子供達は二人共、次第に姿がぼんやりして、向こうへ、さらに向こうへ遠のいて行った。しまいには二つの悲しげな顔形が遥か遠くに見えるばかりとなったが、その顔は何も言わないのに、こう言っているような不思議な印象を与えた。「私達はアリスの子でも、あなたの子でもありませんし、そもそも子供ではないのです。アリスの子供達はバートラム[13]を父親と呼んでいます。私達は無です。いいえ、無以下のもので、夢なのです。私達はひょっとすると生まれたかも知れないものにすぎません。そして、存在と名前を持つまでには、退屈なレーテー河[14]のほとりで何百万年も待たなければならないのです」――たちまち目醒めると、私はわが独身者の肘掛椅子に静かに腰を下ろしていた。そこでうたた寝したのだった。傍らにはいつに変わらぬ忠実なブリジエットがいて――だが、ジョン・L(あるいはジェイムズ・エリア)は、永久にこの世を去ってしまったのだった。

(Dream-Children; A Reverie)

『ロンドン雑誌』一八二二年一月号初出。兄ジョンが前年秋に亡くなって暫くの間、ラムは比較的平静に受け止めていたが、やがてその死が心から離れなくなる。兄の不在を一日中寂しく思うようになって、どれほど兄が好きだったかを再認識する。姉メアリの母親刺殺事件の後始末をめぐって対立し、絶えず親密な関係を築いていたとは言い難かったが、その親切だけでなく意地悪さえも懐かしく思う弟から兄への哀切な追悼文。

しかも、その追悼を実に手の込んだ形で行なう。祖母が住み込みで勤めていた領主屋敷への少年時代の訪問と兄の武勇伝を、自分の子供たちに向かって、一続きの夢のように改行なしの一段落で語り聞かせるのだ。ジョンの死を聞いて悲しむ架空の子供たちの姿が遠のき夢から覚めた時、傍らには従姉ブリジェット(姉メアリ)だけがいて、兄ジョンはもはやこの世にいない。兄の死とともに、ひっそりと消滅へ向かうラム家へのやや気の早い鎮魂歌ともなっている。

煙突掃除人の讃

私は煙突掃除人と道で会うのが好きだ——お間違えになりたもうな——大人の掃除人ではない——年老(としと)った煙突掃除人は、およそ魅力のないものである——そうではなくて、年端(としは)も行かぬ新米の小僧っ子だ。初めてかぶる煤(すす)の黒さを透かして、花のような若さが匂(にお)い、母親の洗ってくれた頬(ほお)の清さがまだ全くは消えやらぬ——夜明けと共に、あるいはそれよりも早く、雀(すずめ)の子のピイピイという声に似た、稼業の呼び声[1]を立てながら現われるお仲間——いや、しばしば日の出に先駆けて空高く上(のぼ)って行くかれらは、朝の雲雀(ひばり)にさも似たりと言うべきだろうか?

私はこうした仄黒(ほのぐろ)いポツポツに——哀れな汚点(しみ)に——罪のない黒さに対して、優しい愛慕の情を抱いている。

私はこれら英国育ちの若いアフリカ人達を尊敬する——これらのほとんど聖職者に近い腕白小僧達は、黒服を着ても偉そうな様子はせず、小さな説教壇(煙突の天辺(てっぺん))から、十二月の朝の身を切るような空気の中で、人類に向かって忍耐の教訓(おしえ)を説くのである。

子供の頃、かれらの仕事ぶりを見るのは、何と不思議な楽しみであったろう！　自分と同じくらいの小さな子供が、どういう風にしてかわからないが、冥府ノ顎(あぎと) fauces Averni(2) のようなところへ入って行くのを見——彼が数知れぬ、暗い、息の詰まりそうな洞窟(どうくつ)を、恐るべき暗黒(3)の中を手探りで進んで行く間、想像のうちに随(つ)いて行って——「もう、きっと、あの子は迷って、二度と戻れないに違いない」と考えては慄然(ぞっ)とし——日の光が見えたという弱々しい叫び声を聞くと、生き返った心地になる——それから(おお、胸一杯の喜びよ！)戸外(おもて)へ走って出ると、ちょうど間に合って、見ることが出来るのだ——無事に出て来た真っ黒なお化けが、征服した城塞(じょうさい)の上で旗を振るように、技芸(しごと)の武器を意気揚々と振りかざしているのを！　私は人に聞いたような気がするのだが、ある時、行儀の悪い掃除人が、ブラシを持ったまま煙突に置き去りにされて、風見鶏(かざみどり)の代わりになったという。それはさだめし恐ろしい観物(みもの)だったろう。「王冠を被った子供の幻影が、手に木の枝を持って現われる(4)」という「マクベス」の古いト書(とがき)に似ていなくもない。

読者よ、もし貴方(あなた)が早朝の散歩の途中に、こうした小さい紳士方の一人と出会ったら、一ペニーおやりになるとよろしい。二ペンスならば、なおのこと良い。もしも凍(こご)えるばかりの寒さで、辛い仕事につきものの骨折りに加えて、両の踵にあかぎれが出来る(これはけして珍しいことではない)ようなら、仁愛の精神からして、きっと六ペンスはやらなければなるまい。

サッサフラスという甘い木が主成分だという混合飲料がある。この木を煎じてお茶のようにし、牛乳と砂糖を入れて味を加減すると、人によっては、支那の銘茶にも勝る味わいに感じるのである。果たして貴方のお口に合うかどうかはわからない。私に関して言えば、見識あるリード氏には重々敬意を払うけれども――氏は悠久の昔から、この「健康に良く、美味しい飲み物」の(氏が言うにはロンドンにただ一軒しかない)店を開いており、その店はフリート街の南側の、ブリッジ街に程近いところにある――〝天下一処のサループ茶館〟⑤である――私は未だに氏の推奨する混合飲料の鉢に唇をつける冒険をしたことがない――私の胃袋は必ずやそれを丁重にお断わり申し上げるだろうと、嗅覚器官への用心深い警告が、常にささやきかけるからだ。しかし、他の点では飲食の善美に昏からぬ人々が、ゴクゴクとそれを飲み干すのを見たことがある。

一体、身体器官の如何なる適合によってかは知らないが、この混合飲料が若い煙突掃除人の味覚を驚くばかりに喜ばせるのを、私はかねてから見て来た――これは油性の粒子が(サッサフラスには幾分油気がある)煤の凝固物を――そうしたものがまだ羽も生え揃わない仕事師達の口蓋に付着しているのが、時折（解剖によって）発見される――薄め、和らげるためなのだろうか？　それとも、〝自然〟はかかる未熟な犠牲者達の運命にあまりに多くの苦蓬を混ぜすぎたと感じて、甘い緩和剤としてサッサフラスを地面から生やしたのだろうか――ともかく事実は前述の通りで、若き煙突掃除人達の五感に達する如何なる味も香りも、この混ぜ物に比肩し得るほど美妙な興奮をもたらすことは出来ないのである。かれらは一文無しの時も、せめて一つの感覚を満足させようとして、立ちのぼる湯気の上に真っ黒な頭を垂れる。まるであの家に飼う動物――猫――が、新しく見つけた纈草の新芽の上で喉を鳴らす時と同じくらい嬉しそうに。こうした好き不好きには、理屈では説けぬ何物かがあるのだ。

ところで、リード氏は自分の店が〝天下一処のサループ茶館〟だと誇っており、それは故なきことではないが、しかし、読者よ、知りたまえ――貴方がもし夜更しなどをなさらぬ方なら、この事実を御存知ないかも知れないが――リード氏には大勢の勤勉な模倣者がいて、その連中は明け方のひっそりとした時分に、露天の屋台店で、同じ風味良き飲み物を微賤の客に売るのである。この頃（極端と極端とは相距る事遠からずで）、放蕩者は夜中の酒宴から千鳥足で家路を辿り、剛い手をした職人は寝床を出て、その日の早仕事に就こうとする。両者は舗道の壁際を歩こうと押し合って、しばしば前者がおろおろする羽目になる。夏になると、その時刻、台所の火は落としたきり、まだ点けておらず、美わしき首都の溝渠がはなはだ好もしからぬ匂いを発散する。宵越しの酒気をコーヒーという、もっと有難い飲み物で醒まそうと思っている放蕩者は、通りすがりにサッサフラスの不快な臭気を悪罵って行くが、職人は足を留めて、この馨しい朝食を味わい、うまいうまいと称める。

かかるものがサループである――早出の薬草売り女のお気に入り――夜明けにハマースミスからコヴェント・ガーデンの名高い青物市場[6]へ、取りたてのキャベツを運んで来る早起きな野菜作りの好物――一文無しの煙突掃除人の好物でありながら、ああ、指をくわえて見ていることがあまりに多い！　彼が嬉しい蒸気の上に薄黒い顔を伸ばしているのに出会ったら、鉢に一杯なみなみと注いだのを（お代は半ペニー銅貨三枚で済む）、それから美味なバターつきパン一切れ（半ペニー追加だ）を奮発しておやりなさい。――さすれば、貴方の厨の炉は、つまらない連中に御馳走したため積もりにつもった分泌物を取り払われて、軽い煙を空まで巻き上げることだろう――煤が落ちて来て、上等な材料を使った高価なスープを汚すこともあるまいし――煙突から火が出たぞという忌まわしい叫び声が、街路から街路へ瞬く間に伝わって、近隣十教区から消防車がガタガタと駆けつけ、たまさか発した火の粉のために貴方の平和と懐中が掻き乱されることもあるまい！

私は生来、路上で無礼を加えられることに――野次馬連の冷やかしや侮辱、紳士がたまたま躓いたり、靴下にはねがかかったりした時、連中が示す下衆の大はしゃぎに、この上なく敏感である。しかし、若い煙突掃除人が道化るのは、赦すという気持ち以上のもので我慢することが出来る。――一昨年の冬、私がチープサイドを、西へ向かって歩く時はいつもそうだが、せかせかと歩いていると、うっかり足を滑らして、あっという間に仰向けに倒れてしまった。相当に痛くもあり、恥ずかしくもあったが――しかし、外面は何事もなかったかのように平静を装って、這い上がった――と、その時、若い剽軽者の一人が、憎らしく歯を剝いて、ニヤッと笑っているのを見たのである。少年はそこに立って、黒ずんだ指で私を指差し、群衆に、ことに(母親とおぼしい)貧しい女にそれと教えていた。やがて可哀想に赤くなったその目の隅から、何とも言えぬ可笑しさ(と彼は考えたのだ)の故に、涙がこぼれ出した。少年の目はそれまでに幾度も泣き、煤に爛れて赤くなっていたのだが、それでも寂しさの中から掠め取った喜びにキラキラと輝いていたので、ホガース⑺ならさしずめ――だが、ホガースはとうに彼の絵を描いている(どうして見逃すはずがあろう?)。それは「フィンチリーへの行進⑻」という絵の中で、少年はパイ売りの男に向かってニヤニヤと笑っている――私の会った少年はその絵の中の姿と同じように、不動の姿勢で立っていた。まるで、この冗談が永遠に続くかのように――彼の笑いには最大限の喜びと最小限の悪意があったので――本物の煙突掃除人の笑いには、悪気（わるぎ）などまったくないのだから――私は、もし紳士の体面がそれを許すならば、真夜中までも彼の笑い物に、嘲弄（ちょうろう）の的になっていてもかまわなかった。

私は持論から言うと、いわゆる美しい歯並の魅力に動かされない人間である。薔薇（ばら）の唇はいずれも（御婦人方には御容赦いただきたい）、おそらく、そうした宝石を蔵している玉手箱なのだろうが、宝石を「風にあてる」⑨のはなるべく慎んだ方が良いと思う。立派な淑女も、立派な紳士も、私に歯を見せる人は骨を見せるのである。だが、正直なところを申し上げると、真（まこと）の煙突掃除人の口から、あの白く輝く骨組織を見せることは（たとえ、これ見よがしであっても）、私には快い無作法、許すべき戯言（ざれごと）と思われる。それはあたかも、

黒き雲が
夜空に銀の裏地を返す⑩

かのようだ。それは完全には消え失せない良家の生まれの名残（なごり）、今よりも良かった時代の徽章（しるし）、高貴の血統を仄（ほの）めかすもののようだ。――そして、わびしい仮装の文目（あやめ）も分か

ぬ黒さと二重の夜⑪の下には、見失った先祖とはぐれた家系から来る純良な血と身分が、しばしば潜んでいるに違いないのである。いたいけな犠牲者達に年端もゆかぬうちから年季奉公をさせる習慣は、ほとんど幼児誘拐ともいうべき秘かな勾引かしを使嗾することになってはいまいか。こうした若い接穂達にしばしば認められる都雅さと真の礼儀の萌芽は（他には説明のつけようもないから）明らかに力ずくの養子縁組が行われたことを示している。現代に於いてもなお、多くの良家のラケル⑫が子を思って悲しんでいることは、この事実を裏づける。妖精による神隠しの物語は、嘆かわしい事実を覆い隠しているのかも知れず、モンタギュー家の若君⑬が連れ戻された一件などは、取り返しのつかぬ、どうしようもない男子失踪事件が数ある中で、唯一の幸運な例に過ぎないのかも知れない。

二、三年前のことだが、アランデル城⑭の飾り臥床の一つに——公爵家の天蓋の下——（ハワード家のその屋敷は、主として数々の寝台によって訪問客の好奇心をそそっている。先代公爵⑮が寝台については殊に鑑識家だったためである）——星のような冠を数多織り込んだ、いとも優美な真紅の帳に囲まれ——ウェヌスがアスカニウスを寝かしつけた膝⑯よりも、もっと白く柔らかい敷布の間にくるまって——昼日中ぐっすりと眠り込んでいる煙突掃除人が偶然に見つかった。その子は迷子になって、捜索の手段を尽くしたが、行方が知れなかったのである。この小さい子供は入り組んだ立派な煙突の中で、どうかして道を間違え、どこかわからない開き口から、この豪壮な部屋へ降り立った。そして、うんざりする探検に疲れきっていたものだから、どうぞお休みなさいとばかりにそこに陳列されている、結構な寝床の誘惑に克(か)てなかった。それで、敷布の間にそそくさともぐり込み、真っ黒な頭を枕にのせて、ハワード家の若君の如(ごと)く眠っていたのだ。

　くだんの城を訪れる客が聞かされる話は以上の通りである。——だが、私はこの物語のうちに、さいぜん仄めかした説の確証[17]が認められるような気がしてならない。私の考え違いでなければ、この場合には高貴な本能が働いたのである。ああいった貧しい子供が、如何に疲れていたとはいっても、そんなことをすればひどい罰を受けると教わっていたであろうに、公爵の寝台の敷布を引きはぐって、わざわざその間に寝るなどということがあり得るだろうか？　その部屋の敷物でも絨毯(じゅうたん)でも、彼のような身分の者には勿体(もったい)ないほど上等な寝床だというのに——お尋ねしたいが、私の主張する如き天性の大いなる力が彼のうちに顕現して、そうした冒険に駆り立てたのでないなら、こんなことがあり得るだろうか？　疑いなく、この若い貴族は(私はそうに違いないと思う)、はっきりと意識はされぬ幼時の記憶に誘われたのだ。その頃、彼はいつも母親か乳母に寝かしつけられて、ちょうどあの部屋にあったような敷布にくるまっていた。だから、今その中へ、自分の正当な襁褓(むつき)にして寝所たるところへ、這(は)い戻って行ったのである。——こうした前世（とでも呼んでおこう）の感覚によるのでなければ、このいたいけな、しかし見境のない睡眠者の、かくも大胆な、そして他の理論に基づけば、いとも無作法な行為は説明出来ない。

私の愉快な友ジェム・ホワイト[18]は、こうした変身が頻繁に起こるという信念を深く抱いていたので、気の毒な取りかえっ子達の運命の不当さをいささかでも是正しようと、年に一度、煙突掃除人の宴会を催すことにし、自分はその席で主人役と給仕を務めるのを楽しみにしていた。それは毎年聖バーソロミューの市[19]が立つ日に、スミスフィールドで行われる厳かな夕食会だった。一週間前に、首都内外の煙突掃除人の親方に案内状が送られるのだが、招待されるのはおチビさん達に限られていた。時折、年嵩の若者がまぎれ込んで大目に見てもらうこともあったが、主力は子供部隊だった。実際、一人の不運な男が、黒ずんだ服を頼りに、図々しく入り込んで来たことがある。しかし、天の配剤というべきか、色々な証拠によって煙突掃除人ではないことが早々に見露わされ[21]（煤と見える物、必ずしも煤にあらず[20]）、婚礼の席に礼服を着て来ない人間の如く、満場の憤激をかって、その場から放り出された。しかし、大体に於いては、和気藹々としたものだった。会場に選ばれたのは家畜の囲いの間の便利なところで、市の北側にあり、彼の虚栄の巷の快い喧騒が伝わって来ないほど遠くでもなく、見物人が口を開いて覗き込んだりはしないほどに離れていた。お客は七時頃に集まった。仮ごしらえの小さな客間には、三つのテーブルに美しいというよりも丈夫な卓布が敷かれ、それぞれのテーブルを眉目麗しい女主人が宰領して、鍋でソーセージをじゅうじゅう焼いた。悪戯小僧達はその匂いを嗅いで、鼻の孔を広げていた。ジェイムズ・ホワイトは給仕頭として第一卓を受け持ち、この私は頼りになる相棒のバイゴッド[22]と共に、通例残りの二卓を取り仕切った。お客の方は誰が第一卓に着くかで、押し合いへし合い、つかみ合いの大騒ぎになったことは言うまでもない――というのは、放蕩三昧を尽くした頃のロチェスター伯[23]といえども、我が友ほど愉快に場を盛り立てることは出来なかったであろうから。来駕の栄に浴したことを賓客一同に感謝したあと、彼が行った開会の儀式はこんな具合だった――ソーセージを焼きながらプリプリして、「紳士」を半ば祝福し、半ば呪いつつ立っている老婦人アーシュラ[24]（三人の婦人のうちで一番肥っている）の脂ぎった腰を抱きかかえ、彼女の清らかな唇に優しい挨拶のキスを押しつける。すると、会衆一同は拱形の天空も割れんばかりの歓声を上げ[25]、笑顔から覗く何百という歯は、その輝きで闇夜を驚かせる。ああ、それは見るも楽しい光景だった。真っ黒けな少年達が脂たっぷりの美味しい肉を、それよりもなお美味しい彼の言葉を聞きながら、舌舐めずりして食べる――彼は小さく切った肉を可愛らしい口へ入れてやり、長い一本は年上の子供にとっておく

——若い無鉄砲者が口に入れかけた肉片を横取りして、こう言うことさえあった。「これはもう一度鍋でこんがり焼かなければいけません。紳士の食べ物にふさわしくありませんから」——彼は稚い子供にこの白パンの一切れや、あのパンの薄皮を勧めながら、歯を欠かないようにお気をつけください、歯は親譲りの何よりの財産なのですから、と皆に忠告した——弱い麦酒を何と恭しく注いでまわったことだろう。葡萄酒でもあるかのように醸造元の名前を言って、不味けりゃ、お客を失うまでございますと公言し、飲む前に唇を拭った方が良いと特に注意するのだった。それから、一同は乾杯した——「国王陛下に」——「黒衣の方々に[26]」——子供達はその洒落をわからなくても、同じように面白がり、喜んでいた——そして、興が盛り上がったところで毎度必ず言う乾杯の文句は、「刷毛が月桂樹に取って代わらんことを[27]！」であった。彼はこうしたことや、それ以外の五十もの戯言を——お客はそれを理解するというよりも感じていた——テーブルの上に立って言うのだった。乾杯の言葉を言う前には必ず、「紳士諸君、これこれの建議をすることを許したまえ」と前置きをつけて、それが若い孤児達にはこの上ない慰めとなった。時々、湯気の立つソーセージを何本も口に(こういう場所では、固苦しい行儀はふさわしくないので)詰め込むのだったが、それが子供達を大そう喜ばせ、この招宴のもっとも美味なる部分だったことは請け合っても良い。

黄金の若人(わこうど)ら、乙女らも又
煙突掃除人の如く、塵(ちり)に帰すべし㉘——

ジェイムズ・ホワイトは世を去り、彼と共にこの夕食会も終わりを告げて久しい。彼は死んだ時、世の中の面白味を——少なくとも、私の世の中の面白味を半分方持って行ってしまった。昔、彼のお客になった少年達は、家畜の囲いの間に今も彼の姿を探し求めるが、どこにも見つからなくて嘆くのである——聖バーソロミューの祭がすっかり変わってしまい、スミスフィールドの栄光も永遠(とわ)に消え失せた㉙ことを。

(The Praise of Chimney-Sweepers)

『ロンドン雑誌』一八二二年五月号初出の際には、「五月祭に迸(ほとばし)る言葉」の副題が付けられていた。本題が始まるのは、二年前に身罷ったジェム・ホワイトの名が出てからであり、煙突掃除は慈善の会を通して亡友へと導くきっかけにすぎない。最後、心にぽっかり穴の開いたエリアは、『シンベリン』からの引用によって五月に追悼の思いを迸らせる。

首都に於ける乞食の衰亡を嘆ず

あらゆる物を一掃する社会改革の箒(ほうき)——時代の悪弊を除かんとする現代唯一のアルキデスの棍棒(こんぼう)[1]——は、今数多(あまた)の手によって振り上げられ[2]、〝乞食族(こじきぞく)〟という空威嚇(からおどし)な妖怪の、風にはためく最後の襤褸(ぼろ)を首都から根絶せしめんとしている。頭陀袋(ずだぶくろ)、合切袋(がっさいぶくろ)[3]、手提袋——杖(つえ)、犬、松葉杖——乞食仲間全体が荷物をまとめて、この第十一次の迫害の場所から大急ぎで逃げ出している。雑踏する四(よ)つ辻(つじ)から、街路(とおり)の隅や路地の曲がり角から、去り行く〝物乞いの精霊〟は、「嘆息(ためいき)と共に送られて[4]」行く。

私はこの大規模な働きかけ、一つの種族に対して宣言された、お節介な十字軍ないし撲滅戦(ぼくめつせん) bellum ad exterminationem を善しとしない。これらの乞食達からは、多くの益が得られるからである。

かれらは貧窮者のもっとも古く、もっとも名誉ある形態だった。我々に共通の人情に訴えかけた。気高い心の持主にとっては、誰か同胞の、あるいは教区や社会事業の団体といった同胞達の、特定の気分や気まぐれに縋るよりも、その方が不快でなかったからである。かれらが取る税金は、徴収に於いて癪に障らず、査定に於いても恨み事のない唯一の税金だった。

かれらの窮迫の奥底からは、ある威厳が湧いて来た。赤裸でいることが、仕着せを着て歩くよりも、ずっと人間であることに近いように。

古来、偉大な精神の持主達は、逆境にあってこのことを感じたのだ。ディオニュシオス⑤が王から学校の教師となった時、我々は彼に軽蔑以外の何を感ずるだろうか？ 仮にヴァン・ダイク⑥が、王笏の代わりに竹篦を振りまわす彼の絵を描いたとして、その絵は我々の心に、一文銭を乞うベリサリウス⑦を描いた絵を見る時に感ずる、あの英雄的な哀れみ、同情に満ちた讃嘆の念を抱かせるであろうか？ その絵の寓意はもっと温雅で、悲愴なものとなっただろうか？

伝説の〝盲目の乞食〟⑧——可愛いベッシーの父親——へぼ詩や居酒屋⑨の看板がいかにその物語の品位を落とし、痩せ細らせても、それでもなお光明ある精神の火花は、変わり果てた姿を透して輝き出ずるであろう——高貴なコーンウォール伯⑩(彼はまさしくそうだったのだ)にして運命の忘れ難き嬲り者となったこの人物は、主君の不当な裁きを逃れ、一切を失って、ベスナルの花咲く野辺に坐っている。傍らには花よりも瑞々しく潑溂（はつらつ）とした娘が寄り添い、彼の破れ衣（やれごろも）と物乞いの姿を飾る――この親子がもし御立派な勘定台の仕事をしたり、仕立屋の貴（たっと）き三脚台の上で零落の境涯を忍ぶとしたら、その方が良い格好であろうか？

物語に於いても歴史に於いても、〝乞食〟はつねに〝王者〟の反対である。詩人や物語作者（かたりびと）達（親愛なるマーガレット・ニューカッスル⑪なら、かれらをそんな風にでも呼ぶだろう）は、運命の暗転をごく鮮やかに感銘深く描こうと思うと、どうでも主人公を襤褸（ぼろ）と合切袋の境遇まで引き落とさなければやまない。零落の深さが、落ちる前の高さをわからせる。中間の状態を想像力に向かって示しても、憤りをかうだけである。零落を止めることは出来ない。宮殿を追い出されたリア王は衣を脱いで、⑫「剝（む）きだしの自然」に答え⑬なければならないし、王子の愛を失ったクレセイド⑭は、美しさとは別の白さ⑮に青ざめた両腕を伸ばし、鈴と金（かね）受けの鉢を持って、⑯癩病人への施しを乞わねばならないのだ。

ルキアノス流の諷刺家（ふうしか）⑰はこのことをよく弁（わきま）えていたので、偉人への侮蔑を容赦なく表わそうとする時には、逆の筆法を以（もっ）て、アレクサンドロスが冥府（めいふ）で靴直しをしていたり、セミラミス⑱が汚れたリネンの下着を洗濯したりする様子を見せるのである。

偉大な君主がパン屋の娘に思いを寄せたという話を歌にしたら、どんな風に聞こえるだろう！　しかるに、我々はコフェチュア王⑲が乞食の娘に求愛した話を「真実のバラッド⑳」で読んでも、想像が損なわれたなどと少しでも感じるだろうか？

貧窮者、貧民、細民というのは哀れみの表現であるが、その哀れみには侮蔑が混じっている。しかし、乞食を正当に蔑み得る者は誰もいない。貧しさは相対的なもので、それぞれの度合いの貧しさが、「隣の段階㉑」に嘲られる。その乏しい家賃や収入はすぐに合計して、これこれと言うことが出来る。財産を持とうなどというのは、茶番に等しい。貯蓄えようとする哀れな試みは、微笑を催させる。軽蔑する仲間はそれに対して、ほんの少しばかり大きい自分の財布の重みをひけらかすことが出来る。貧乏人は往来で、あさはかにも別の貧乏人の状態を言い立てて非難するが、自分は少しましというだけのことで、金持ちは通り過ぎて両者をせせら笑う。しかるに、いかに下劣な較べ屋㉒でも〝乞食〟を侮辱する者はいないし、乞食に向かって財布の重みをひけらかそうとも思わない。乞食は比較の天秤に乗らないのである。彼は財産を量る尺度の下にはない。犬や羊と同様、一物も持たぬことを大っぴらにしている。過分な見栄を張るといって乞食を冷やかす者はいない。高慢だといって責めたり、外面だけ謙遜ぶると詰る者もいない。壁際を通ろうとして彼と押し合う者も、席次を争って喧嘩する者もいない。裕福な隣人が彼を借地から追い出そうとすることもない。何人も彼を訴えない。何人も彼と法廷で争わない。私がもし現在(いま)のような独立した紳士でなかったならば、貴人の家来や、腰巾着(こしぎんちゃく)や、貧しい親類になるよりは、わが心の繊細さと真の気概のために、〝乞食〟となることを選ぶだろう。

　襤褸(ぼろ)は貧しい者の恥だが、乞食には職服であり、彼の職業を示す優雅なる徽章(きしょう)、彼の保有権、彼の盛装、それを着て公の場に姿を現わすことを期待される三(み)つ揃(ぞろ)いである。乞食はけっして流行から外(はず)れたり、流行のあとを跛を引いて無様(ぶざま)に随(つ)いて行くことがない。宮廷の喪服を着ろと求められることもない。あらゆる色の物を着て、どんな色も恐れない。彼の服装(いでたち)はクエーカー宗徒のそれにもまして変化を受けない㉓。彼は外見を気にする必要のない、天地間に唯一の人間である。彼はもはや世間の浮沈に関わらない。ただ彼のみが一処(ひとところ)に留まっている㉔。株や土地の値段は彼に影響を与えない。農業や商業の好不況も彼の身に触れることはなく、悪くしたところで、お得意先が変わるだけの話である。彼は誰かの身元引受人や保証人になることを期待されない。何人(なんぴと)も彼の宗教や政治信条をうるさく尋ねはしない。天地間にあって、彼こそ唯一の自由人である。

　この大都市の物乞い達は、すなわちその奇観であり、名物だった。〝ロンドンの呼び売りの声〟と同様、私はかれらなしでは済ませられない。かれらがいなければ、いかなる街角も完全ではない。かれらは〝バラッド唄(うた)い〟と同じように欠くべからざる存在であり、その風情ある装いは、〝古きロンドンの看板〟のようにこの街の飾りである。立って歩く教訓であり、寓意図であり、警告であり、日時計の銘であり、復活祭の説教で[25]あり、子供のための書物であり、脂ぎった市民の押し寄せる高波を阻む、有益な防堤である——

——見よ、

そこなる哀れな、打ちひしがれた破産者を[26]。

就中、現代の潔癖主義が追い払う以前は、リンカーンズ・イン庭園の塀際に並んで、一縷の憐れみを、そして(可能なら)光をとらえようと、潰れた眼を上へ向けて、足元には忠実な盲導犬を従えていた盲目の老いたトビト達[27]——かれらはどこへ逃げ去ったのだろう? 健全な空気と陽の温もりから、かれら自身の目のように先の見えない、いずれの片隅へ追い込まれたのだろう? 四壁の内に押し込められ、如何なるわびしい救貧院で、二重の闇[28]という罰に耐えているのだろう? その場所は楽しく希望を掻き立てる通行人の足音から遠く[29]、半ペニー貨がチャリンと落ちる音がかれらの寄辺ない孤独を慰めることも、もはやない。無用になった杖はどこに掛かっているのだろう? それに誰が犬を預かるのだ?——聖L[30]——の救貧委員達は、かれらを射殺させてしまったのだろうか？　それとも、犬どもは袋にくくり込まれ、テムズ川に沈められてしまったのだろうか？――の温厚な教区長Ｂ――のさしがねによって？

　潔癖屋ではなかったヴィンセント・ボーン[31]、ラテン語詩人のうちでもっとも古典的でありながら、同時にもっとも英国的であった彼の人の魂に幸あれ！――彼はこの人間と四足獣の同盟、犬と人との友情を、その詩の中でももっとも優なる「Epitaphium in Canem」或いは「犬の墓碑銘」に於いて歌っている。読者よ、これをじっくりお読みになって、お答えいただきたい――かくの如き心優しい詩を呼び起こす日常の光景は、その性質から言って、広く忙しない首都の往来を日々行く人の道徳心に、害を与えるであろうか、益を与えるであろうか？

Pauperis hic Iri requiesco Lyciscus, herilis,
Dum vixi, tutela vigil columenque senectæ,
Dux cæco fidus: nec, me ducente, solebat,
Prætenso hinc atque hinc baculo, per iniqua locorum
Incertam explorare viam; sed fila secutus,
Quæ dubios regerent passûs, vestigia tuta

Fixit inoffenso gressu; gelidumque sedile
In nudo nactus saxo, quà prætereuntium
Unda frequens confluxit, ibi miserisque tenebras
Lamentis, noctemque oculis ploravit obortam.
Ploravit nec frustra; obolum dedit alter et alter,
Queis corda et mentem indiderat natura benignam.
Ad latus interea jacui sopitus herile,
Vel mediis vigil in somnis; ad herilia jussa
Auresque atque animum arrectus, seu frustula amicè
Porrexit sociasque dapes, seu longa diei
Tædia perpessus, reditum sub nocte parabat.
  Hi mores, hæc vita fuit, dum fata sinebant,
Dum neque languebam morbis, nec inerte senectâ;
Quæ tandem obrepsit, veterique satellite cæcum
Orbavit dominum: prisci sed gratia facti
Ne tota intereat, longos deleta per annos,

Exiguum hunc Irus tumulum de cespite fecit,
Etsi inopis, non ingratæ, munuscula dextræ;
Carmine signavitque brevi, dominumque canemque
Quod memoret, fidumque canem dominumque benignum.

貧しきイルス[32]の忠実なる番犬たりし我、ここに眠る。
かつては老いたる盲の主人の歩みを見守る
案内者、守護者なりき。我勤めし間、
主人が杖(つゑ)を頼むことはあらざりき。
今はその杖を突きて大路(おほぢ)を、辻を
恐るおそる歩みゆけど、そのかみは
我が親しき縄に安らけく導かれ、
足をしつかと前に進めて、石の上なる
座に到りけり。その傍(かたへ)をば、
道行く人の潮は繁(しげ)く流れ行く。
主人は行く人に向かひ、悲愁の声切々と

朝より夕まで、己が暗き身の上を嘆けり。
嘆きはすべて徒労とはならず、折々に
心根の良き、優しき人は銭を恵みぬ。
我は主人の足元に柔順しく眠りをり。
されど全く眠るにはあらで、心と耳を
主人の小さき動作にもそば立てぬ。
優しき手より、日々のパン屑を受け、
食べ残しの饗宴を分かつ。
また夜が家路に就くを促せば、
永き日の厭はしき物乞ひに疲れて帰る。
　これぞ我が習慣にして、我が暮らしぶり。
やがて老いと気怠き病に追ひつかれ、
目の見えぬ主人の元を離りぬ。
されど、イルスはかかる善行の美が
歳月と無言の忘却に失はれんことを恐れて、
ここに小さき芝土の墓を造れり。

惜しみなき手もて立てたる粗末なる記念碑にして、
短き詩を刻みて証すなり、
長く続きし絆に証せられたる
犬と主人、乞食と忠犬の徳を。

過ぎし数ヵ月間、この霞んだ目は、ある男㉝のよく知られた姿、いや、姿の一部を甲斐なく探し求めている。その男は木の車に乗り、車輪をいとも器用に素早くまわして、ロンドンの舗道の上に立派な上半身を滑らして行ったものだ。その姿は土地の者にも、外国人にも、子供達にも見物であった。がっしりした身体つきで、船乗りのように血色が良く、晴れても降っても、頭には何も冠らなかった。彼は自然の生んだ珍物であり、科学者には思索の種、単純な人間にとっては異形の物だった。幼い子供は、自分の身の丈まで引き下げられたこの偉丈夫を見て、目を丸くした。普通の跛者は、身体半分しかないこの巨人の頑健さと豪放な気構えを見て、己の意気地なさを恥ずかしく思った。彼に目を留めなかった者はまずあるまい。彼をこんな風にした事件は一七八〇年の暴動㉞の際に起こったので、もう随分長い間、地面を這っているからである。彼は大地から生まれたアンタイオス㉟さながら、すぐそこにある地面から新しい活力を吸っているようだった。彼は大いなる破片であり、エルギン卿の大理石彫刻㊱のように立派だった。奪われた脚や腿を補充するはずだった活力は、失われたのではなく、上半身に退いただけだったので、彼は半身のヘラクレスだった。ある時、私は地震の前に起こるような、雷鳴に似た途方もない唸り声を耳にした。目を下に向けると、このマンドラゴラ㊲が、己の怪異な姿を見て驚いた馬を罵っているのだった。彼に然るべき身の丈があったら、無礼な四足獣をズタズタに引き千切ってしまいそうだった。彼はケンタウロス㊳の人間部分であって、馬の方の半分は、ラピテス族との凄まじい争い㊴で裂かれてしまったかのようだった。それでも、残った身体の半分だけで事足りるかのように、動きに動いた。上向ケル顔 os sublime ㊵ は欠けておらず、なおも愉快な面持ちで天をふり仰ぐのだった。四十二年間、この野外の商売を続けて、意気は少しも衰えていないが、髪には白髪が混じって来た今、彼は自由の空気と運動を救貧院の束縛と取り替えることを承知しないが故に、矯正院(と皮肉にも呼ばれる)施設㊶の一つで、法廷の命に従わぬ罪を償っているのである。

　このような日々の光景は、法の介入を以て取り除かねばならぬ邪魔者と見なすべきだったのだろうか? 　むしろ、大都会の通行人にとっては、有益で感銘を与えるものだったのではあるまいか? 　見世物や、博物館や、常に大口を開いて待っている好奇心を満たすための供給物(そして大都会とは見物——限りない見物——の集積以外の何であろう？　また、それ以外に何の取柄があるのだろう？）の間に、たった一人の（自然ノ Naturae ではなく）偶然ノ Accidentium 気マグレ Lusus を容れる余地はないのだろうか？　たとえ、あの男が四十二年間物乞いをして、（噂の通り）二、三百ポンドの持参金を子供にやれるほど稼いだとしても――一体、誰を傷つけたというのだ？――誰を欺いたというのだ？　金の寄進者は銭と引きかえに見物を楽しんだのではないか。――日がな一日、天の暑熱や雨や霜に曝され――不格好な胴体を苦心惨憺して引き摺りまわしたあとに――夜は跛者仲間のクラブにしけ込んで、熱々の肉と野菜の御馳走を楽しんだとしても、それが何であろう？――さる聖職者は下院委員会[42]の前で宣誓供述し、かかる罪状で彼を厳しく告発したのであるが――こんなことが理由となって、あるいは彼の真に父親らしい心遣いが――それは（もし事実とすれば）笞刑の柱よりもむしろ銅像を立てるに値し、少なくとも、夜毎どんちゃん騒ぎをするといった大袈裟な誹謗中傷とは相矛盾するものである――理由となって、彼は自ら選んだ害のない、むしろ教育的な生活の道を奪われ、白髪の老年に及んで、不逞の無宿者として収監されねばならないのだろうか？――

かつてヨリック[43]という人がいた。この人ならば跛者の宴会に連なり、祝福を――そう、そして仲間のしるしに心ばかりの小銭を与えることも恥じなかっただろう。「時代よ、汝は良き血筋を失ひたり」㊹——

物乞いで巨万の富を築くという話の大半は、（私は信じて疑わないが）守銭奴の誹謗である。ある話などは一頃新聞で盛んに取り沙汰され、例によって慈愛に満ちた憶測がめぐらされた。英蘭銀行の一事務員が、名前を聞いたこともない人物から五百ポンドの遺産を贈与されたという通告を受けて、びっくりしたというのである。彼は毎朝、自分が住むペッカム㊺（かどこかその近辺の村）から歩いて職場へ通うのだったが、その途中、バ㊻ラの道端に坐って施しを乞う盲のバルテマイ㊼の帽子に半ペニー落としてやるのを、二十年来の習慣にしていた。善良な年老った乞食は、日々の恩人を声だけで知っていたが、死ぬ時、たまった喜捨のことごとくを（それはたぶん、半世紀に亘って蓄えたものだった）、英蘭銀行の友達に遺したのであった。この話は人々をして、盲人に施しをするのはよそうと、心と財布を引き締めさせる類のものであろうか？——むしろ、一方は然るべき相手に慈善を施し、一方は気高い感謝の心を持つという、美しい教訓ではあるまいか？

私は自分がくだんの英蘭銀行の事務員だったら、と思うことがある。

そういえば、可哀想な、感謝の心のありそうな老人が、日向で、無い目をしばたたいて、こちらを見上げるのを憶えているような気もするのだ。

そんな相手に向かって財布の紐を固く締めることが、私に出来たろうか？
だが、もしかすると、小銭を持っていなかったかも知れない。
読者よ、詐欺とかペテンとかいった㊽厳しい言葉に怯えてはいけない——与えよ、そして何も問うな。汝のパンを水に投じよ。中には（この銀行員のように）それと知らずに天使達を喜ばせている者もあろう㊾。

絵に描いた不幸に対して、財布の紐を常に締めるのはやめよ。時には慈善を行いたまえ。（上面はそのように見える）哀れな人間が目の前にやって来たら、「七人の幼い子供達」——彼はその子達を名目に汝の援けを乞う——が実在するかどうかを㊿問い糺すのはやめたまえ。半ペニーを節約するために、好ましからぬ真実の臓腑をさぐるのはやめたまえ。彼を信じるのは良いことだ。たとえ彼が言う通りのものでなくとも、与えよ、そして、（よろしければ）こう考えたまえ——一家の父親という仮装の下に、汝は貧乏な独身者を救ったのだと。連中が偽の外見を装い、物哀れな声音でやって来たら、かれらを役者と思うが良い。貴方は金を払って、喜劇役者がこうした物に扮するのを見る。貧しい人々の場合には、仮装であるか否かを確と見定められないだけなのである(51)。

（A Complaint of the Decay of Beggars in the Metropolis）

『ロンドン雑誌』一八二二年六月号初出。当時、物乞いや浮浪者の支援と保護を国に委ね、矯正院や救貧院に収容して路上からの一掃を目指す活動が活発になっていた。ラムは、この動きに反発し、伝統に基づく個人の施しによる大らかな救済を主張した。

焼豚の説

人類は、と私の友人Mが親切に読んで説明してくれた支那の古文書は語る——最初の七万年代の間、肉を生きた動物から爪で掻きむしったり、嚙み切ったりして、生のまま食べていた。ちょうどアビシニアで今日もしている如くであった。この時代のことは、かれらの偉人孔夫子が『浮世の転変』[1]第二章にかなりはっきりと触れている。その章で、孔夫子はチョウ・ファン[2]——文字通り訳せば「料理人の休日」——という言葉を使って、一種の黄金時代を語る。さらにくだんの古文書によると、豚を蒸焼きにする術、いや、むしろ直火焼きにする技術は(これが蒸焼き術の先駆だと思うが)次のような経緯で偶然発明されたのだという。豚飼いのホーティという男が、ある朝、いつも通り豚に食わせる団栗を拾いに森へ出かけて、小屋の番を長男のボーボーにまかせた。ボーボーはおそろしくうすのろな子供で、その年頃の若僧は大抵そうだが、火遊びが好きと来ているから、ふとしたはずみに火花が藁束に燃えうつり、藁はたちまち燃え上がって、粗末な邸宅のいたるところに大火事が広がり、家は灰になってしまった。小屋(といっても、みすぼらしい、ノアの大洪水以前に建ったような、間に合わせの代物だったと考えてよろしい)も燃えたが、それと一緒に、小屋よりずっと大切なものが――生まれたばかりの一腹の子豚、九匹もいたのが死んでしまった。支那の豚は、文献に徴し得る限りの大昔から、東洋中で贅沢品と見なされている。御想像の通り、ボーボーはあわてふためいたが、それは建物のためというより――そんなものは枯枝が二、三本もあれば、父親と自分でいつでもわけなく建て直すことが出来、一、二時間の骨折りで済んでしまう――失った豚のためだった。彼は父親に何と言ったものかと思い、時ならぬ犠牲者たちの一匹の、まだ湯気が立っている残骸に向かって、苦しみのあまり両手を揉み合わせていると、鼻先にぷんと、いまだかつて嗅いだことのない良い匂いが漂ってきた。一体、何から匂ってくるのだろう? 焼けた小屋からではない――その匂いなら前にも嗅いだことがあった――じっさい、これは、不運な若い火つけ人の粗相による最初の事故ではなかったからだ。また彼の知っている薬草や、雑草や、花の香りとはなおさら似ていなかった。と同時に、何かを予告する湿り気が下唇に溢れたのである。彼はどう考えたら良いかわからなかった。今度はかがみ込んで、子豚に生の徴候がありはしないかと、触ってみた。するとたちまち指を火傷し、冷まそうとして、例ののろまなやり方で口に銜えた。

その時、焦げた皮の切れ端が指に引っついて来たので、彼は生まれて初めて（まことに、天地が生まれて以来初めてのことである。彼の若者以前にそれを知った人間はいないのだから）味わったのだ——パリパリ皮を！　少年はふたたび豚をいじくりまわした。今度はそう熱くなかったが、それでも一種の習い性になって、また指を嘗めた。事の真相が、ようやく彼の鈍い理解力にも呑み込めてきた。こんなに香ばしいのは豚なのだ。こんなに美味しいのは豚なのだ。彼はこの新たなる快楽に身をまかせ、焦げた皮とその下の肉を手づかみで毟りとり、獣のように喉へ詰め込んだ。折しもそこへ、父親が折檻の棒を持って、くすぶる垂木の中へ入って来た。事の次第を見て取ると、若い悪漢の両肩を、雨霰の如くひっきりなしに打ち据えたが、ボーボーは蠅がとまったくらいにしか思わなかった。腹の方で体験しているこそばゆい快感の故に、遠い部分で如何なる不快を感じても平気だったのである。父親はいくら殴りつけても、息子を豚から引き離すことは出来なかった。しまいに、息子はすっかり食い終わると、自分の立場が少しわかってきて、二人の間に以下の如き対話が交わされた。

「この罰あたりな餓鬼め、そこで何をガツガツ食っていやがるんだ？　ろくでもない悪戯をして、おれの家を三軒焼いても、まだ足りないのか？　糞ったれめ！　だが、おまえ、火を食ってるようだな。それから、なんだか知らんものを——こら、そこにあるのは何だ?」

「ああ、父さん、豚だよ、豚だよ! こっちへ来て、焼けた豚がどんなに美味しいか味見してごらんよ。」

ホーティの耳は恐怖に疼いた。彼は息子を呪い、焼けた豚を食べるような息子を生んだ己自身を呪った。

朝来、嗅覚が素晴らしく鋭敏になっていたボーボーは、すぐにもう一つの豚を灰から掻き出し、真二つに割いて、小さい方の片割れをホーティの手に押しつけた。その間も、「食べて、食べて、焼けた豚を食べて。お父さん、味見してごらんよ——よう!」——といった野蛮な叫び声をあげながら、息も詰まらんばかりに肉を掻っ込んでいた。

ホーティはそのおぞましい物を手につかむと、総身を震わせた。自然の道に悖る若い怪物として、息子を殺してしまおうかと迷っていると、パリパリ皮が、息子同様ホーティの指を焼いたので、息子と同じ治療法を用い、今度は自分がその風味を味わった。その味は、如何に顰め面をして体裁を繕ってみても、まんざら不愉快なものではなかった。とどのつまり(古文書はこのあたり些かくだくだしいので、端折るとしよう)父も息子も御馳走に向かってしゃがみこみ、残っている豚の子を全部平らげてしまうまでは、その場を去らなかったのである。

ボーボーは秘密を漏らしてはならぬと父に厳命された。近所の連中がこのことを知ったら、神が与えたもうた結構な肉に改良を加えようなどと考える不届き者として、二人を石打ちにするであろうから。それでも、やがて奇妙な噂が流れた。人々はホーティの小屋が以前よりも頻繁に焼け落ちることに気づいた。まったく、この時以来、火事に次ぐ火事であった。火は真っ昼間出ることもあれば、夜中に出ることもあった。雌豚が子を生むたびに、ホーティの家はきっと火焔につつまれた。おまけにもっと人目についたのは、ホーティが息子を叱らず、今までよりも可愛がっているように見えたことである。しまいに二人は監視され、恐ろしい秘密が暴かれた。父子は裁判を受けるために、当時はまだ巡回裁判の開かれる、つまらない田舎町だった北京へ召喚された。証拠が提出され、例の厭うべき食べ物も法廷に持ち込まれて、いよいよ判決が下されんとしたその時である。陪審員長は、被告がそれについて嫌疑を受けている焼けた豚なるものを、陪審席へ持って来てくれないかと申し出た。彼はそれをいじり、他の陪審員も全員いじった。すると、ボーボーと父親が以前にそうした如く、みんな指を火傷し、自然は各々に同じ治療法をうながしたので、すべての事実と、判事が行ったいまだかつてないほど明白な説示を一蹴して——法廷にいた町人も、他所者も、記者も、居合わせた全員が驚いたことに——陪審席を立つこともなく、いかなる種類の合議もせず、陪審員達は全員一致で

〝無罪〟を宣告したのだった。

判事は抜け目のない男だったので、裁定のあからさまな不当さには目をつぶり、閉廷するやこっそり出かけて、金銭と手蔓で買える限りの豚を買い込んだ。二、三日後、判事閣下の町屋敷が燃えているのが目撃された。こうしたことが瞬く間に流行りだし、今やどちらを向いても火事ばかりと相成った。燃料と豚の価格は暴騰した。保険会社はみな店を畳んでしまった。この地域一帯にかけて、人々は日毎に家を安普請で建てるようになり、建築術そのものも遠からずこの世から失われてしまいはしないかと危惧された。こうして家に火をつける習慣は続いたが、時を経て――と私の古文書は語る――我らがロック(3)の如き賢人があらわれ、豚肉は、否、他の如何なる獣の肉にしても、これを料理する(焼く、とかれらは称した)には、家を丸ごと焼き尽くさずとも調整出来ることを発見した。ここに初めて粗野な形の焼網が生まれた。紐や焼串を使って蒸焼きにする方法は、それから一、二世紀後に始まったが、いずれの王朝だったかは忘れてしまった。かように遅々たる歩みをもって――とくだんの古文書は結んでいる――いとも有用な、そして一見わかりきったことのような諸々の技術が、人類の間に進歩を遂げるのである、と。

右の話は頭から真に受けない方が良いかも知れぬが、もし家に放火する如き(特にこのせつでは）危険な実験に値する口実が、何か調理の目的のために設け得るとすれば、その口実と言訳は「焼豚」のうちに見出されるかも知れないことを、認めざるを得ない。食物界 mundus edibilis のあらゆる美味のうちで、焼豚こそもっとも美妙なもの——第一等ノ菜肴 princeps obsoniorum[4] である、と私は主張したい。

私が言うのは、肉用に太らせた若豚——子豚と大豚の間の——どっちつかずの青二才——ではなく、若く初々しい乳飲み子のことである——生後一ヵ月に満たず——いまだ豚小屋の罪に染まらず——不潔愛 amor immunditiae という原初の汚点、始祖から遺伝わる欠陥がいまだあらわれていない——いまだに声変わりせず、子供らしいソプラノとブツブツ鳴きの間の——ブウブウ鳴きの穏やかな先触れ、あるいは序曲 praeludium といった声で鳴く豚である。

子豚は天火で蒸焼きにしなければならない。我々の祖先が煮たり茹でたりして食べていたことを知らぬわけではないが——それでは外皮があたら無駄になってしまう！

脆くて歯ごたえのある、狐色の、注意して程良く焼いたパリパリ皮（とは巧く名づけたものだ）に比肩し得る味わいはない、と私は申し上げる——この御馳走を食べる時は、歯さえも喜びの分け前にあずかる——恥じらう、はかない抵抗を圧しひしぐ喜びである——そこには粘つく油質のものがあって——ああ、それを脂身と呼びたもうな！——そうではなく、脂身になる手前の言いようのない甘やかさ――脂身の若い花――蕾のうちに摘んだ脂身――芽のうちに取った――うぶな――子豚のいまだ清浄なる食べ物の精華――赤身、いや、赤身ではない、一種の動物のマナ⑤――あるいはむしろ、脂身と赤身(そう呼ばねばならぬなら)が混じり合い、融合して、両者が一つの天上の美果、ないし共通の原質と化したものなのである。

彼が「出来上がる」さまを見よ――灼けつく熱というよりも、快い温もりに身を任せているかのようだ。紐のまわりを何と斑なく一様に回ることだろう!――さあ、出来上がった。あの初々しい年頃の、極度の感じやすさを見るが良い。可愛らしい両眼が泣いて、とび出してしまった⑥ではないか――輝くゼリー――流れ星が⑦――

皿という第二の揺籠にやすらう彼の姿を見よ。何としおらしく横になっていることか!――貴方はこの無垢な者が成長して、大人の豚にありがちな、卑俗で言うことを聞かぬものになることをお望みだろうか? 彼は十中八九大食漢⑧に、だらしない無精者に、頑固で不愉快な獣になり――ありとあらゆる汚らわしい振舞いに及ぶことだろう――こうした罪から、幸いにも救われたのだ――

罪に汚れ、悲しみに窶る前に

死が、時を得たる思ひ遣りを以て訪れたり⑨――

彼の思い出は馨しい――胃の腑が半ばうけつけぬ鼻持ちならぬベーコンとなって、田舎者に悪態をつかれることもなく――石炭の積み降ろし人夫が、悪臭を放つソーセージとして彼を貪り食うこともなく――味のわかる美食家の感謝に満ちた胃袋の中に、立派な奥津城を持っている――そのような墓があれば、死すとも悔いはなかろう⑩。

子豚こそ味覚のうちの第一である。パイナップルは素晴らしい。彼女は実際、あまりにも超絶していて――その喜びは、罪深いとは言わないまでも、罪を犯すことに良く似ているから、気の弱い人はやめておいた方が良い――死すべき人間が味わうにはあまりにも人を恍惚とさせる彼女は、己に近づく唇を傷つけ、摩剝する――恋人のくちづけのように、彼女は咬む――激しく狂える味わいゆえに、苦痛と紙一重の快楽である――しかし、彼女の魅力は口蓋にとどまる――食欲とは交渉を持たない――されば、激しい飢えに襲われた者が彼女を羊肉片と取り換えたとしても、不合理ではない。

豚は――我をして豚の賛辞を語らしめよ――やかましい口蓋の穿鑿を満足させる上に、食欲もそそる。強い男は彼を貪り食うもよし、弱虫でも彼のまろやかな汁を拒まない。

人間の不純な性格には、美徳と悪徳の束が説明し難く絡み合っていて、解きほぐそうとすれば危険を伴うものであるが、豚は――徹頭徹尾、純良である。彼のどの部分をとっても、他の部分に勝りも劣りもしない。彼はそのささやかな資力の及ぶ限り、満遍なく食を供する。御馳走のうちで、もっとも人に嫉妬を起こさせない。すべての隣人の食べ物なのだ。

私はたまたま自分の手に入ったこの世の幸を（そんなものは、めったに私のところへはまわって来ないが）惜しみなく友に分け与える人間である。断言するが、友の快楽や味覚の喜び、然るべき満足感に、自分のそれと同じくらいの関心を有している。「贈り物は」と私はよく言う、「居ない者を慕わしき者とする」⑪。野兎、雉、山鶉、鴫、庭先の鶏（あの「おとなしき農家の飼鳥」⑫）、去勢鶏、千鳥、ブローン⑬、樽詰めの牡蠣――そうしたものは喜んでうけとり、喜んで友人に分け与える。いわば友人の舌を借りて味わうのが好きなのだ。とはいえ、どこかで歯止めをかけなければならない。人はリア王の如く「すべてを与える」⑭わけにはゆかない。私は豚を以て線引きをする。けだし、私個人の味覚にこんなにも適した、いわば運命によって定められた天与の贈り物を蔑して、（友情だの何だのという口実のもとに）外面に居をば卜せしめ、言いかえれば家から追いやったなら、すべての美味を与えたもう御方に対する忘恩の振舞いとなろう。それは鈍感の証拠である。

　思えば、学校時代、そういう良心の咎めを感ずる出来事があった。私の年老った優しい伯母⑮は、休日に遊びに行くと、別れ際に必ず砂糖菓子や何かの美味しい物をポケットに詰めてくれるのだったが、ある晩、竈から出したばかりでホカホカと湯気の立っている干葡萄入りケーキをくれた。そのあと、学校への帰り道で(ロンドン橋を渡る道だった)、白髪頭の年老った乞食に声をかけられた(今にして考えれば、あいつの白髪は偽物だったに違いない)。私には彼を慰めるべき一文の銭もなかったので、克己心を示そうという見栄と、学校生徒らしい慈善家気取りに駆られて、この乞食に贈り物をしたのだ――ケーキをまるごと！　私はしばらく、うきうきと歩き続けた――こうした場合は誰でもそうだが、自己満足の甘美な慰めを得て。ところが、橋を渡りきらないうちに、まっとうな分別が戻って来て、わっと泣き出したのだ。自分は善良な伯母に何と恩知らずな真似をしてしまったのだろう――今まで一度も会ったことのない――ことによると悪人かも知れない――見ず知らずの男に、あの素敵な贈り物をやってしまうとは。伯母は私が――他の誰でもなく、この私が――美味しいケーキを食べることと思って、喜んでいるであろうに――今度伯母に会ったら、何と言おう――あの素敵な贈り物を手放してしまうとは、何という悪い子であったろう――あの香料の利いたケーキの香り、伯母がそれをつくるのを見ていた時の、私の楽しみと好奇心、伯母がケーキを竈に入れた時の喜び、私が結局それを一口も食べなかったと知ったら、伯母はどんなにがっかりすることだろう——そうした諸々の思いが念頭に浮かんで、私は自分の見当違いな慈善精神と、処を得ぬ偽善を責めた。何よりも、あの口先の巧い、碌でなしの、老いた白髪のペテン師の顔を二度と見たくないと思った。

我々の祖先達は、稚い犠牲者を屠る方法にやかましかった。我々は豚を鞭打って殺す話を書物で読むと、他の廃れた習慣について聞く時と同様、いささかの驚愕を覚える。懲罰の時代は過ぎ去った⑯が、さもなければ、この手順が、若い豚の肉のように、本来いともまろやかで甘美なる物質を軟化させ、旨味を与える効果について、(もっぱら哲学⑰的な見地から)調べてみるのは興味深いことだろう。それは菫をもっと綺麗にしようというに似た話である。しかし、我々はその行為の無慈悲さを非難するにしても、愚かしいと咎めることには慎重でなければならない。それによって、あるいは風味が増すかも知れないのだから——

思えば、私が聖オメール学院⑱にいた時のこと、若い学生達がある問題を論じ、深い学識と諧謔をもって甲論乙駁したことがある。その問題というのは、こうだった——「鞭打ちによって(最期ニ至ルマデノ鞭打チニヨリテ per flagellationem extremam)死を得た豚の味わいが、彼の動物が蒙ると想像し得る如何なる苦痛よりも強烈な喜びを、人の口蓋に与えるとするならば、人が豚をかかる方法で殺すことは是認されるや否や？」結論は忘れてしまった。

焼豚につけるソースは吟味しなければならない。断然良いのは、パン屑を少々、子豚の肝臓や脳と一緒に煮詰めて、香りのやわらかいセージを少し加えたものである。されど、親愛なる料理番の婦人よ、お願いだから、玉葱の族はことごとく追放したまえ。大人の豚なら、お好みに応じて丸焼きにするも、分葱の汁に浸すもよし、臭気芬々たる悪どい大蒜を山程詰め込んでもかまわない。そうやったところで、かれらを毒することも出来ないし、その味を元よりきつくすることも出来ない――しかし、心したまえ、子豚は繊弱き者――一輪の花なのだから。

（A Dissertation upon Roast Pig）

『ロンドン雑誌』一八二二年九月号初出。同年三月九日付のコールリッジ宛の手紙には、本篇の骨格となることがほぼ全て書かれ、最後も伯母の干葡萄入りケーキを乞食に与えた話で締め括られており、これが下準備の役割を果たしたのは間違いない。

H——シャーのブレイクスムア

　どこか立派な古い屋敷の、今は人気もない部屋部屋を気儘に歩きまわることほど、心を打つ楽しみを私は知らない。今は消え去った華麗さの名残は、羨望よりももっと良い感情を抱くことを許してくれる。そして、代々そこの住人だったと想像される偉い立派な人々について瞑想すると、現代の住居の騒がしさや、愚かな今日の貴族の虚飾とは相容れぬ幻影が織りなされる。これと同じ気持ちの相違は、無人の教会へ入る時と混み合った教会へ入る時との間にもあると思う。混んだ教会では、何か目の前にいる人間の弱点が——聴衆の誰かが上の空だったり——説教者に気取りや、それよりもなお悪い自惚れがあったりして——時と場所との調和を欠き、我々のもっとも善き思いを妨げないことは稀である。しかし、汝は清く美しきものを知らんと欲するのか？[1]——それならば週日に独りで行って、親切な寺男殿に鍵を借り、どこか田舎の教会のひんやりした側廊を渡ってみるが良い。そこに跪いた信心深い人々のことを——そこに慰めを見出した老若の会衆を──柔和な牧師を──素直な教区民のことを考えてみるが良い。心を乱す感情もなく、余計な突き合わせもせずに、その場の静謐にひたるが良い──やがて汝自身も、汝のまわりに跪き、泣いている大理石の彫像のように、固まって動かなくなるまで。(2)

最近北の方へ旅した折、私は数マイル寄り道をして、幼い頃の私にかかる印象を与えた古い大きな屋敷の跡を見に行かずにはおれなかった。持主が最近そこを取り壊したとは聞いていたが、それでも、一切がなくなってしまうはずはない──あんなに堅固で壮大な物がいっぺんにつぶされて、塵芥に帰してしまうはずはないという漠然たる考えを抱いていた。ところが、行って見ると、そうなっていたのだ。潰滅の作業はまったく素早い手で進められて、二、三週間の取り壊しにより、そこは──旧址と化してしまっていた。

私は何もかも見分けがつかなくなってしまったのに愕然とした。あの大きな門はどこに立っていたのだろう？　中庭の境はどれなのだろう？　離れはどのあたりから始まっていたのだろう？　あんなにも豪壮で宏大だったものの名残は、わずかな煉瓦だけだった。

死といえども、餌食にした人間をこんなに早く縮み上がらせはしない。焼いた人間の灰の方が、割合からすると、もっと重さがある。

こうした煉瓦と漆喰の悪党どもが取り壊し作業をするのを私がもし見ていたら、羽目板が一枚剝がされるたびに、奴らが私の心臓を抉るように感じただろう。あの快い物置部屋の床板一枚くらいは、せめて残してくれとかれらに向かって大声を上げただろう。私はその部屋の熱い窓際の腰掛に坐って、カウリー③を読んだものだった。私の前には芝生があり、そこにいつも一匹だけいた蜂が、私のまわりでブンブン唸り、飛びまわっていた――今でも夏が廻り来るたびに、私の耳にはあの音が聞こえる。ああ、さもなければ黄色の間の羽目板を一枚でも残してくれ。

じつに、あの家の床板や羽目板は、一枚一枚が私にとって魔法を秘めていたのである。あの綴織りの掛かったいくつもの寝室――綴織りは絵よりもずっと良く――壁板を飾るだけではなくて、そこに人を満たした――子供の私は時折掛蒲団をめくって（すぐまた引っ被るのだが）それを窃み見たものである。幼い勇気を揮って、いかめしい鮮やかな顔達と一瞬目を合わせると、向こうもこちらを睨み返すのだった。――壁の人物はすべてオウィディウスの詩④に出て来る者ばかりだったが、詩人が叙述するよりももっと生き生きした色彩で描かれていた。ディアナの淑女ぶった怒りが鎮まらず、角の生えかかったアクタイオン⑤。そしてもっと腹が立つのは、鰻の皮でも剝くように悠々とマルシュアスの皮を剝いでいるポイボス先生⑥の、ほとんど料理人のような冷淡さ。

それから、あの幽霊の出る部屋——年老(としと)ったバトル夫人⑦が亡くなった部屋で——私はそこへ忍び込んだことがあるけれども、いつも昼間のことで、怖い物見たさの気持ちと、過去と消息を通じたいというおっかなびっくりの好奇心から入ってみたのだ。——連中はあれをどうやって再建しようというのだろうか？

あそこは古い無人の屋敷だったが、そんな長く無人だったわけではないので、昔住んだ人々の栄華の跡が到(いた)る処(ところ)にみとめられた。家具はまだ残っていた——子供部屋には鍍金(めっき)の錆(さ)びた革の羽子板(ラケット)⑧や、ぼろぼろに朽ちた羽子(はご)の羽根までも残っていて、子供達がかつてそこで遊んだことを物語っていた。けれども、私は一人ぼっちの子供で、あらゆる部屋を思うままに出入りし、あらゆる場所を隅々まで知り尽くし、到る処で驚異し、崇拝した。

幼い頃の孤独は、思想の母というよりも、むしろ愛と沈黙と感嘆の念を育(はぐく)む者だ。当時、私はあの屋敷への不思議な愛情にとらわれていたため——恥ずかしい話だが、あの邸宅(いえ)からほんの二、三ルード⑨と離れていないところに——木立に半ば隠れて、奇異(あや)しき湖と私が思っていたものがあったのだが、私は魔法で家に縛りつけられ、その地所から一歩も出ぬよう気をつけていたため、空(むな)しき湖は探索されずに終わった。後年、好奇心が幼い頃の熱愛に打ち勝って、そこへ行ってみると、驚いたことに、幼い日の〝未知ナル湖 Lacus Incognitus〃は、水音の騒がしいきれいな小川⑩だったのである。変化に富む景観が、広々と見渡しの良い場所が——家からあまり遠くないところに——あると聞かされていたけれども——我がエデンの境界の外にあるからには、私にとってそんな場所が何であったろう?——私はあちこち歩きたいと思うどころか、出来るものなら、自ら選んだ牢獄にいっそう厳重な囲いをめぐらし、人を締め出す庭の塀を立てて、より安全な縁輪(へりわ)の中に閉じ込もっていたことだろう。庭を愛する彼(か)の詩人⑪と共に、こう叫びたいくらいだった——

私を縛(いまし)めよ、汝ら忍冬(すいかずら)よ、汝らの蔓(つる)に。
私に巻きつけ、汝ら、はびこる蔓草よ、
そしておお、汝らの環(わ)をきつく締めて、
私がこの場所をけして去らぬようにせよ。
されど、汝らの足枷(あしかせ)が弱すぎることのないように、
私が汝らの絹の縛めを破らぬうちに、
汝らもまた、おお懸鉤子(きいちご)よ、私を繋(つな)ぐがよい、
そして、愛想の良い茨(いばら)よ、私を釘(くぎ)づけにせよ。

私はここにいる時、まるで寂しい寺院にいるようだった。居心地の良い、小ぢんまりした炉端——低い天井——縦横十フィートの居間——つましい食卓と、家庭のあらゆる質朴さ——こういったものが私の生まれた境遇——私が植えられた健全な土だった。しかし、それらの有難い教訓（おしえ）を譏（そし）るわけではないが、何かそれ以上のものを垣間（かいま）見たことを悔やんではいない——そして子供の頃、ほんの一目チラと覗（のぞ）き込んだだけではあるが、我が家とは対照的な大家（たいけ）の様子を知ることが出来たのを。

名家の人間の気持ちになるためには、必ずしも名家に生まれなくとも良い。家門の誇りは、小やかましい先祖代々のおかげを蒙（こうむ）らなくとも、もっと安直に手に入れることが出来る。そして、⑬家紋を持たぬ好古家は、紋章に飾られていない小部屋でモーブリー⑫だのド・クリフォードだのの長い系図を調べているうち、そうした仰々しい名前に温められて、それらの家名を継ぐ人々と同じくらい鼻高々で愉快な気持ちになっても良いのだ。家柄の権利とはただ観念的なものに過ぎず、如何（いか）なる紋章官が私から観念を剝奪（はくだつ）しようとするであろうか？　かれらの剣でそれが切れるだろうか？　拍車⑭のように叩（たた）き切って汚（けが）された靴下留め⑮のように、捥（も）ぎ取ってしまうことが出来るだろうか？

そうでなければ、名門の家が我々にとって一体何になろう？　その長々しい家系図や、由緒だの肩書だのを書き連ねた真鍮の記念碑に、我々は何の喜びを感ずるだろう？　脈々と絶えぬかれらの血統が、我々にとって何になろう——もし我々自身の身内を流れる血がそれに呼応して、同じ源の、同等の気高さに高められることがなかったならば？　また、そうでなければ何故に、おお、ブレイクスムアよ！　汝の豪壮なる階段の年古りた壁にかかっていた、ぼろぼろに裂け、縮かんだ楯形の紋地よ！　何故に幼い私はあんなにもしばしば立ち止まって、汝の神秘的な象徴を——汝の紋章の盾持ち⑯と「我、蘇ラム Resurgam」⑰という予言的な言葉を——見入ったのか？　やがて農民の無骨さがことごとく洗い流され、身の内に〝紳士らしさそのもの〟を受け入れるまで。朝、私の目が最初に見るものは汝であった。そして夜は、寝床へ向かう私の足を汝が引き留め、やがて汝を見つめることと汝を夢に見ることとは、ただ一歩の差となるのだった。

　これぞ紳士となるための唯一真正の養子縁組であり、まことの血の変化であって、藪医者どもが作り話をして言うような輸血による血の変化ではなかった。

　一命を捨てて、その輝かしい記念物を贏ち得たのが誰だったか⑱を私は知らないし、尋ねてもみなかった。しかし、その色褪せたぼろぼろの生地と蜘蛛の巣に汚れた彩色は、描かれた主題が二百年前の出来事であることを語っていた。

その当時、私の先祖がいわばダモエタス⑲であって、――リンカーンの丘⑳で他人の羊に草を食ませていたとしても、それが何であろう？――私がこの、かつて高慢なりしアエゴン㉑の家の馬飾りを我が物と主張する熱心さは、そのために減じただろうか？――彼はことによると、生涯に亘って、牧人たりし私の貧しい祖宗に山程の侮辱を加えたかも知れないが、私は遅蒔きの勝利によって報復をしたのではないか？

そんな風に考えることが僭上の沙汰だとしても、この屋敷の現在の所有者が苦情を言う筋合いはなかった。かれらはとうの昔に先祖の古い家を捨てて、新しいつまらぬ家に移ったのだ㉒。それで私は恣に拾い得る限りの形像を自分の物とし、空想を羽ばたかせたり、虚栄心を慰めたりしたのだった。

私こそ彼の古いW――家㉓の真の末裔であって、その名を名乗る現在の一族はそうではなかった。かれらはあの古い荒れ果てた屋敷から出て行ってしまったのだから。

古き良き一族の肖像画の掛かっているあの画廊も私のものだった。肖像画は、私が想像の中でかれらに私自身の名字を与えながら見てまわる時、一人――また一人と――微笑んで画布から身を乗り出し、新しい縁戚関係を認めてくれるかに見えるのだった。また他の者は、自分達の住居が空っぽで、子孫が出て行ってしまったことを思い、難しい顔をしているようだった。

涼しげな青い羊飼いの服を着て、一頭の子羊を連れたあの美人――あの絵は大きな張㉔出し窓の隣に掛かっていた――H――シャー風の輝く金髪と水色の眼をして――私のアリスにそっくりな――あの女(ひと)は、まぎれもなくエリア家の一人だと私は思っている――想像するに、ミルドレッド・エリアだろう㉕。

汝の立派な「大理石の間(ま)」も私のものだった、ブレイクスムアよ。その床にはモザイクが敷きつめられていて、十二人の皇帝(カエサル)㉖が――堂々たる大理石の胸像が――まわりに並んでいた。かれらの面ざしのうちで、子供ながらに人相を観ることに長(た)けていた私をもっとも驚嘆させたのは、ネロの厳(いか)めしい美しさだったことを憶えている。だが、私の愛情を得たのは、温和(おだやか)なガルバ㉗だった。かれらはそこに、死の冷たさにつつまれ、しかし、不滅の若々しさを持って立っていた。

汝の天井の高い「審判の間(さばきのま)」も私のものだった。そこには背凭(せもた)れの高い、柳細工の判事の椅子(いす)がただ一脚あり、かつては不運な密猟者や過ちを犯した乙女の恐れる場所であったが――今ではすっかり凡俗の場所となって、蝙蝠(こうもり)どもが塒(ねぐら)にしている。

それに、これらも――私のものでなくて誰のものだったろう？――汝の贅沢(ぜいたく)な果樹園と、日に焼けた南向きの塀。それよりも広い遊園は家の裏手から三段に高くなり、並んでいる植木鉢は、今はすっかり色褪(いろあ)せて鉛の地(じ)が出ているが、ところどころ雨風を免れた個所だけが、鍍金してピカピカに輝いていた元の状態を物語っている。それよりなお後ろには青々した芝生があり、更にその先の方には、古風にのっとって秩序正しく植えられた樅の木立があった。そこは栗鼠と終日つぶやく木鳩の棲処で、中央にあった古風な石像は神か女神か知らなかった。しかし、アテネや古のローマの子供が故郷の森でパーンやシルウァヌス㉘に捧げた礼拝も、私があの欠け損じた神秘に捧げたほどの心からなる崇拝ではなかっただろう。

ブレイクスムアの散歩道と曲がりくねる小径よ、私が汝の偶像を崇拝して、幼い手であまりにも熱烈な接吻を送ったために、こんなことになってしまったのだろうか？　さもなくば、私の如何なる罪の故に、汝の楽しき地を鋤が鋤いてしまったのか？　私は時々思うのだが、人間は死んでも、そのすべてが死んでしまうのではない㉙ように、消滅した住居にも希望があるのかも知れない——ふたたび生き返る萌芽が。

(Blakesmoor in H——shire)

『ロンドン雑誌』一八二四年九月号初出。ブレイクスムアは、ラムの母方の祖母メアリ・フィールドが長く女中頭として仕えたプルーマー家の領主邸宅ハーフォードシャーのブレイクスウェアに対して、ラムが主家筋を気遣って用いた偽名。十七世紀

前半ウィドフォード村に建立されたこの屋敷を、プルーマー家が買い取って領主屋敷としたが、一七七八年に当主ウィリアムは、この屋敷の所有権を保持したまま、自らはそこから数マイル南東に位置する小村ギルストンの新宅に移り住んだ。

祖母メアリは、自分とその下で働く雇い人少数だけが残された旧宅の事実上の女主人、「夢の子供達」(一一七ページ)の言い方を借りれば、「お屋敷の奥様」となった。この時ラムは三歳で、一七九二年に祖母が亡くなるまでの十五年ほどは、兄姉と共にこのお屋敷をかなり自由に訪れて、ここは自分の領地であるという妄想を逞しくするようになった。しかし、それから三十年後、一八二二年に当主が没すると、遺言により旧宅は直ちに取り壊された。それを伝え聞いたラムは矢も楯もたまらずに現地を再訪して事実を確認し、昔をしみじみと回顧し、半ば空しいと知りつつお屋敷復活の望みは捨てない。

恩給取り

遅蒔キナガラ、自由ノ女神ハ顧ミ給ヘリ。
Sera tamen respexit Libertas.[1]（ウェルギリウス）

我は繁華なロンドンの事務員たりし。（オキーフ[2]）

読者よ、もしも貴方が人生の黄金時代を――輝ける青春を――退屈な事務所に閉じ込められて空しく過ごす運命にあったなら、幽囚の日々が中年を過ぎて、老耄と白髪の境に至るまで引き延ばされ、解放や休息の希望もなかったなら、この世に休日というものがあることを忘れ、あるいはそれを単に幼時の特権としてしか思い出さなくなるまで生きて来たなら――それなら、それなら初めて、解放された私の気持ちがおわかりになるであろう。

私がミンシング・レーン[3]で机に向かってから、もう三十六年になる。十四の歳に、学校生活のふんだんな遊び時間と、度々差し挟まる休日から、一日に八、九時間、時には十時間に及ぶ会社勤めの身に変わることは憂鬱だった。だが、時が経つと何事にもいくらかは馴染んで来る。私は次第に満足するようになった——檻の中の野獣のように、歯を食いしばって満足したのだった。

日曜日が自分の自由になったことは確かである。だが、日曜日というものは④、礼拝のためにはしごく結構な制度だが、まさにその理由から、骨休めや気晴らしの日に当てるには最悪なのである。特に下町の日曜日には一種の陰気さが、空気の重苦しさがつきまとっているように感じられる。ロンドンの陽気な物売りの声が、音楽が、バラッド歌い⑤の声が聞こえず——街々のどよもしやざわめきが聞こえないのが寂しい。絶え間なく鳴る鐘の音には気が滅入る。閉まった商店には不快をおぼえる。版画や、絵や、キラキラ果てしなく並んだ玩具とピカつき物や、派手派手しく展示された商品は、首都のさほど忙しくない界隈での週日の散歩をいとも楽しいものにしてくれるが——姿を消している。露店の本屋を面白く冷やかすことも出来ないし——忙しげな顔が絶えず通り過ぎて、それをながめる閑人の気を晴らしてくれることもない——仕事の顔は、一時それを離れている我が身との対照的な違いによって、それ自体一つの魅力となるのであるが。見られるのはただ解放された店の小僧や幼い小商人達の不幸せな——あるいは、せいぜい半分しか幸せでない——顔で、外出する許しをもらった女中もここかしこにいるが、かれらは一週間奴隷奉公をしたのが習い性になって、自由な時間を楽しむ能力をほとんど失くし、一日の遊楽の空虚さをまざまざと表わしている。その日は、野を散策する人々さえも愉快そうに見えないのである。

しかし、私には日曜日の他にも復活祭に一日、クリスマスに一日、夏には丸々一週間の休暇があり、生まれ故郷ハーフォードシャー⑥の田舎へ行って、風にあたることが出来た。この最後のものは大きな楽しみで、それをまた味わえるという希望だけが一年間私を支え、私の監禁を耐えられるものにしてくれたのだと信ずる。しかし、その週がめぐって来た時、遠くから見た輝く幻影は私に寄り添ってくれただろうか？　いや、それはむしろ不安な七日間であって、せわしなく快楽を追い求め、休みを精一杯活用するにはどうすれば良いかと厭わしい気苦労をして過ごしたのではあるまいか？　静穏さがどこにあったろう。約束された休息はどこにあったろう？　それは私が味わう前に消えてしまった。私はふたたび机に向かい、こうした束の間の休みがまたやって来るまでには、退屈な五十一週間が経過しなければならぬことを考えるのだった。それでも、そういった期待は、捕囚生活の暗い面にいくらかの光明を投じた。さもなければ、前にも言ったように、私は奴隷の境涯に耐えられなかっただろう。

出勤の苦しさとはべつに、私は仕事が出来ないという感覚（あるいは、ただの気の迷いだったかも知れないが)に始終悩まされていた。この感覚は後年いよいよ高じて、顔の皺ひとつひとつに現われた。健康も元気も衰えた。私は何らかの危機に見舞われ、それに対処出来ないのではないかと絶えず懼れていた。昼間の苦役に加えて、眠っている間も夜通し働き、誤記や計算違いをした夢を見ては、恐怖に目醒めるのだった。私は五十歳で、⑦解放の見込みは立たなかった。いわば机に根を生やしてしまい、机の木が魂に食い込んでいた。⑧

事務所の同僚達は時々、私が顔に悩みを浮かべているのを揶揄ったが、それが雇い主の誰かに疑念を起こさせたことは知らなかった。ところが、先月の五日、私にはいつまでも記憶されるべき日に、会社の下級重役L――が私を傍らに呼んで、顔色の悪いことをあけすけに咎め、その理由を率直に訊ねた。そこで、私は自分の病を正直に告白し、いずれ勤めを辞めなければならないかも知れぬと言い添えた。彼は月並なことを二、三言って私を励まし、この件はそれで済んだ。それから丸一週間というもの、私は悩んでいた――本当のことを打ち明けたのは無分別な振舞いだった――愚かにも自分に不利な口実を与えて、自らの解雇を早めたのだという印象を抱いて。こんな風にして一週間経ったが、それは私の全生涯を通じて、もっとも不安な一週間だったに違いない。そして四月十二日の晩、今まさに帰ろうとして机を立ちかけると(あれは八時頃だったろうか)、恐ろしい呼び出しを受けて、あの剣呑な奥の応接室に重役全員が揃っているから来いと言われた。私は思った――いよいよ最後の時が来たんだ。もう万事休すだ。おまえにはもう用はないと言い渡されるのだ、と。L――は私の怯えた様子を見て微笑っていたから、少し安心したが――やがて、まったく驚いたことに、重役筆頭のB――が、私の勤続年数が長いこと、その間ずっとまことに賞讃すべき勤めぶりだったことについて(畜生め、と私は思った、どうしてそんなことがわかるんだ？　こっちはそう考えられる自信を持ったことがついぞないのに)、儀礼的な長広舌を揮い始めた。彼はさらに、人生のある時期に引退することの利点を長々と述べ(私の心臓はどんなに動悸を打ったことだろう)、少しばかり持っている私の財産の額について二、三質問すると、最後に一つ提案をした。それに対し、三人の重役は重々しく首肯いて同意を示したが、その内容は、私がかくも勤勉に奉仕した商会から、これまでの俸給の三分の二に及ぶ終身年金を受け取るということだった――素晴らしい申し出ではないか！　私はびっくりするやら有難いやらで何と返事をしたかも憶えていないが、提案を受け入れたものと了解されて、たった今から、いつ辞めてもよろしいと言われた。私は吃りながら何か言ってお辞儀をし、きっかり八時十分に家に帰った――永久に。この気高い恩恵は――私は感謝の念から、その名前を隠しておくことなど出来ない――世界一鷹揚な会社、ボルデロ・メリーウェザー・ボーザンケット・レイシー合名会社[9]の御好意によるのである。

永久ニ栄エアレ！　Esto perpetua![10]

最初の一日二日、私は呆然と、気も遠くなっていた。自分の幸福を頭でしか理解出来なかった。当惑のあまり、それを心から味わうことは出来なかった。自分は幸福だと考え、そうではないことを知りながらウロウロと歩きまわった。私は四十年間の監禁のあとで突然釈放されたバスティーユの囚人と同じ境遇にあった。安心して自分に自分を委ねることが出来なかった。それは〝時間〟から出て、〝永遠〟に移るようなものだった[11]——なぜなら、人間にとって、自分の〝時間〟をすべて自分のものにすることは、一種の〝永遠〟だからである。私は始末に負えないほどの時間を両手に持っているような気がした。貧乏人から、〝時間〟に貧しい人間から、突如莫大な所得のある身分に成り上がったのだ。自分にどれほどの持ち物があるか、見極めがつかなかった。私に代わって〝時間〟に於ける財産を管理してくれる家令か、賢い差配人が欲しかった。されば、ここで御忠告申し上げたいのだが、仕事に励んで老年に至った方々は、軽々しく、自分の気晴らしの手段を考えずに、し慣れた職業をいきなりやめてしまわない方が良い。それには危険があるかも知れないからだ。私は身をもってそれを感ずるが、自分の気晴らしの手段が十分であることを知っている。そして最初の目も眩むような歓喜が収まった今、己が境遇の有難さをしみじみと感じるのである。私は急がない。毎日が休日なので、まるで休日がないかのようだ。〝時間〟が私に重くのしかかっても、散歩して凌ぐことが出来る。しかし、一日中歩きはしない。以前の儚い休日には、目一杯楽しもうとして、日に三十マイルも歩いたものだったが。〝時間〟をもし持て余すなら、本を読んで過ごすことが出来る。しかし、滅多矢鱈に読みはしない。過ぎし年々の冬には、蠟燭の明かりをともす〝時間〟以外、自分の〝時間〟がなかったので、そんな風にして頭脳と目を疲れさせたものであったが。今は気が向いた時だけ散歩をし、本を読み、(こうしてこれを書いているように)ものを書き散らす。もう快楽を追い求めはせず、それが向こうからやって来るに任せる。私はさながら、

――生まれ落ちて歳月を重ねしは、
緑の曠野(12)

という人間のようである。

「歳月だって」と貴方はおっしゃるだろう！　「恩給取りのこの阿呆は何をあてにしているんだろう？　彼はさっき言ったではないか、自分は五十を過ぎていると。」

たしかに私は名目上五十年生きて来たが、その中から自分のためではなく、他人のために生きた時間を差っ引いてみるが良い。まだ若者であることがわかるだろう。なぜなら、人が自分のものと呼び得る真の〝時間〟は、自分の好きに出来る時間だけだからである。それ以外は、何らかの意味でそれを生きたと言えるかも知れないが、他人の時間であって、自分の時間ではない。私の哀れな日々の残りは、長かろうと短かろうと、少なくとも私にとっては三倍になる。これからの十年は、もしそんなに生き延びられるなら、以前の三十年に等しいだろう。これは立派な比例計算である。

自由の身となった当初私を襲い、その痕跡がまだまったくは消え去っていない奇妙な妄想の一つは、会社を辞めてから途方もなく長い時間が経ったということである。それをつい昨日のこととは考えられなかった。長年、そして一年のうちのどの日も長時間、親しく交わった重役や事務員達は——急に遠ざかってしまうと——私には死者も同然に思われた。サー・ロバート・ハワード⑬の悲劇に、こうした空想を説明するのに役立つかも知れない優れた一節がある。友人の死を語るくだりで、次の如くである。

——彼の人の身罷りしはつい今し方のことにして、
いまだ涙を流す暇もなきに、

千年も我を離りてあるかの如き
隔たりを感ずなり。
〝時間〟は〝永遠〟のうちに尺度を持たず。[15]

この落ち着かぬ感覚を解消するために、その後一度か二度、かれらのもとへ行ってみた。下界に戦闘状態[16]で残して来た、かつての仕事仲間——鵞ペンの兄弟達——を訪ねたのである。一同は親切に迎えてくれたが、私がそれまでかれらの間で享受していた心地良い気安さをすっかり取り戻すことは出来なかった。私達は以前のように冗談を飛ばしたが、あまり面白くないようだった。私の机や、帽子を掛けた釘は他人のものになっていた。当り前のこととは知りながら、良い気持ちはしなかった。懐かしい同輩達と別れるに際して、悔恨をおぼえなかったとしたら——そんな奴は人でなしだ——悪魔が私を攫ってゆくが良い。かれらは三十六年間も苦労を共にして来た忠実な相棒達で、冗談や謎々を言って、職業の路の凸凹を均してくれたのだから。してみると、その路は果たしてそんなに凸凹していたのだろうか？　それとも、私が意気地なしなだけだったのだろうか？　まあ、今さら後悔しても遅いし、こうした考えは、こんな場合にえてして生じる心の錯誤であることも承知している。それでも、私の胸は痛んだ。私は仲間との絆を乱暴に断ち切ってしまった。少なくとも、礼を尽くしはしなかった。私が別離に甘んじて暮らせるようになるまでには、しばらく時間がかかるだろう。さらば、古馴染み達よ。しかし、長の別れではない。君達の許しさえあれば、私は何度も何度も遊びに来るだろうから。素っ気なく皮肉屋で、親切なCh――よ、さらば！　温厚で尻が重く、いかにも紳士然たるDo――よ！　世話好きで、自分から人の面倒を買って出るPl――よ！――そして汝、物寂しい大廈高楼、その昔のグレシャム⑰やホイッティントン⑱にふさわしい館、堂々たる商館よ。汝の廊下は迷路の如くで、光を入れぬ閉めきった事務室では、蠟燭が一年の半分、陽の光の代わりをした。私の幸福への不健康なる寄与者、私の生活の厳しい養育者よ、さらば！　私の『作品集⑲』は、どこかの本の行商人の埋もれた蒐集の中ではなく、汝のうちに残っているのだ！　それらをそこに安らわしめよ、私が今労働を離れて休んでいるように、アクィナス⑳が残したよりももっと多くの、役に立ち、内容も豊かな二折り判の手稿が、汝の巨きな棚に積み上げられて、静かに休めるように！　私は我が衣鉢を汝らの間に遺す㉑。

初めて通告を受けてから、二週間が経った。その間、私は平静に近づいてはいたが、そうなりきってはいなかった。一種の落ち着きを自慢してはいたけれども、それも比較的なものにすぎなかった。最初のときめきが幾分か残っていた――心を乱す新奇の感覚、弱い眼が見慣れぬ光を見た時の眩惑が。まことに、私は以前の束縛を、衣裳の必要な一部分であるかのように恋しく思ったのである。さながら哀れなカルトジオ会の修道士が、突如何かの変革が起こって、僧房㉒での厳格な訓練から世間に戻されたようなものだった。それが今では、まるで自分自身の主人だったことしかないかのようである。私にとって、好きなところへ行き、好きなことをするのは自然なことだ。昼の十一時にはボンド街にいるが、もう何年も前から、その時刻にはそこをぶらついていたような気がする。私はソーホーに寄り道して露店の本屋を漁る。もう三十年も蒐集家だったように思う。そこには何も珍しいことや目新しいことはない。私はある朝、立派な絵の前にいる。そうでなかったことがあっただろうか？　フィッシュ・ストリート・ヒル㉓はどうなったろう？　フェンチャーチ街はどこにあるのか？　私が三十六年間、日々通って踏み減らしたミンシング・レーンの石畳よ、君達の永劫不変の堅石㉔には、労働に疲れた如何なる事務員の足音が鳴り響いているのか？　私はペル・メルのもっと華やかな敷石を踏んでいる。取引所の開いている時間だが、奇妙なことにエルギン大理石像㉕の間にいる。私の境遇の変化を別世界へ行くことに譬えたのは、誇張ではなかった。〝時間〟は私にとり、ある意味で止まっている。季節の区別もすっかり忘れてしまった。今日が何曜日かも、何日かも知らない。かつては毎日が、外国郵便の発着の日との関係で、また次の日曜日まで遠いか近いかで、別々に感じられたものだった。水曜日の気分とか、土曜日の夜の気分とかがあった。それぞれの日の精霊が一日中はっきりと私に取り憑いて、食欲や元気に影響した。翌日の幻が、それに続く荒涼たる五日の幻と共に、哀れな安息日の気晴らしに重荷としてのしかかっていた。如何なる魔法があのエチオピア人を洗って、白くしてしまったのであろう？㉖ 黒い月曜日はどうなっちまったんだ？ 今はどの日も同じである。日曜日自体――私がその儚さを感じたり、最大限の楽しみを絞り取ろうと欲張りすぎたために、しばしば不幸な失敗の休日となってしまった、その日が――溶けて週日になってしまった。今では教会へ行く余裕もある。以前は、それが休日から、ひどく巨きな一片を切り取るような気がして厭がったものだが、もうそんなこともない。何でもする時間がある。病気の友達を見舞うことも出来る。用事の多い人間が一番忙しい最中に邪魔することも出来る。この天気の良い五月の朝、ウィンザーへ一日遊びに行こうと誘って、彼を侮辱することも出来る。㉗世間に残して来た哀れな働き人達が思い煩い、悩むのを見るのは、ルクレティウスの快楽である。かれらは粉挽き場の馬のように同じところをいつまでも苦しく堂々巡りしているが――一体、何のためなのだろう？㉘ 人間には自分の時間がいくらあってもありすぎることはないし、することがなさすぎることもない。私に小さい息子があったら〝無為〟と名づけようと思う。彼には何もさせまい。私は心底から信ずるが、人間は働いている限り、自分本来の領分の外にいるのだ。私はまったく観照的な生活を良しとする。親切な地震が起こって、あの呪われた紡績工場を嚥み込んでしまわないだろうか？　私のために、あそこにあるガラクタ物の机を持って行って、

地獄の鬼のところへ㉙

投げ込んでくれ。

私はもはや何々会社の事務員＊＊＊＊＊㉚ではない。〝隠居閑人㉛〟である。小綺麗な庭園に来れば、いつでも私に会えよう。私はすでに屈託のない顔をして、呑気な仕草で、足取りも定めなく、これという目的もなしにぶらぶら歩きまわっていることで知られるようになった。歩きまわる。行き来するのではない。人が言うには㉜、これまで長い間他の美質と共に埋もれていた、一種の品位アル cum dignitate 様子が、私の身に芽生えて来たそうである。私は目に見えて紳士に育っている。私が新聞を取り上げるのは、歌劇の現況を読むためである。仕事ハ為サレタリ Opus operatum est㉝。私はこの世に生まれて来て、すべきことをすべてやり終えた。課せられた仕事をし果たし、余生を自分ののにしたのだ㉞。

（The Superannuated Man）

『ロンドン雑誌』一八二五年五月号初出。チャールズ・ラムは、一八二五年二月七日付で辞職願を東インド会社に提出した。やきもきして待った後、三月二十九日の重役会議で、三十三年間の勤務に対して、その時点での年収七三〇ポンドの三分の二に当たる四五〇ポンドの終身年金を付与するという破格の条件で即日辞職が認められた。だが、その直後に書かれた本篇は、ラム自身の退職事情を正確には反映していない。勤務年数は三十六年、退職の日にちは四月十二日、長たらしい合名会社、住所もレドンホール通りでなくその近くのミンシング小路（レーン）。雑誌版では、最後に記す署名もエリアではなく、本篇最終段落の「何々会社の事務員」のアステリスクの代わりに入っていた〝J—s D—n〟に対応する頭文字〝J. D.〟とする念の入れようだった。辞職して二ヶ月足らず、まだその熱（ほとぼり）が冷めていない状況では、既に一八二三年にはエリアの仮面が剝がれつつあった以上、この偽名さえも雑誌に載せることは憚られたようだ。

蘇レル友①

汝ら(なんじ)は何処(いずこ)にいたのだ、ニンフ達よ、無情な海が
汝らの愛するリシダスの頭上を蔽(おお)った時?②

私はあの光景を見た時ほど奇妙な感覚を味わったことがあるかどうか知らない——というのは、二、三週間前の日曜日、旧友G・D③がイズリントンの我が茅屋(ぼうおく)④を午前中訪ねて来て、さて帰ろうとした時のこと、彼は入って来る時通った右手の小径(こみち)へ曲がって行くかわりに——杖(つえ)を手に持ち、正午(まひる)だというのに、悠然とまっすぐ歩いて、我が家のそばを流れる小川⑤の真ん中に落ち込み、まったく姿を没してしまったのである。

このような奇観は、夕暮れに見ても十分人を驚かせたであろう。しかし、昼日中(ひるひなか)に、大切な友人が自滅に向かってかくも無鉄砲な振舞いをするのを目撃した私は、全く思考能力を失ってしまった。

どうやって駆け出したのか、わからない。意識は全然なくなっていた。何か私のものではない神霊が旋風(つむじかぜ)のように私をその場へ運んだのだ。憶(おぼ)えているのは、ただ善良なる

白髪頭（しらがあたま）の銀色の亡霊が水から現われて来て、そばには杖が（それを振る手は見えず）、空（くう）を探るように、上を向いていたことだけだ。瞬時にして（あの時、時間というものがもしあったとすれば）彼は私の肩に負われ、私は——アンキセス(6)を運んだ男のそれよりも、もっと貴重な荷を担いでいたのであった。

　ここで私は通りすがりのさまざまな人々の温かい親切に、感謝の意を表せずにはいられない。かれらは名誉ある救助に参加するには少し遅かったが、博愛の群れをなして集まって来て、我が友を回復させるために助言し、患者の身に塩などを用いるが良いとか、用いぬ方が良いとか、さまざまな治療法を勧めた。そうして異なる意見が相争っているうちに、生命の潮は急速に引こうとしていたのだが、やがて、他の者よりも賢い一人が名案を思いつき、医者を呼ぼうと言い出した。如何（いか）にも陳腐な忠言であり、誰でも思いつくことだとお考えになるだろうが——白状すると——この危急の際、私には〝天使〟が口を利いたかと思われたのである。大働き（おおばたら）——私の働きも些細（ちいさ）なものではなかった——のあとには、得てして意図の薄弱が生じる。これは狐疑逡巡（こぎしゅんじゅん）の瞬間だった。

　〝片眼先生（モノクルス）〟(7)——本名を聞きそこねたので、やがて現われた医師をそう呼ぶことにする——は謹厳な中年の人物で、医学校に学んだこともなければ、勿体（もったい）ぶった免状をもらうために身を屈したこともなかったが、貴重な時間の多くを用いて、不運なる同胞の身体に——素人考えには、生命の火花が消えてしまい、永久に失われたと思われるような肉体に、経験に基づく処置を施して来たのだった。彼はありふれた食べ過ぎによる喉詰まり⑧から、もっと不名誉な障碍⑨、時にはインド大麻なる植物を故意に外用しすぎたことによって惹き起こされる障碍に至るまで、如何なる機会も逃さずに、奉仕を押しつける。だが、そういう乾いた絶息の患者も断わりはしないものの、彼の業務は水に溺れた者の治療を主としている。それに便利が良いようにと、賢明にもくだんの川の大水庫⑩の近くに根城を構え、そこで、昼も夜も、「ミドルトンズ・ヘッド亭⑪」にある小さな望楼から、溺れた人間という難船がありはせぬかと聞き耳を立てているのだ——一つには、彼が言う通り、その場に早く駆けつけたいからであり——一つには、かかる嘆かわしい場合に彼が自らと患者とに処方する液体が、通常薬剤師の店や薬壜よりも、こうした平凡な居酒屋に於いて、いっそう便利に手に入るからである。彼の耳は修練によっていとも鋭敏になり、半ファーロング⑫先でドボンと飛び込んだ音も聞き分けられ、それが偶然の事故か意図したものかもわかるという話だ。彼は上着の上にメダルを吊るしている。もとは渋い茶色だったのだが、時の経過と、夜分水に飛び込むことが頻繁なため、真にこの職業らしい黒色に変わっている。彼は〝医者〟の名で通っており、左眼がないので一際目立つ。その治療法は——暖かい毛布をあてがい、摩擦等を十分施したあと、生のコニャックを大コップに一杯かそれ以上、回生せんとする患者が我慢出来る限り熱い湯を混ぜて与えるという、それだけである。私の友人のように気難しい被験者の場合は、恭くも味見までしてくれて、自らの手本により、処方薬が無害なものであることを示すのだ。これほど親切で、人を元気づけるやり方はあるまい。主治医が自分と手に手を取って治療を行うのを見ることは、患者の信頼を増すものである。医者が自分の一杯を飲み干す時、如何に駄々っ子の病人であろうと、その妙薬で乾杯するのを拒むことが出来ようか? 要するに、〝片眼先生〟⑬は人情も分別もある男で、生命をつなぐに足らぬほどのわずかな手当てをもらって、他人の生命を救う努力に、我が生命をすり減らしているのだ――彼は自分の手柄をさしたることにも思っていなくて、G・Dの如く社会にとってかけがえのない人物を蘇生させてくれた代価に、一クラウン銀貨を押しつけるのも容易ではなかった。

静まりつつある恐慌が、親愛なるぼんやり者の神経に与える影響を見ているのは、面白かった。それは記憶を揺り動かし、次々と注意を惹いて、長く罪のない一生の間に経験したあらゆる神佑天助を思い出させたようだった。私の寝椅子の上に起き直って――我が寝椅子はそれまで剝きだしで、被い一つかかっていなかったが、友を休ませ、癒してくれたから、値の張る豪華な垂布で飾り、コールブルック⑭の家に於ける来賓用寝台としよう――彼は驚くべき危機脱出の数々を物語った――赤ん坊の頃、子守女の不注意や――氷のように冷たい水の入ったバケツや、煮えたぎる湯の入った湯沸しのために危険な目に遭ったこと――学童の頃にはふざけて果樹園で悪戯し、小枝が折れたりして――トランピントンでは屋根瓦が落ち、ペンブルック⑮では、もっと重い大冊の本が落ち――熱心に寝ずの勉強をして恐ろしい不眠症になったこともあり――窮乏や窮乏の不安、そして学識ある頭脳のあらゆる辛い疼痛、そうしたものによる危機を語った。――やがて、彼は突然、切れぎれの歌を歌い出した――遠い昔の歌――解放の賛美歌の端々を。そうした歌は大人になってから、ついぞ思い出したこともなかったのだが、彼の心が子供の心のように優しくなった今、ふと浮かんで来たのである――というのも、心腑ノ震エ tremor cordis⑯は直近の救出を顧みる際にも、危険が差し迫った場合と同様、無垢な心に働きかけて、一種の自分への労りをうながすのであり、これを臆病と呼ぶのはよろしくあるまい。シェイクスピアも、差し迫った危機に際して、善良なヒュー先生⑰にバビロンにいた時のことを思い出させ、浅い川のことをつぶやかせている。

サー・ヒュー・ミドルトンの流れ⑱よ！――おまえは何という火花を永久に消してしまうところだったことか！　おまえはもう二百年近くも衛生に宜しき水をこの街へ運んで来たが、それでも、おまえが一瞬のうちに流し去ったものを償うことは出来なかったであろう。贋物の川——液体の細工——惨めな導水渠よ！　これより後は、運河や鈍い水路橋の列に加わるが良い。少年の頃、彼のアビシニアの旅行者の探検⑲に感動した私が、アムウェル⑳の谷間を歩きまわっておまえの支流の泉を探り、緑のハーフォードシャー㉑や耕されたエンフィールド狩猟園㉒をキラキラと流れる、身体に良いおまえの流れを遡ったのは、このためだったのか？㉓——そなたには白鳥もいない——水の精も——川の神も——それとも、そなたは我が友の慈悲深い白髪頭の風貌に誘惑されて、自分も水の守護霊㉔が欲しくなり、彼を吸い込んでしまったのか？

カム川㉕に溺れたというなら、まだしも彼にふさわしかっただろう。しかし、そなたは彼の湿った墳墓の上に揺れてさざめくべき如何なる柳㉖を持っているのか？——あるいは、あの永遠の新参者という㉗、何の意味もない僭称のほかに名前を持たないので、立派な戦利品によって名前を得、今後はダイアー川とでも呼んでもらうつもりだったのか？

かかる宏大な美徳が、
波の膿んだ泡沫の下に墓を持つことがあり得ようか？㉘

ジョージよ、私はきっぱりと言うが、君は今後ふたたび——いや、昼間でも駄目だ——ちゃんとした眼鏡をかけずに——ことに物思いに耽っている時は——外へ出てはならない。君の心がお留守なのには我慢して来たが、それも、君の肉体がお留守になる気遣いのない限りに於いてであった。㉙我々にそれを食い止めることが出来るならば、君をアリストテレスと共にエウリポス海峡へ迷い込ませはすまい。何だい、君、水をふりか㉚けるだけの洗礼を良しとする小冊子を沢山書いておきながら、良い年齢になって浸礼教徒に宗旨変えするとは！

　この恐ろしい事件以来、㉛私の夜の夢には水ばかり出て来る。時として、私はクラレンスと共に彼の夢の中にいる。べつの時は、クリスチャンが沈み始め、善良な兄弟ホープフル㉜（すなわち私だ）に向かって、こう叫ぶのを見る――「われ深水におちいる。猛浪わが上をこえゆきて、おほみづことごとくわが上をあふれすぐ。セラ。㉝」それから今度は、目の前で、パリヌルス㉞が今にも舵を手放そうとしている。私は助けようとして叫ぶが、間に合わない。次にあらわれるのは――悲しげな行列――意に反して溺れるところを助けられた投身者達の顔で、縄のような水草を青い巻毛からぶら下げ、悲しげに渋々と感謝の言葉を並べ立てる――無理強いされたラザロたち㉟――冥王の臣下のなりそこない㊱――墓から盗まれた取り前――カロンから渡し賃を捲き上げた連中が。その先頭をアリオン㊲が――それとも、G・Dだろうか？――歌をうたう時の衣を着て、手に竪琴と奉献の花輪を持ち、一人で進んで行く。その花輪をマカオン㊳が（それともホーズ博士㊴だろうか)、厳かな海神の廟に掛けようとして、すぐさま引ったくる。それから陰鬱なレーテー河㊵の流れがあらわれるが、地上で半分水に濡れた者も、今は否応なくそこに溺れる——オフィーリア㊶がふたたび泥だらけになって死ぬ舟着き場のそばで。

　そして、疑いなく、人間が誰か(私の友がつい最近そうしたように)かれらの無慈悲な領域に近づいた時は、見えざる世界に何らかの予告があるのだ。魂が死の扉を一度、二度叩いた時、宮殿の中に惹き起こされる動揺は相当のものに違いなく、恐ろしき相貌㊷は、現代科学によってしょっちゅう餌食を奪われるため、今頃はもうタンタロス㊸に同情するようになったであろう。

　G・Dがもうじき来るということが、明らかな前兆によって伝えられた時、エリュシオン㊹に居並ぶ霊魂達はきっと胸が高鳴ったことだろう。不凋花㊺の座席から、温良で、厳かな幽霊達が——ギリシアやローマの学問を積んだ——詩人や歴史家が——かれらの倦むことなき註釈者がただ熱心の故になせる未完の労作㊻に、萎れることなき花圏をかけようとして、立ち上がった。マークランド㊼はこの人を待っていた——ティリット㊽は彼に会いたいと願っていた——地上では見えることもあったかどうかわからぬ*ピーター・ハウス学寮の優しき抒情詩人㊾は、最新の歌を以て迎えようと待ちかまえていた——そして、あの温和なクライスツ・ホスピタルの生徒の擁護者——本当は、終生の擁護者であるべきだった——温厚なアスキュー(50)は、熱い渇仰の念にかられて、尊むべき医師の椅子から真っ先に身をのり出し、あの楽しい一座に、円熟したこの人の美徳を迎え入れようとしたのだった——生前、並々ならぬ先見の明をもって、まだ少年だった彼のたおやかな若枝を養い、水をやったのは、ほかならぬアスキュー自身だったのである。

＊グライウスヲ彼ハ見シノミ。GRAIUM *tantum vidit.*(51)〔原註〕

（Amicus Redivivus）

『ロンドン雑誌』一八二三年十二月号初出。友人ジョージ・ダイアーの水難事故について、自ら救済の主役となったとする本篇の記述とは異なり、勤務時間中の昼日中だったためエリアことラムは現場にいなかった。敢えて脚色を施すことで、伝聞では不可能な臨場感を盛り込みつつ、ダイアーが間一髪危機を逃れた幾つもの災難の最新かつ最悪の版として冗談口調で語って、リシダス、オフィーリアほか溺死者列伝の様相を呈する。しかし、最終段落に至ると一転、へまをやらかしては笑いの渦を巻き起こしていたこの人物の作家としての真面目な取り組みに目を向けて、親しみの籠もった称讃を捧げている。

婚礼

先週、私は友人のお嬢さんの婚礼に招かれて出席したが、生まれてからあの時ほど楽しかったことがあるかどうか知らない。私はこういう式典に顔を出すのが好きだ。それは我々自身が上手く身をかためたいきさつや、我々自身の若き日の失意の悔恨――それも懐かしさということでは変わらない――を思い出させて、我々老人にある意味で青春を返してくれ、一番華やかだった時代を呼び戻してくれるからである。こういう時、私はきっとそのあとの一、二週間は上機嫌で、水に映った蜜月の影を楽しんでいる。家族というものを持たぬ私は、こうして一時的に友人の家族に入れてもらうことが嬉しい。一時、従兄弟や伯父になったような気がする。親疎さまざまな血縁の者となる。小さな社会の交際に参加して、ほんの束の間、孤独な独身者の境涯を忘れるのである。こういう気持ちが高じた揚句に、私は親友の家で葬式が行われる時でさえ、除け者にされると恨めしく思うほどである。しかし、本題に戻ろう――

縁組そのものはずっと前にまとまっていたが、式は今まで延期されて、恋人達は理不尽なほど宙ぶらりんの苦痛を味わった。それというのは、不幸なことに、花嫁の父親が女の早すぎる結婚という問題に関して、抜き難い偏見を抱いていたからだった。彼はこの五年間いつも――求婚期間はそんなにも長びいたのだ――婦人が二十と五歳を終わるまで、儀式を延ばすのが適当だと講釈していた。私達はみな心配になって来た。今のところはまだ熱心さも衰えていない求婚①が、いつまでものんべんくらりと続けているうちに、時間が経(た)って熱も冷め、愛情も試みのうちに消えてしまいはしないかと。しかし、そうした無理な考えにけして与(くみ)しなかった夫人が、夫を少し甘言であやしたのと、友人達が――かれらは老紳士の健康が次第に衰えて来たことから、この先何年も顔を見られるかどうか心もとなく、生前に事を決着させたいと願っていたので――真剣に諫(いさ)めたのとが、やっと効を奏した。そして、この前の月曜日、旧友―提督②の令嬢は、一人前の女として恥ずかしくない十九という年齢に達したので、二つ三つ年上の感じの良い従兄弟③J――に連れられて、教会へ行ったのである。

我が旧友の馬鹿げた考えのために、恋人同士がひどく時間を損したことに対して、御婦人の読者のうちでも若い方々は憤りをお感じになるだろう。しかし、それをお示しになる前に、慈父が我が子を手放す際、人情として感ずる不本意さを考えてみられるが良い。たいていの場合、結婚の問題に関して親子の意見が食い違うのは、この渋々さに理由があるのだと私は信ずる――たとえ、どのような利害や用心の口実が、それを隠すために設けられたとしても。父親の冷酷さは物語作者にとって恰好の題目であり、読者をきっと感動させる話題である。しかし、可愛がられた子供が時として性急に親木から身をもぎ離し、他所の台木に付こうとするさまには、何か優しくない――それ以上は言わぬにしても――ものがありはしないだろうか？　今回の例のように、お嬢さんがたまたま一人っ子だと、事はいっそう切実になる。私は経験からものを言えるわけではないが、こういう場合に親の誇りが傷つけられることは、良く想像出来るのである。たいていの場合、恋人にとって、もっとも手強い競争相手が娘の父親だということは、何も目新しい所説ではあるまい。たしかに、同等でないものの間にも嫉妬はあって、それは我々がもっと厳密にその名で呼ぶ感情に劣らず痛切なのだ。母親の躊躇いはもっと容易に克服出来る。思うに、その理由は、娘を保護する役割が夫に移ることは、母親の権威にとって、父親のそれが被るほどの失墜や喪失でないからだろう。それに母親はぞっと身震いするほどの恐ろしい予見を持って、まずまずの縁談を断わったために、子供が寂しい独身生活を送らねばならない場合の不自由さを思い描く（父親には、それがさほど想像出来ない）。かかる問題については、母親の直感の方が、父親が立てる冷たい理屈よりも確かな指針である。御亭主は娘の結婚話に賛成しても、割合と無頓着に受け入れるだけなのに対して、奥方は見苦しい策略を弄し、話を進めようとする――そういったことがままあるのは、かかる直感のためと考えて良く、またそうでなければ言訳が立つまい。この点に関しては、多少の厚かましさも勘弁出来る。こうした理由があれば、出しゃばりも床しさとなり、母親の執拗さも美徳の名を頂戴する。――しかし、牧師さんがお待ちだ。私が笑止千万にもそのお役目を肩代わりして、こうしてお説教している間、花嫁は敷居に立っているのだった。

　しかし、女性読者の誰方様も勘違い召されるな。たった今私の口から洩れたさかしらな感想が、たとえどんなに遠回しにでも、この若い御婦人に当て嵌まるなどとお考えになってはいけない。やがて御覧いただく通り、彼女は分別のついた、その資格のある年齢になり、それに誰からも十分な同意を得て、異なる境遇に身を置こうとしているのである。私はただ、非常に早まった結婚に反対しているにすぎない。

　式は、そのあとささやかな朝食会を催すため、早い時刻に取り行われることが決まっていた。食事には限られた友人だけが招かれた。我々は時計が八時を打つ少し前に、教会に入った。

　この朝の花嫁の付添い――三人の魅力的なフォレスター嬢(4)――の衣装ほど適切で優

雅なものはなかった。花嫁一人を引き立てるため、みんな緑の服を着て来た。私は女性の服装を説明するのが苦手だが、彼女がその心のように真白く純潔な衣をまとい、犠牲の如き白さで祭壇の前に立っている間、かれらはディアナのニンフ達――まさに森の住人――にふさわしい衣を着て、いまだ冷たい童貞を捨てる決心がつかない者のように、付き添っていたのである。聞くところによると、この娘さん達は母親が健在という幸福に恵まれないので、父親のために独身を保ち、残された親とたいそう楽しく暮らしている。言い寄る恋人達は、そのような連綿として嫉ましい一家団欒の(自分達の希望にとっては幸先の良くない)光景を見て、いつも胸を傷めているそうである。健気な娘達よ! 一人一人がイピゲネイアにも匹敵する犠牲ではないか!

私は自分に何の用があって厳粛な場に臨むのか、わからない。畏まっているべき場合にも軽口を言いたがる不都合な習性が抜けないのである。役人向きには出来ていない。儀式張ったことにはとうの昔にさよならをしたが、お嬢さんの父親に、生憎痛風のため家を出られないから、このたびは親の代わりに花嫁を引き渡してくれと頼み込まれて、拒われなかったのだ。このいとも真面目な瞬間に、ある滑稽なことが頭に浮かんだ――傍らにいる愛らしい娘さんを片づけるなどということは、たとえ想像の中であっても、自分の任ではないという感覚が。私はうっかり不謹慎なことを言ってしまったのだと思う。牧師さんの怖い眼が――そして、ポルトリーの聖ミルドレッド教会⑪の教区牧師の眼は、生半可（なまはんか）なお叱（しか）りではない――⑫たちまち私をギロリと睨（にら）み、言いかけた冗談は酸（す）っぱくなって、葬式の不機嫌なる厳しさに変わってしまった。

私がこの厳粛な機会に無作法をしたと申し訳をして良いのはこれだけだったが、式のあとに、縹緻（きりょう）良しのT――嬢姉妹⑬の一人から咎（とが）められた事が非礼にあたるなら、別である。彼女は紳士が黒服を着て花嫁を引き渡すなど、貴方（あなた）の前には見たことがないと言うのだった。ところで、私はもう長いこと黒服を普段着にしているものだから――実際、それを著作家にふさわしい服装と考えている――劇場がこれを認めている――もっと明るい色の服を着て現われたならば、この異例な服装が非難を受けたよりも、もっとひどく笑われたことであろう。しかし、花嫁の母親や、列席した年輩の御婦人方は（かれらに神の祝福あれ！）、私がほかの色の服を着て来たら、さぞ喜んだろうということは察せられた。しかし、私はこの場にうってつけの寓話を思い出して、不祥を祝い直した。それはピルパイ⑭か誰かインドの作家の本にあった話で、紅鶸（べにひわ）の婚礼にすべての鳥が招待されたが、ほかの鳥は一番派手な羽をまとって来たのに、大鴉（おおがらす）だけは「これしかない」からと言って、マントの言訳をしたというのである。お年寄り連はこれでまずまず機嫌を直した。しかし、若い人達にとっては、すべてが陽気な大騒ぎで、握手をし、おめでとうを言い、接吻して花嫁の涙を拭い、お返しに花嫁から接吻されるといった調子で、しまいに、さる若い御婦人が――この人は友達よりも四、五週間長く結婚指輪を嵌めているため、この手のことには経験があるという顔をして、助け船を出した。花婿を横目に見ながら、この調子では「接吻がなくなってしまう」と茶目っ気たっぷりに言ったのだった。

友人の提督は、この晴れの席に巻毛の縮れた立派な鬘を被り、⑮――身形にかまいつけない平生の様子とは、まったく対照的であった。借り物の巻毛を押し上げて、その下にある、少しばかりのほつれた白髪を見せたりは（いつも朝方勉強する時には、そうするのが癖だったが）一度もしなかった。物を思い、満足している顔つきだった。私の恐れていた時はついに近づいて、三時間の長きにわたった朝食――たくさんの鶏の冷肉と、舌肉と、ハムと、唐墨と、干した果物、葡萄酒、薬酒等々がかかる貧弱な呼称にふさわしければ――が済み、馬車の来たことが告げられた。その馬車は、習慣が賢明に定めている通り、新郎新婦をしばらく田舎へ連れ去るために来たのである。我々はその計画に則って、二人に幸福な旅を祈り、集まった客人達の方に話を戻すとしよう。

人気役者が舞台を去ると、

人々の眼は
次に入って来る者をうつろに見やる、⑯

そのように、この朝の芝居の主役が消えてしまうと、我々は所在なく顔を見合わせた。誰も話をしなかった。誰も酒を啜(すす)らなかった。気の毒な提督は努力したが――その甲斐(かい)もなかった。私が冗談を言うべき時が、今になってやって来たのだ。奥方の澄ました顔つきと物静かな振舞いを透(す)かしてあらわれていた無限の満悦さえもが翳(かげ)って、何か不安めいたものになりかけていた。辞去するべきか居残るべきか、誰にもわからなかった。我々は何かくだらないことで集まっているような気がした。留まるか行くかのこの瀬戸際に、私の馬鹿な才能が役立ったことを認めてやらねばならない――その日の朝は、そいつのおかげで恥を掻(か)くところだったけれども。私が言うのは、如何(いか)なる危急の際にも、いろいろ奇妙な囈語(たわごと)を考えて、口走る能力のことである。この気まずい板挟(いたばさ)みの状況にあって、それは素晴らしい効き目を発揮した。私はとっておきの馬鹿話を次から次としゃべりまくった。列席者はみな、分別などどこへ行こうと、朝の賑(にぎ)わしさのあとに訪れた耐え難い空白の圧迫から逃れたくてならなかった。幸い私はこの手段で、一座の大部分を遅い時間まで引き留めることが出来、そしてホイスト(提督の好きな遊戯⑰である)の三番勝負をすると、技倆もあったが、めったにない幸運がうまいこと彼の側にまわって来て――真夜中まで蜿蜒とつづき――しまいに老紳士は、割合と楽な気分で寝に就いたのだった。⑱

私はそのあとも折々、旧友の家を訪ねた。⑲ 私が行く家の中でも、すべてのお客があれほど完全にくつろいでいるところを、ほかに知らない。調和がかくも奇妙に混乱の結果である場所は、どこにもない。誰もが目的の食い違ったことをしているのだが、統制が取れているよりも、ずっと良い結果を生むのである。矛盾した命令。召使い達は一方へ引っ張り、旦那様と奥様は別の方へ追い立てるが、二人が追い立てる方向は別々である。隅の方にかたまった訪問客。乱雑に並べた椅子。ゆきあたりばったりに置いた蠟燭。食事は妙な時間に出て来て、お茶と夜食が一緒だったり、後者が前者より先に来たりする。主人と客が話し合っているが、それぞれ別の事柄を話していて、自分の言うことは理解しているが、相手の言葉は理解しようとも、聞こうともしていない。ドラフツ⑳と政治、西洋将棋と経済学、トランプと海事に関する会話が同時に進行し、それらを区別する望みもなければ、じつはそんなつもりもなく、しかし全体としてみると、またとなく完全な不調和ナル調和 concordia discors㉑ を呈している。しかし、懐かしいこの家はどこか調子が外れている。提督は今もパイプを楽しんでいるが、煙草を詰めてくれるエミリー嬢[22]はいない。楽器は以前と同じ場所にあるが、繊細な弾奏で、時にほんの短い間、激しい風雨を鎮めることの出来た女は去ってしまった。彼はマーヴェルが言うように、「己が運命を選択となす[23]」ことを学んだ。立派に耐え忍んでいるが、痛快な警句を前ほど頻繁に飛ばすことはない。船乗りの歌が彼の口から漏れることも、以前より稀になった。奥方も、叱って直してやる若い者が欲しそうな様子である。我々はみな年若い者のいないことを寂しく思う。たった一人の若い娘がどれほど親の家を爽やかにし、若々しく保つかは不思議なくらいである。老いも若きも彼女がすっかり片づいてしまわないうちは、彼女に関心を持つように見える。この家の若さは逃げ去った。エミリーは結婚したのだ。

（The Wedding）

『ロンドン雑誌』一八二五年六月号初出。ラムのホイスト仲間バーニー提督の娘の婚礼を題材とする。式から約半年後に他界した提督を式の後も訪ねたと最終段落で述べていることから、その半年間に執筆し、掲載まで原稿を寝かせておいたとの推測もあるが、発表直前に執筆されたと考えるのが自然である。ラムが事実を故意に伏せたとすれば、娘に去られて老後を生きる父親の孤独という主題が霞むのを避けるためだった。

古陶器

私は女々しいほどに古い陶器が好きだ。どこか大きなお屋敷を見に行くと、まず陶器の棚を拝見させてください、と頼み、その次が画廊である。何故にこうした好みの順序になるかを説明することは出来なくて、ただこうとでも言うより仕方がない――我々にはみな、それが習い覚えたものであることをはっきり思い出せないほど古くからの趣味が、何かしらあるものだ、と。私は初めて連れて行ってもらった芝居①や展覧会ならば思い出せるが、陶器の壜や受け皿が想像の中に入って来た時のことは憶えていない。

その時、嫌いでなかったのだから――今、どうして嫌うことがあろう？――あの小さい、無法な、空色の異様な人物像達を。あの遠近法以前の世界――陶器の茶碗の中で、男女という名目の下に、地水火風のいずれにも囲まれずに浮かび漂っているかれらを。

私はこの古馴染達を見るのが好きだ――かれらは距離によって縮められることがない②――宙高く姿を現わし（我々の目にはそう見える）、それでも大地 terra firma の上にいる——というのも、行儀の良い画家が、不条理にならぬように、かれらの履物の下に出現させたあの濃い青のしみは、礼儀上そう解釈するよりないからである。

私は女の顔をした男達と、そんなことがもしあり得るなら、もっと女らしい表情をした女達が大好きである。

ここには若く上品な支那の官人③がいて、円い盆から——二マイルも先にいる御婦人にお茶を献じている。距離が如何に尊敬の意を際立たせているように見えるかを、御覧じろ！　そしてここには同じ婦人か、別の婦人が——茶碗の上では、似ていることはすなわち同一人であることだから——この静かな庭の川のこちら側に舫ってある小さい妖精の舟に、華車な足でしずしずと乗り込もうとしているが、その足は、そのままの入射角で踏み下ろしたとすれば(我々の世界に於ける角度から判ずると)、必ずや花咲く牧場の真ん中に——それは一ファーロング⑤も離れた同じ奇妙な流れの向こう岸にある——彼女を着地させるに違いないのである！

さらに遠くには——もしもかれらの世界について、遠いとか近いとかいうことが断定出来るとすれば——そら、見たまえ、馬や、木々や、塔が円舞⑥をおどっているではないか。

ここには——雌牛と兎が横たわり、しかも、同一の広がりを占めている——麗しき中華の国の澄んだ空気を通して見ると、物はそんな風に見えるのである。

昨晩、私は熙春(ヒーチュン)(7)を飲みながら(昔流儀の私達は、今でもこれをほかの茶と混ぜないで昼下がりに飲むのだ)、今初めて使い出した、並々ならぬ藍模様(あいもよう)の古い陶器の揃(そろ)い(近頃の買い物である)に描かれている、こうした目ヲ惹(ひ)ク驚異(おどろき) speciosa miracula(8)を従姉妹(いとこ)(9)に示していた。そして、こう言わずにいられなかった――近年は、僕らも随分暮らし向きが良くなりましたね。時々こんな小物を買って、目を楽しませる余裕があるんですからと――その時、私の伴侶(つれ)(10)の眉根(まゆね)を、ある感情が一瞬翳(かげ)らせるように見えた。私はブリジェットのこうした夕立雲に目敏(めざと)く気づくのである。

「わたしは楽しかった昔が戻って来れば良いと思うわ(11)」と従姉妹は言った。「あんまり裕福でなかった時が。貧乏になりたいっていうわけじゃありません。でも、前には中ぐらいの境遇(とき)があって」――と取りとめもなく語り続けた――「その頃の方が、たしかに今よりずっと幸せでしたわ。お金があり余っている今じゃ、買い物は買い物にすぎません。以前は、それが大手柄でした。わたしたちは、何か一つ安い贅沢品(ぜいたくひん)が欲しくてならないと(そして、ああ! あの頃は、貴方(あなた)にうんと言わせるためにどれほど大骨折りをしたことでしょう!)二、三日前に議論をして、賛成と反対を量りにかけて、どこを工面したらそのお金がひねり出せるか、ちょうどそれに見合う分だけ節約するにはどうしたら良いか、と考えたものでした。あの頃は、物を買う甲斐(かい)がありました。そのために払うお金を肌身に感じましたから。

あの茶色の服⑫を憶えていらっしゃる？　貴方はそれをお友達みんなにみっともないと言われるほど擦(す)り切れるまで、引っかけていらしたでしょう――それというのも、コヴェント・ガーデンのバーカーの店⑬から夜遅く引き摺(ひず)って帰って来た、あのボーモントとフレッチャー⑭の二折り判のためだったじゃありませんか。憶えていらっしゃる？　わたしたちは買う決心がつくまで何週間もあの本に目をつけていて、やっと決めたのは土曜の夜の十時近くで、貴方は手遅れになるといけないと心配して、イズリントン⑮から出かけて行きなすったでしょう――本屋のお爺(じい)さんはぶつぶつ文句を言いながら店を開けて、瞬(また)く蠟燭(ろうそく)の光で（もう寝に行くところでしたから）埃(ほこり)だらけの財宝の中から、あの聖遺物(たからもの)を照らし出して――貴方はそれを引っぱって帰りながら、この二倍も嵩張(かさば)れば良いのにと思い⑯――わたしにそれを見せてくれて――わたしたち二人で、本が完全であるかどうかをたしかめて（丁数(ちょうすう)を調べるんだと貴方はおっしゃったわね）――取れかかっているページを、夜明けまで放っておけないと貴方が言うものだから、わたしが糊(のり)でくっつけて――貧乏人であることにも、愉(たの)しみがなかったでしょうか？　それに、貴方が今着ていらっしゃるその小ざっぱりした黒い服は――裕福になって体裁を気にするようになってから、いつも忘れずにブラシをかけてお置きになるけれど――あの着古した服――古い濃緑（こみどり）の服[17]――を着て、威張って歩きまわった時の偽らない虚栄心の半分も、貴方を得意にさせることが出来るでしょうか？――貴方は、あの古い二折り判に惜しみなく費（つか）った大枚十五シリング――それとも十六シリングでしたかしら？――あの時は大したことに思いましたわね――のために気が咎（とが）めるものだから、もう替えるべき時になっても、なお四、五週間あの服を着ていらしたわね。今では、何でも好きな本を買う余裕がおありになるけれども、素敵な古本を買って来てくださることなんて、このせつ、とんとないじゃありませんか。

わたしたちが『色白夫人（ブランチ）』と名前をつけた、あのレオナルドの絵を写した版画[18]のために、前の本よりは何シリングか少ないお金をつぎ込んでしまって、貴方が家に帰って来るなり二十も言訳をした時、買った品物を見てはお金のことを思い――お金のことを思っては、またあの絵を御覧になった時――貧乏人であることに愉しみはなかったでしょうか？　今じゃ貴方はただコルナーギの店[19]へ歩いて行って、レオナルドを山程お買いになればいいんです。でも、そうなさいまして？

それから、エンフィールドやポッターズ・バーやウォルサム[20]に、よく楽しい遠足に行ったのを憶えていらっしゃる？　それは休日で――休日というものも、そのほかの楽しみも、裕福になった今はなくなってしまいました——わたしがいつも美味しい仔羊の冷肉とサラダを、その日のお弁当に入れておいた、あの小さい手提籠を憶えていらして？——貴方は正午になると、どこか上品な家に入って、用意した食べ物をひろげたいから——麦酒は義理にも頼まなければならないけれど、お代はそれだけで済むように——手頃なところがないかと探しまわりました——テーブル掛けを掛けてくれそうかどうか、女将さんの顔色をうかがって——アイザック・ウォルトンは釣りに出かけた時、気持ちの良いリー川の岸辺で、実直な女主人に何人も出会ったことを書いているけれど、ああいう人がいれば良いのにと思い——宿屋の人は結構親切にしてくれることもあれば、不満そうにこちらを見ることもあり——それでも、わたしたちは朗らかに顔を見合わせて、質素な食べ物を美味しくいただき、釣師の〝鱒御殿〟[21]を羨んだりもしなかったじゃありませんか？　今じゃ一日遊びに出かける時は——それも近頃めったにありませんけれど——途中まで馬車に乗って、立派な宿屋に入って、一番上等な御馳走を注文して、費用のことなんか考えません——でも結局、その食事は、どんなあしらいを受けるかわからず、歓迎されるかどうかあてにならなかった頃に、田舎でたまたま食べた物に較べて、半分も美味しくないんです。

　貴方は今じゃ奢っていらして、芝居は平土間でなければ御覧になりません。わたしたちが『ヘクサムの戦い』や、『カレーの降服[22]』や、『森の子供達[23]』を演じたバニスターとブランド夫人[24]を見た時、どこに坐(すわ)っていたか憶えていらっしゃって？――あの頃、わたしたちは季節(シーズン)に三度か四度、一シリングの桟敷(さじき)に坐るために、各々(めいめい)一シリングずつ絞り出したものでした――貴方は芝居を見ながらずっと、わたしをそんなところへ連れて来るんじゃなかったと感じていて――わたしは連れて来てもらったことを有難いとそれよりもなお強く感じて――ほんの少し恥ずかしいために、喜びはひとしおでした――そして幕が上がった時、わたしたちは自分が劇場(こや)のどこにいるかなど気にしましたか？ どこに坐っているかなどに構いましたか？ その時、わたしたちの心はロザリンドと一緒にアーデンの森に[25]、あるいはヴァイオラと一緒にイリリアの宮廷[26]にいたのに？ 貴方はよくおっしゃいました。芝居を人と隔てなく楽しむには、桟敷が一番良い場所だ、と――そうした見世物の楽しみは、行くことが少ないほど大きいのだ――あそこで会う人々はおおむね芝居を本で読まない人達だから、舞台で起こることにいっそう注意しなければならないし、現(げん)にそうしている――なぜなら、台詞(せりふ)を一つ聞き逃せば一つ穴が空いて、それを埋めることが出来ないからだと。あの頃、わたしたちはそんな風に考えて自尊心を慰めました――それで、貴方におうかがいしますけれど、わたしはその後、劇場のもっと高価(たか)い席に坐っています。でも、そうした席に較べて、婦人としてぞんざいな扱いをうけたり、不自由をしたりしたことが——一般に言って——あったでしょうか？　たしかに、中へ入るのと、あの不便な階段を押し合いへし合いして昇ってゆくのは大変だったけれど——それでも、ほかの通路とまったく同じに、婦人への礼儀という掟（おきて）は認められていました——それに、ささやかな困難に打ち克（か）ったことが、そのあとの居心地良い座席とお芝居を何と引き立てたことでしょう！　今ではただお金を払って、歩いて入って行くだけです。貴方はもう桟敷では舞台が見えないとおっしゃいます。あの頃は十分良く見えましたし、台詞も聞こえたと思います——でも、視力も何も、貧乏と一緒になくなってしまったんですのね。

苺（いちご）がまだ珍しいうちは、苺を食べるのも楽しみでした——豌豆（えんどう）がまだ高価（たか）いうちに初物を味わうのも——そうした物を素敵な夜食に、御馳走としていただくのは。今はどんな御馳走があるでしょう？　もしも今、自分に御馳走するとしたら——わたしたちには少し分外の珍味を食べるとしたら、それは自分勝手な、不可（いけ）ないことになってしまうでしょう。わたしが御馳走と言うのは、本当の貧乏人には手に入らないものを、ほんの少しだけ自分に許し与えることなんです——わたしたちのように、二人の人間が一緒に暮らして、時々、二人共好きな安上がりな贅沢をして、各々（めいめい）が言訳を言って、半分ずつの責任を二つ共、自分一身に引き受けて。人がそういう意味で自分を大事にすることには、何の害があるとも思いません。それは、どうやって他人を大事にしたら良いかを教えてくれるかも知れません。でも、今のわたしたちは——そういう意味では——けして自分を大事にすることがありません。それは貧しい者にしか出来ないんです。わたしが言うのは、どん底の貧乏人ではなくて、わたしたちがそうだったように、貧乏よりも少しだけましな人間のことです。

　貴方がさっき何を言おうとしていらしたか、わかっています。それはこうでしょう。一年の終わりに家計の帳尻が合うのはじつに愉快だとおっしゃるんでしょう——昔は毎年大晦日の晩になると、出費が嵩みすぎたことを説明しようと大騒ぎしたものでした——貴方は何度も、計算がこんぐらがって、途方に暮れた顔をなさいました。どうしてそんなに使ったのか、わけを知ろうとして——あるいは、そんなに使っていやしないはずだとか——来年はそんなに使うことはあり得ないなどと考えながら——それでも、少ない元金は年々減って行って——けれども、やがていろいろ工夫をしたり、計画を立てたり、あれこれ融通して、この出費は切り詰めようとか、あれは先々なしで済まそうといった話をして——それに若さが与える希望と、笑っていられる元気（貴方は今まで、それにだけは事欠いたことがありませんでした）とのおかげで、損失を我慢して、とどのつまりは、『溢るる美酒の杯』（貴方はこの言葉を、貴方のおっしゃる陽気で朗らかなコットン氏から引用したものでした)で『来る客』[27]を迎えたものでした。今では、旧年の終わりに勘定なんかいたしません――新しい年がわたしたちにもっと良くしてくれるだろうという、嬉しい望みもないんです。」

ブリジェットは日頃たいそう無口なので、しかしながら、彼女が調子良く弁舌を揮う時は、むやみに邪魔しないように気をつけている。彼女のいじらしい想像力が、年に――百ポンドのわずかな純収入から描き出した富の幻影には微笑を禁じ得なかった。「たしかに、僕達は貧しかった時の方が幸福でしたけれども、若くもあったんですよ、従姉妹殿。お金が余計にあるのは我慢しなければならんでしょう。余った分を海に放り込んだところで[28]、あまり具合が良くなりもしないでしょうから。僕らが一緒に育って行く間に、苦労がたくさんあったことには、大いに感謝すべき理由があります。それは僕らの絆を強めて、いっそう密に結びつけました。もし、貴方が今不平を言っておられるような十分な資力がいつもあったら、僕らはお互いにとって、これまでそうであったような存在にはなれなかったでしょう。あの抵抗力――境遇も狭めることの出来ない、若い元気のあの自然の張り――は、とうの昔に僕達から消え去ってしまいました。老人にとって、財産は若さの補いです。実に悲しい補いではありますが、これ以上のものは手に入らないのではないかと思います。以前には歩いたところも馬車に乗らなければなりません。前より良い暮らしをして、柔らかい寝床に寝なければなりません——そうするのが賢いんです——貴方が言われる楽しかった昔の日々には、お金がなくて出来なかったことですよね。でも、もしもあの日々が還(かえ)って来るものなら——貴方と僕がもう一度、日に三十マイルも歩けるようになるなら——バニスターとブランド夫人がもう一度若くなって、貴方と僕も若くて見に行くことが出来——あの古き良き一シリングの桟敷の時代が還って来るなら——今はそれも夢なのですよ、従姉妹殿——もしも貴方と僕が今の今、立派な絨毯(じゅうたん)を敷いた炉端でこの贅沢なソファーに坐りながら、こうやって静かに議論をしている代わりに——もう一度、あの不便な階段を必死で昇って、桟敷へやっとこさっとこ昇って行く貧しい客のうちでも一番貧乏な連中に押しまわされ、つぶされて、肘(ひじ)で小突(こづ)かれ——もう一度、貴方のあの不安そうな叫び声を聞くことが出来るなら——そして、ようよう一番上の階段を昇りきって、にぎやかな劇場(こや)全体の明かりが足元に初めて見えて来た時、貴方がいつも『有難い、もう大丈夫だわ』とおっしゃった素敵な声が聞けるものなら——僕はそれを購(あがな)うためなら、測量綱がいまだにとどいたことのない深い海だろうと、クロイソス(29)が持っていた富よりも、大金持ちのユダヤ人R(30)——が持っているという富よりも、もっと多くの財宝でもって、喜んで埋めてしまいましょう。さあ、それではちょっと見て御覧なさい。あの愉快な小さい支那人の給仕は、あの真っ青な四阿(あずまや)にいる、あの可愛(かわい)らしい、元気のない、ちょっと聖母みたいな顔をした小さいお嬢さんの上に、寝床の天蓋(てんがい)ほどもある大きな傘をさしかけているじゃありませんか。」

(Old China)

『ロンドン雑誌』一八二三年三月号初出。『エリア随筆』正・続篇中、ラムの姉メアリが従姉ブリジェットとして登場する作品は、名前はなくともメアリを偲ばせる人物への言及がある二篇を含めて全部で十篇に上る。そのうち、「ハーフォードシャーのマッカリー・エンド」と本篇だけがブリジェットを主役としており、この二篇は姉妹篇と見なせる。ブリジェットに脚光を浴びせ血肉を持った存在として描き出そうという強い意図があるためか、おそらく日頃の姉の口調を真似て、ブリジェットの直接話法による語りが延々と続き、異色の語り口になっている。そこには、幼少時から大人になるまで面倒を見てくれた姉を思い残すことなく描き尽くして、その恩に報いようとする弟の熱意が感じられる。

訳註

藤巻　明（《　》内は南條）

南洋商会

（1）原文は The South-Sea House。本来、日本での一般的な呼称、南海会社 The South Sea Company の入っていた建物を指す言葉なので、南海商館とでも呼ぶところだが、エリアは会社の意味を含めて使っている。一七一一年にスペイン領南アメリカとの貿易独占権を得て英国に設立され、国債引受けを条件に投機熱をあおり株価が急騰した。やがて、事業不振を暴露され、一七二〇年に株価が大暴落、多くの破産者を出し、大恐慌の引き金となる南海泡沫事件を引き起こした。会社名を敢えて変えているのは、エリアの偽名採用と同じく、執筆当時、兄ジョンがこの会社に勤務していたことを慮ったため。

（2）ビショップスゲイト通りにあった宿屋。ロンドンの北へ向かう馬車はここから出発した。年金をもらうためにロンドン・シティの中心部へ出掛けた帰りに、北方行きの馬車に乗るためにこの宿屋兼馬車駅に立ち寄る。ラムが実際に東インド会社を退職し年金生活者となるのは、雑誌にこのエッセイを寄稿した一八二〇年から五年後の一八二五年である。会社勤めの身の上で書いていることを隠すために筆名を用い、身分も偽っているようだ。

(3) 現在の地下鉄リヴァプール通り駅の東をほぼ南北に走るビショップスゲイト通りの南端から西へ向かって伸びている三百メートルほどの短い通り。その突き当たりの交差点の右手、つまり通りの北側に当時も今も英蘭(イングランド)銀行がある。南洋商会の建物は、通りの北側のさらに東、ビショップスゲイトと合流する手前にあった。

(4) 『オシアン』中の一篇「カルホウン」からのやや不正確な引用。

(5) ドイツの地名ブラウンシュヴァイクの英名で、ハノーヴァー朝に同じ。この王朝の最初の二人の君主は、ジョージ一世(在位一七一四―二七)と二世(在位一七二七―六〇)。

(6) 富の邪神、物欲の擬人化。

(7) ジョン・ミルトン(一六〇八―七四)の仮面劇『コーマス』(一六三四)三九八行からの引用。

(8) ラムは一七八九年に十四歳でクライスツ・ホスピタル校を出て、一七九〇年九月に南洋商会に職を得た。このエッセイの店の会計事務員として一年間修業を積んだ後、ジョーゼフ・ペイスの店の会計事務員として一年間修業を積んだ後を雑誌に書いたのが一八二〇年なので、実際には四十年前でなく三十年ほど前。エリアは年金をもらっているという設定にしてあるので、年齢もそれに合わせて十歳ほど年上にしている。ラムは南洋商会を五ヶ月で辞して、一七九二年四月に東インド会社へ移った。

(9) ガイ・フォークス(一五七〇―一六〇六)。カトリック教徒たちが、国王ジェイムズ一世もろとも国会議事堂を爆破しようとして未遂に終わった火薬陰謀事件(一六〇五)の首謀者。

(10) ポンド、シリング、ペンスの三段に分けて帳簿に記入する。

(11) 商会の帳簿のような世俗的な本ではなく、聖書や古典文学書などの入っている書庫。

(12) イタリアのカンパニア州ナポリ近郊にあった古代都市。七九年のヴェスヴィアス火山の大爆発により近くのポンペイと共に埋没し忘れ去られたが、一七〇九年に発見された。

(13) 吸取り紙が使われるようになる前、粉でインクを乾かすために用いられた道具。

(14) ウィリアム・シェイクスピア（一五六四―一六一六）『ヘンリー四世第一部』第一幕二場七一―七二行にあるフォールスタッフの台詞。

(15) フリート通りにあったコーヒー店か、あるいはシティにあったその支店。

(16) ウェールズ出身の博物学者、古物研究家トマス・ペナント（一七二六―九八）。

(17) 一七七〇年に掘削された池で、セント・ジェイムズ公園の南西隅にあった。

(18) ジェイムズ一世が絹の生産を目論んで蚕を育てるために、現在のバッキンガム宮殿とその庭園の敷地内に植えた桑（マルベリー）の木があった公園。蚕の生産は失敗に終わった。

(19) 公開処刑場のあったタイバーンの泉から、金融の中心地シティに水を供給するために十三世紀に東へ向かって地下水道が敷かれ、チープサイドに貯水槽を作って市民に給水した。一六六六年のロンドン大火により貯水槽の使用は中止された。

(20) ウィリアム・ホガース（一六九七―一七六四）は連作絵画を得意とした十八世紀最大の諷刺画家、版画家。『真昼』は、「朝」「真昼」「夕」「夜」からなる四部作『一日の四つの時間』（一七三六、版画一七三八）の二番目。

(21) 太陽王と称されたフランス王（在位一六四三―一七一五）。一五九八年にアンリ四世によって公布された新教徒ユグノー派の宗教的、市民的自由を認めるナントの勅令を、一六八五年に破棄したために大量の亡命者を出した。イギリスに移住した難民は、当時フランス教会のあったホッグ・レーン(豚小路)近くに集まって住んだ。

(22) ホガースの四つの絵はいずれも、ロンドン中心部セント・ジャイルズ地区にあるホッグ・レーンを舞台として日常生活を描いている。この通りは当時犯罪と貧困の温床だった。

(23) セント・ジャイルズ地区の南に接する場所で、七本の通りが集まる交差点の中心にドーリア式柱が立ち、その頂上に六つの文字盤(柱の設計後に道が七本に増えたため)を持つ時計が設置されていたのでこの名がついた。当時は、ホッグ・レーンと同じく、評判の悪い地域だった。

(24) 第三代ダーウェントウォーター伯爵サー・ジェイムズ・ラドクリフ(一六八九—一七一六)は、スチュアート朝復興を支持するジャコバイトの反乱(一七一五)に挙兵参戦したが、敢えなく敗れ捕虜となって全所領没収の上で斬首された。その弟チャールズ(一六九三—一七四六)も一七四五年のジャコバイトの反乱の際に挙兵したが敗れ、翌年処刑された。

(25) 《ウェルギリウス『アエネーイス』第十巻八五九行からの引用。「この馬こそは彼にとり、誇りであって慰めで、/あったが彼はこの馬で、あらゆるいくさに勝ちを得て、/意気揚々と退いたもの。」(泉井久之助訳)》(南條註)

(26) ヘンリー・フィールディング(一七〇七—五四)『ジョーゼフ・アンドルーズ』(一七四二)第三巻五章にあるアダムズ牧師の言葉をもじったもの。牧師は、「学校教師こそこの世で一番偉大な人物だと思っており、その中でも自分が一番偉大な学校教師だと思っていた」。

(27) ミルトン『失楽園』第三巻十七行からの引用。地獄に落とされた堕天使たちを描いてきた第二巻までは、オルフェウスの甘美な調べとは異なる調子だったと詩人は振り返る。

(28) 『ロンドン雑誌』版では、この箇所に現在の住人は善良で礼儀正しい絵画収集家のラム氏であるとの欄外註がつけられていた。当時まだ南洋商会に勤めていた兄のジョンを指す。

(29) 原文は sweet breasts。胸を声の出る場所という古い意味で使っている。

(30) ギリシア神話に登場するプリュギアの王で、触れるもの全てが金になったという逸話で有名だが、音楽詩歌の神アポロンよりも牧神パーンの方が優れた竪琴弾きだという評価を下したために、前者の逆鱗に触れてロバの耳に変えられたことでも知られている。客たちは、羊肉や酒のもてなしと引き換えに、大したことのないティップの耳を讃めそやしていたという皮肉。

(31) 旧約聖書『箴言』第二六章十三節、「惰者は途に獅あり　衢に獅ありといふ」を踏まえている(以下、聖書からの引用は全て文語訳による。なお、大正期に改訳された新約聖書と異なり明治期の訳がそのまま用いられた旧約聖書は、句読点が用いられておらず読みにくいため、以下の註では最小限句読点を補う)。

(32) シェイクスピア『ハムレット』第四幕四場五五行からの引用。ラムはノルウェー王子フォーティンブラスの台詞としているが、実際には叔父への復讐の気持ちを高ぶらせるハムレットの独白。

(33) 南洋商会の会計係代理を一七七六年から務める傍ら、幾つかの新聞に小品を載せていた著述家(一七四七—九九)。一八〇二年に韻文と散文を集めて二巻本の作品集が出版された。

(34) 聖ポール大聖堂の北に位置するロンドンの一角。かつてここに物見櫓(バービカン)があった。

(35) シェイクスピア『トロイラスとクレシダ』第三幕三場一七六行からの引用。時代の移り変わりの速さを嘆くユリシーズ(オデュッセウス)の台詞。

(36) 一七六〇年にロンドンで創刊された日刊紙。その名は国民台帳という意味で、商品の値段一覧のほか、政治、経済、社会についてのニュースや論評を掲載していた。

(37) 一七六九年ロンドンで創刊された日刊新聞『モーニング・クロニクル』。

(38) フランスとの七年戦争(一七五六―六三)を主導したホイッグ党の政治家、初代チャタム伯爵ウィリアム・ピット(一七〇八―七八)。息子と区別して大ピットとも称される。

(39) アメリカ独立革命の時期に活躍したイギリスの政治家、初代ランズダウン公爵、二代シェルバーン伯爵ウィリアム・ペティ(一七三七―一八〇五)。

(40) ホイッグ党の指導者として活躍し、アメリカ独立承認動議に賛成したイギリスの政治家、二代ロッキンガム侯爵チャールズ・ワトソン゠ウェントワース(一七三〇―八二)。

(41) アメリカ独立戦争中イギリス海軍を指揮した提督、リチャード・ハウ伯爵(一七二六―九九)。

(42) アメリカ独立戦争中イギリス陸軍を指揮した軍人、劇作家ジョン・バーゴイン(一七二二―九二)。サラトガの戦いに敗れ降伏した。

(43) アメリカ独立戦争中イギリス陸軍を指揮した軍人サー・ヘンリー・クリントン(先代)(一七三〇―九五)。

(44) アメリカ独立戦争中イギリス海軍を指揮した提督、初代子爵オーガスタス・ケッペル(一七二五—八六)。

(45) ジョン・ウィルクス(一七二五—九七)は、雑誌記事による国王ジョージ三世に対する不敬罪で投獄され、政治的殉教者として人気を集めた政治家、ジャーナリスト、政治的扇動家。一七七四年にはロンドン市長を務めた。当時の自由主義とアメリカ植民地独立の大義を象徴する人物。

(46) 四度に渡って国会議員を務め、一七七五年にはロンドン市長にもなった政治家ジョン・ソーブリッジ(一七三二頃—九五)。

(47) 一七七三—七四年にロンドン選出の国会議員、一七七三年にロンドン市長を務めた政治家フレデリック・ブルのことだと思われるが、生没年その他は不詳。

(48) 王権制限派の弁護士、政治家、初代アシュバートン男爵ジョン・ダニング(一七三一—八三)。王権に抵抗していたウィルクスの弁護を請け負った。

(49) 王権制限派の弁護士、政治家、初代カムデン伯爵サー・チャールズ・プラット(一七一四—九四)。やはりウィルクスの弁護を請け負い、大衆的人気を博した。

(50) 軍人出身の政治家、三代リッチモンド、三代レノックス及びオービニー公爵チャールズ・レノックス(一七三五—一八〇六)。議会改革など進歩的政治姿勢で知られたが、一七八四年に小ピット内閣に加わると態度を一変させ、あらゆる改革に反対して大衆の不興を買った。

(51) マンの後に会計係代理を務めたリチャード・プルーマー。ラムの母方の祖母メアリ・フィールド(一七一三頃—九二)が半世紀以上に渡って、ハーフォードシャーのブレイクスウェアにあるプルーマー家の女中頭を務めていたために、ラムはこの一家に特別な関心を寄せていた。

(52) 紋章学で盾型の左上から右下に引いた斜帯。嫡系ではなく庶子の末裔であることを示す。

(53) これは、本家の跡取りで一七六三年から一八二二年まで、短い中断はあるものの長く国会議員を務めたウィリアム・プルーマー(一七三六—一八二二)を指す。没年からして、ラムがこのエッセイを書いている時には存命だった。

(54) ウィリアムの伯父ウォルター・プルーマー(一六八二頃—一七四六)は、一七一九年から四一年まで国会議員を務めたホイッグ党の政治家。独身ではなかったが跡継ぎは残さなかった。ラムは、ウォルターの庶子が南洋商会勤務のリチャードだと考えていたようだ。

(55) テムズ川に流れ込む支流の一つリー川のほとりにあるハーフォードシャーの町。ロンドンの北約二十マイルのところにある。

(56) イギリスには、一六六〇年頃から、一八四〇年にローランド・ヒルの提唱した、郵便料金を距離に関係なく一律半オンス一ペニーとする配達料切手前払いのペニー郵便制度が施行されるまで、無料送達署名(フランク)制度が存在した。これは、国会議員など公共性の強い職業に就いている者だけに許された特権で、郵便物に署名することによって、受取人払いであった送料が無料となった。この制度につけ込んで、自分の郵便物にそうした有力者の署名をしてもらって送料を浮かせようとする手口が横行した。マールバラ公爵夫人セアラ・チャーチル(一六六〇—一七四四)は、アン女王(在位一七〇二—一四)の王女時代からの友人、後見人として、その即位後絶大な政治的影響力を振るったが、後に女王の不興を買って宮廷から追放された。無料送達署名事件が起こったのは一七二〇年代後半のこと。

(57)　エドワード・ケイヴ(一六九一―一七五四)は、印刷業者、ジャーナリストだったが、無料送達署名制度は一部だけの特権だとしてこれに強く反対し、下院(庶民院)からその悪用を取り締まる書記に任命されていた。その際に、ウォルター・プルーマーが公爵夫人に与えた署名を問題視して配達を差し止めた上に手紙を開封したため苦情が渦巻き、ラムの記述とは異なり、プルーマーではなくケイヴが特権乱用の廉で下院に証人として召喚された。サミュエル・ジョンソン(一七〇九―八四)は、ケイヴが一七三一年に創刊した最初の本格的総合雑誌『紳士の雑誌(ジェントルマンズ・マガジン)』一七五四年二月号の巻頭で、その前月他界した創刊者の生涯を振り返り追悼した。

(58)　ラム自身が書き残した『エリア随筆』中の頭文字と伏せ字の手がかりによれば、老齢年金及び三分利付き公債課の筆頭事務員を一七八八年から九三年まで務めたトマス・メイナード。この後に「汝の最期(さいご)は不幸だった」とあるのは、首吊り自殺をしたから。

(59)　シェイクスピア『お気に召すまま』で、弟フレデリックに追放されてアーデンの森に住む公爵を慰めるために、お供の貴族のアミアンズが、第二幕七場一七四―九三行で歌う。

(60)　『ハムレット』第三幕二場三七五行で、何かと探りを入れてくるポローニアスを戯れ言の連発で翻弄する合間にハムレットが行なう傍白のもじり。もとの台詞は、「みんな俺をとことんまで馬鹿にしやがって」。

(61)　《ギリシア神話では、アポロンの駆る日輪の馬車は西に沈んだ後、地下を駆けて、また東から上(のぼ)るとされている。オウィディウス『恋の歌(アモーレース)』第一巻十三歌四〇行の句「遅く走れよ、夜の馬たち」はクリストファー・マーロウの「フォースタス博士」に引用されており、ラムの念頭にも

あったかと思われる。》(南條註)

(62) シェイクスピア『じゃじゃ馬ならし』序幕二場九四―九五行で、目を覚ました酔っ払いの鋳掛け屋クリストファー・フライをかつごうとする従者たちの一人が、実在しない人物名として挙げる名前のうちの二つ。

休暇中のオックスフォード

(1) フランソワ・ヴィヴァル(一七〇九―八〇)は、フランスに生まれ、人生の最後の三十年をイギリスで過ごした彫版師。風景画、とりわけクロード・ロランの版画化を得意とした。

(2) ウィリアム・ウーレット(一七三五―八五)は、風景画を得意とし、大陸でもその腕を認められたイギリスの彫版師。ジョージ三世の王室付き彫版師に任ぜられた。

(3) アステリスクの羅列を入れて経過を端折り、読者をまごつかせるようなこの辺りの書き方は、戸川秋骨も訳書で指摘している通り、ラムが愛読していたらしいロレンス・スターン(一七一三―六八)『トリストラム・シャンディ』(一七五九―六七)を戯れに真似ているものと思われる。同様の模倣が「除夜」(四九ページ)にあり、この作者と作品への言及は「私の近親」にも見られる。

(4) 旧約聖書『創世記』第三七章三―四節で、イスラエルは年老いて生まれた子のヨセフをほかの兄弟よりも可愛がって特別に長袖の着物を作ってやったが、兄弟はみなそのことを憎んだ。

(5) 教会暦では聖者の祝日や祭日は赤い字で書かれていた。死文字 dead-letter は死文、空文などの意味で、廃止されてはいないが実際には適用されない法規、命令を指す。ラムは以下で、東インド会社の公休日が昔と比べて大幅に減ったことを嘆く。

（6）パウロは異邦人へのキリスト教伝道に努めた使徒で、祝日は六月二十九日。ステパノは最初のキリスト教殉教者で、祝日は十二月二十六日。バルナバはパウロの第一伝道旅行を助けたキプロス生まれのレビ人ヨセフの異名。祝日は六月十一日。

（7）ミルトン『復楽園』第二巻七行の句、「アンデレとシモン、後に名を広く知られる者たち」をもじったもの。アンデレはキリストの十二使徒の一人でスコットランドの守護聖人、祝日は十一月三十日。ヨハネも十二使徒の一人で、新約聖書の福音書、三つの手紙、黙示録の著者とされる。西方教会での祝日は十二月二十七日。

（8）イギリスの印刷業者ジョン・バスケット（一六六四／六五―一七四二）は、欽定印刷所として欽定訳聖書と祈禱書を印刷する許可を与えられた。一七一三年版一般祈禱書は絵入りだった。

（9）ガリラヤの漁師だったペテロも十二使徒の一人でアンデレとは兄弟。ローマ・カトリック教会の初代教皇とされ、祝日は六月二十九日。

（10）ラムの表記では Bartlemy だが、普通 Bartholomew と綴られるバルトロマイも十二使徒の一人で殉教者。その最期については諸説あるが、ここに述べられているように生皮を剝がれて殺される姿が、ミケランジェロ（一四七五―一五六四）『最後の審判』ほかの美術作品に描かれてきた。祝日は八月二十四日。

（11）マルシュアスは笛の得意な半人半獣の森の神サテュロスで、音楽の神でもある太陽神アポロンに笛吹きの技競べを挑んだが敗れ、思い上がりの罰として生皮を剝がれた。スパニョレッティ

（正しくはスパニョレット）は、ナポリで活躍したスペイン出身の画家ホセ・デ・リベラ（一五九一―一六五二）の愛称。受難画を得意とし、生皮剝ぎも格好の画題だったようだ。

(12) 新約聖書『ヨハネ傳福音書』第十二章四―六節を参照。「御弟子の一人にて、イエスを賣らんとするイスカリオテのユダ言ふ、『何ぞこの香油を三百デナリに賣りて、貧しき者に施さざる』かく云へるは貧しき者を思ふ故にあらず、おのれ盗人にして、財嚢を預り、その中に納むる物を掠めゐたればなり。」

(13) 十二使徒には二人のユダがいて、一人は既に言及のあったイスカリオテのユダで、銀貨三十枚のためにキリストを祭司長に売り渡した。もう一人のユダは、これと区別するために聖ユダと呼ばれることもある。『ルカ傳福音書』第六章十六節では「ヤコブの子ユダ」と呼ばれているが、一般的には『マタイ傳福音書』第十章三節、『マルコ傳福音書』第三章十八節などに現われるタダイと同一視される。祝日は十月二十八日。

(14) 『マタイ傳福音書』第十章四節ほかで「熱心党のシモン」と呼ばれ、カナン人のシモンの別名もある十二使徒の一人だが、詳細は不明。祝日は十月二十八日で前の聖ユダと重なっている。

(15) 『失楽園』第六巻七六八行からの引用。セイタンに率いられた天使たちの叛乱を鎮圧するために、神によって救世主たる御子が戦場に派遣され、近づいてくる時の遠目にも眩い姿。

(16) 東方の三博士が幼児キリストを訪ねたこと（『マタイ傳福音書』第二章一―十二節）に因んで、キリストが全ての人のために来臨したことを寿ぐ日。降誕日から十二日目の一月六日に当たり、以前はクリスマスの最後の日として祝われた。

（17）ジョン・セルデン（一五八四―一六五四）はイギリスの法学者、東洋学者で、その深い学識をミルトンに称えられた。主著は『閉鎖海論』（一六三五）、死後出版の『卓話』（一六八九）。

（18）アイルランド首席主教、アーマーの大主教などを務めた神学者ジェイムズ・アッシャー（一五八一―一六五六）。聖書に描かれた天地創造の日付を定めたユダヤ史年表で名高い。

（19）サー・トマス・ボドリー（一五四五―一六一三）はイギリスの外交官、学者。当時荒廃していたオックスフォード大学図書館を再建し、大英図書館に次ぐ規模の世界屈指の図書館にする礎を築いたのを称えて、現代でもボドリーアン図書館と呼ばれている。

（20）オックスフォードとケンブリッジ。

（21）学生が他大学に転校する際に同学年に編入可能だと認める決まり文句。

（22）給費生は、特待免費生、奨学生などと訳されることもあり、他の学生への奉仕をする代わりに学費や食費を免除してもらえる学生のケンブリッジにおける呼称。校僕は、給費生と訳されることもあり、学寮所属教員の下働きをすることによって同様の免除が受けられる学生のオックスフォードにおける呼称。ラムが「謙譲（へりくだ）った心持ちの時には」と述べているのは、学費を払っている自費生 Commoner に比べて、給費生や校僕は出身階層が低いと見なされていたから。

（23）両大学で、普通の自費生より高い授業料を払う代わりに、他とは違う服装や食堂のテーブルを許され、講義出席も免除されるなどの特典を与えられた特別自費生。現在は廃止されている。

（24）イタリアのスコラ哲学者、聖ボナヴェントゥーラ（一二二一―七四）の別名。

（25）大学、法学院、修道院などの食料調達係。ジェフリー・チョーサー（一三四〇年代―一四〇〇）『カンタベリー物語』「総序」五四四行、五六七—八六行で紹介される登場人物の一人で、無教育ながら才知にたけ、勤務する法学院の先生三十人以上が束になってもかなわない。

(26) サー・トマス・ブラウン（一六〇五—八二）『キリスト教教訓集』第三部二二節からの引用。「この世に生まれてわずかな時間しか過ごしていない人々は、生きることがどういうことかを知ってはいても人生とは何かを知らず、隻面のヤヌスにすぎない。」ヤヌスは、日出、日没をはじめ一切の事の初めと終わりを司るため、前後に顔を持つローマ神話の双面神で、門や入口を守護した。ブラウンが将来にしか目を向けない幼い人間を隻面のヤヌスに喩えているのをひっくり返して、ラムは人間が過去ばかり振り返ることを述べている。

(27) 『失楽園』第二巻四〇六行からの引用。堕天使セイタンの手下中最高位にあるベルゼバブの台詞の一部。地球という新しい世界へ到達するために潜らなければならない暗黒の底知れぬ混沌を、このように描写している。

(28) オックスフォードの古名。その地名は、もともと雄牛（複数形 oxen）を運搬する渡し船の発着場（ford）だったことに由来する。

(29) 『ロンドン雑誌』版ではここに相当長い欄外註があり、文章は印刷することによって落ち着くのであり、手書き原稿には嫌悪感を覚える旨、「リシダス」のミルトン手稿を見た時のことを例に挙げて説明している。

(30) 新約聖書『ヨハネの第一の書』第五章七—八節。「證（あかし）する者は三つ、御靈（みたま）と水と血となり。この三つ合ひて一つとなる。」以前からこの前後は後代の書き入れではないかとの論争があったれた。

のを、このあと登場するポーソンが一七九〇年に偽作と証明し、一時的とはいえ聖書から削除さ

(31) リチャード・ポーソン(一七五九—一八〇八)は、慣用語法と熟語の研究、及び、エウリピデスとアイスキュロスのテクスト校訂で知られたケンブリッジ大学のギリシア語教授。

(32) ジョージ・ダイアー(一七五五—一八四一)は、ラムやコールリッジと同じくクライスツ・ホスピタル校の卒業生で、ケンブリッジ大学エマニュエル学寮に学んだ詩人、古典学者。一四三巻からなる厖大なデルフィン・ギリシア・ローマ古典叢書の校訂、編集に打ち込みすぎて晩年はほとんど盲目となった。イギリスの貧民の窮状や政治制度の改革を訴える小冊子『英国貧民の不平不満』(一七九三)を出版し急進派としても知られた。無類のお人好しで、強度の近視のためにへまをやらかしては愉快な笑いの種を提供していた。「蘇レル友」の主役を務める。

(33) 深紅に染めて作る上質の皮革で、以前は製本装丁に用いられた。

(34) ドイツの語源学者ヨーハン・スカプラ(一五四〇頃—一六〇〇頃)は、ラテン語による『ギリシア語辞典』を編纂した。

(35) イギリス大法官庁所轄の法学院のうちもっとも古く、一三四四年ロンドンのフリート通りの近くに設立されたが一九〇三年に閉鎖された。

(36) 『復楽園』第四巻四二五行、地獄の亡霊や夜叉などの誘惑者たちに囲まれても超然として動じないキリストの姿を描く場面。

(37) 『ロンドン雑誌』版ではここに欄外註があり、暴力や不当な仕打ちは受けなかったものの、

人の良いダイアーは冗談で担がれることがあったとして、ラム自身による悪戯を例に挙げている。

(38) 引用符はあるが出典不詳。

(39) 《ホラティウス『歌章』第三巻十一歌九行参照。「かの娘は、ひろき野に三才駒の跳びたわむれて人の触るるをおそれるごとく、婚いのことを知らず……」(藤井昇訳)》(南條註)

(40) 破産法に関する専門書を残した勅撰弁護士バジル・モンタギュー(一七七〇—一八五一)。フランシス・ベーコンについての著作があり、ワーズワスやコールリッジの親しい友人だったことでも知られる。モンタギュー一家は、ロンドン・ブルームズベリー地区に開発された中産上流階級向け住宅地ベッドフォード広場二十五番地に住居を構えていた。

(41) ラール Lar はローマ神話の炉の神で家の守護神だが男性。ラムはM夫人をその女性版ないし后に見立てて Queen の一字を付けた。

(42) ここに登場する夫人はモンタギューの三番目の夫人で、死別した前夫との間の連れ子アン・スケッパー Anne Skepper も同居していたようだ。

(43) プラウトゥス(前二五四頃—前一八四)『アンピトルオ』に登場する男の奴隷。本物と偽物が存在することから、取り違えの喜劇が生じる。

(44) 『ハムレット』第三幕二場三〇行。劇中劇を演じさせる役者たちに指示を与えるハムレットの台詞。

(45) 新約聖書『コリント人への後の書』第五章八節「願ふところは寧ろ身を離れて主と偕に居らんことなり」。

(46)　『ハムレット』第一幕一場一五三―五四行、「あれはビクついていた、まるで罪人が／恐ろしい呼び出しを受けたかのように」とウィリアム・ワーズワス（一七七〇―一八五〇）「霊魂不滅の暗示の賦」（一八〇七）一五〇行、「不意を衝かれた罪人のように震え」を合わせた引用。

(47)　イスラエル北部ナザレの東にある山で、イエス・キリストの山上における変容の地とされる。新約聖書『マタイ傳福音書』第十七章一―八節参照。

(48)　ジェイムズ・ハリントン（一六一一―七七）は、主著『オシアナ共和国』（一六五六）でプラトンの『国家』と同じように理想の国家像を描いた政治理論家。この前後は、政治改革を訴えた急進派としてのダイアーについての言及。ハリントンに連なる理想主義者と捉えている。

(49)　『ロンドン雑誌』版では、この後に約半ページに及ぶ二段落が付け加わっていた。前段では、ダイアーが猛勉強してケンブリッジを出た後、学校の助教として校長に安い俸給でいいように扱き使われたことが、後段では、学校を辞めた後、地味で金にならない本屋のための雑用に学識を傾けつつ、細々と売れない詩を書き続けたことがやはり同情と共感を込めて語られている。

(50)　スカーバラは海浜保養地、他の三つは温泉あるいは鉱泉の出る保養地として知られ、季節になると人で賑わう。

(51)　カムはケンブリッジを流れる川で地名の語源の一部。アイシスは、オックスフォード付近を流れるテムズ川上流の呼び名。

(52)　旧約聖書『列王紀略下』第五章十二節からのやや不正確な引用。「ダマスコの河アバナとパルパルはイスラエルのすべての河水にまさるにあらずや。」

（53）いずれもジョン・バニヤン（一六二八―八八）『天路歴程』第一部（一六七八）に登場する寓意的な場所や人物。「解説者」の家で巡礼者クリスチャンは、絵や活人画によってキリスト教徒の信仰と人生について教えられ、「美しの家」では教会に集う会衆の友愛を知り、敵の襲撃に備えて堅牢な鎧で武装して送り出してもらう。その後、途中で合流した道連れホープフルと共に、休息の地である「歓楽の山」の頂上で羊に草を食ませている羊飼いと語り合い、そこから自分たちの目指す「天上の市」を仰ぎ見る。

人間の二種族

（1）新約聖書『使徒行傳』第二章一―十二節で、使徒たちは皆ガリラヤ人であるにもかかわらず、御霊が語らせるままに、パルテヤ、メヂヤ、エラムほかエルサレムの周囲のあらゆる国の言葉で話し出し、エルサレムの異邦人たちを驚かせる。

（2）旧約聖書『創世記』第九章二五節参照。ノアの息子でカナンの父となる次男ハムは葡萄酒を飲んで裸で寝た父ノアの姿を見て、それを知ったノアから「カナン詛はれよ。彼は僕輩の僕となりて其兄弟に事へん」と叱責される。

（3）ソクラテスの弟子でアテネの政治家、軍人（前四五〇頃―前四〇四）。戦術に優れた武将だが敵を作りやすく、寝返りを繰り返した。この人物が登場するシェイクスピア『アテネのタイモン』では、軍人は金持ちになれないので慈善家の寄付に頼るしかないと言われている。

（4）『ヘンリー四世』ほかのシェイクスピア戯曲に登場する太っちょのほら吹き騎士サー・ジョ

ン・フォールスタッフ。王子ハル、後のヘンリー五世の悪友で、酒とばくちが何より好きでいつも金欠病に苦しんでいる。

(5) アイルランド出身のイギリスの劇作家、随筆家、政治家(一六七二―一七二九)で、十八世紀の初めに雑誌『おしゃべり屋』を創刊、次いで、ジョーゼフ・アディソンと共同で、当時を代表する雑誌『見物人』を発行した。借金が多いことでも知られた。

(6) アイルランド出身のイギリスの劇作家、詩人リチャード・ブリンズリー・シェリダン(一七五一―一八一六)。長くホイッグ党の国会議員を務め、ロンドンの主要な劇場ドゥルーリー・レーンを所有し、多方面に影響力を持っていたが、浪費家としても知られた。

(7) 新約聖書『マタイ傳福音書』第六章二八節を参照。「又なにゆゑ衣のことを思ひ煩ふや。野の百合は如何にして育つかを思へ、勞せず、紡がざるなり。」

(8) 新約聖書『ピリピ人への書』第三章八節を参照。「然り、我はわが主キリスト・イエスを知ることの優れたるために、凡ての物を損なりと思ひ、彼のために既に凡ての物を損せしが、之を塵芥のごとく思ふ。」

(9) イギリスの急進派政治家ジョン・ホーン・トゥック(一七三六―一八一二)は、議会改革とアメリカ植民地の自治を主張して投獄され、後にはフランス革命を支持して大逆罪で起訴され処刑の危機に瀕したが無罪となった。獄中で英語の語源研究を行ない、著書として世に問うた語源論は憶測に基づくものとされた。ラムもトゥックの言語論を単純なものと考えているようだ。

(10) 新約聖書『ルカ傳福音書』第二章一節を参照。「その頃、天下の人を戸籍に著かすべき詔令、カイザル・アウグストより出づ。」

(11) 聖マリア御潔めの祝日で二月二日。スコットランドでは、賃借料を支払ったり、賃借期限を更新したりする四季支払日の一つ。毎日が借金返済日あるいは返済期限更新日だということ。

(12) 大天使ミカエルの祝日で九月二十九日。イングランド、ウェールズでは四季支払日の一つ。

(13) 《ホラティウス『歌章』第三巻二一歌十三行。「まことなんじこそは、つねひごろは頑い精神に快い責め苦を加え(て、語らせ)るもの」(藤井昇訳)。ここに言う「なんじ」とは葡萄酒のこと。》(南條註)

(14) ボスポラス海峡によって黒海と、ダーダネルス海峡によってエーゲ海とつながるマルマラ海の古名。「引潮のない」という形容は、シェイクスピア『オセロ』第三幕三場四六二行を踏まえている。

(15) 旧約聖書『エステル書』第六章六節、「ハマンやがて入りきたりしに王かれにいひけるは、王の尊ばんと欲する人には如何になさば善からんかと。ハマン心におもひけるは、王の尊ばんとする者は我にあらずして誰ぞやと」を踏まえている。

(16) 旧約聖書『箴言』第十九章十七節、「貧者をあはれむ者はヱホバに貸すなり、その施濟はヱホバ償ひ給はん」を踏まえて、貧者に施しをすれば神から将来の救済を約束されるのだから、わずかな額の施しを惜しんでそれを失うことのないように警告している。

(17) 新約聖書『ルカ傳福音書』第十六章十九―三一節で、全身でき物で覆われた貧者ラザロに施しをしなかった金持ちが、死後、その罰を受けて火炎の中で苦しむのに対して、ラザロはアブラハムの横にあって慰められる。二人の罰を一身に受けるとは、生前貧困に喘ぎ、死後も施しをしなかった罪で苦しみ悶えること。

(18) 新聞『アルビオン』の所有者兼編集者で、自ら戯曲の執筆もしたジョン・フェニック(一八二〇没)の偽名。浪費家で債務者監獄に収監され、遂には債権者から逃れるため妻子を棄ててカナダへ高飛びした。ラムの友人で、「煙突掃除人の讃」(一三四ページ)にも登場する。

(19) 『復楽園』第二巻四五五―五六行における富についての言及。

(20) 新約聖書『ヨハネの黙示録』第六章二節、「勝ちて復勝たんとて出でゆけり」のもじり。

(21) 《原文の periegesis はギリシア語で、「周遊、輪郭」の意。パウサニアスの著名な旅行記『ギリシア案内記』の原題にも、この言葉が使われている。》(南條註)

(22) 『コーマス』一五二行。コーマスは、森の中で純潔な乙女の足音を聞くと、自分の母キルケがオデュッセウスの部下たちを豚の群に変えたように、呪文と奸計によってそれに劣らぬ美しい群れを侍らせようと宣言する。家畜とはこの場合、金を貸してくれる友人たちを指す。

(23) 新約聖書『ヨハネ傳福音書』第十一章三九節、「イエス言ひ給ふ『石を除けよ』死にし人の姉妹マルタ言ふ『主よ、彼ははや臭し、四日を經たればなり』」を踏まえている。

(24) 旧約聖書『創世記』第二一章九―十五節参照。アブラハムの妻サラに仕えるエジプト人女ハガルはアブラハムとの間にイシマエルを設けるが、サラの嫉妬を買い、まだ幼い子と共にベエルシバの荒野へ追放される。

(25) 『アエネーイス』第一巻二九二行からの引用。

(26) サミュエル・テイラー・コールリッジ(一七七二—一八三四)を指す。ケンブリッジ大学在学中の一七九三年暮れ、奨学金の取得失敗により研究員として残る道が消え、大学への執着が薄れた上、借金地獄で首が廻らなくなって、サイラス・トムキン・カンバーバック Silas Tomkyn Comberback なる変名(頭文字は本名の場合と同じS・T・C)を用いて軽竜騎兵隊に志願入隊して四ヶ月ほど世間から身を隠した。

(27) 当時ラムが暮らしていたのは、コヴェント・ガーデンにあるグレート・ラッセル通り(現在のラッセル通り)二〇番地。

(28) フランスその他の王家に雇われていたスイス人護衛兵は身体が巨大なことで知られていた。

(29) 聖ポール大聖堂近くの市庁舎に、ゴグとマゴグの大木像が古くからあり、一六六六年のロンドン大火、第二次世界大戦時のドイツ軍の空爆などで焼けても作り直されてきた。

(30) イタリアのスコラ哲学者、別名「熾天使博士」。「休暇中のオックスフォード」の註(24)参照。

(31) イタリアの神学者聖ロベルト・ベラルミーノ(一五四二—一六二一)は、イエズス会に所属してローマ・カトリック教会枢機卿を務め、反宗教改革運動の先鋒として活躍した。

(32) トマス・アクィナス(一二二五頃—七四)。ドメニコ会に所属し、主著『神学大全』は、スコラ哲学最大の神学書と目され、「天使博士」と称された。

(33) アスカパートは男女二人と家一軒を腕にかかえることができるほど大きな伝説上の巨人。ハンプトンのベヴィスの機転によって打ち負かされたが、赦されてその従者となった。

(34) サー・トマス・ブラウンは、医学、宗教、科学、秘教など幅広い分野に学識があり、『医家の宗教』(一六四三)ほかを著わし、機知とユーモアに富んだ名文家として知られる。『壺葬論』(一六五八)は、広く古今の埋葬習慣を論じつつ、この世とあの世での運命の不確かさについて瞑想する。「休暇中のオックスフォード」の註(26)も参照。

(35) ロバート・ドズリー(一七〇四―六四)は、イギリスの詩人、劇作家、出版業者で、ポープ、ジョンソン博士ほか当時の名だたる作家たちの書物を出版した。『古戯曲選集』(一七四四)は、エリザベス朝からジェイムズ一世時代にかけての戯曲を集めたもので版を重ねた。

(36) ジェイムズ一世時代に活躍した劇作家ジョン・ウェブスター(一五八〇頃―一六二五)の『モルフィ公爵夫人』(一六二三)と並ぶ傑作悲劇『白い悪魔』(一六一二)の主要登場人物。ラムがヴィットリアの振舞いを「天真爛漫さながらの大胆さ」と称えたことは演劇史的によく知られている。

(37) 愛する長男ヘクトールをギリシア方のアキレウスに殺されたトロイアの老王プリアモスが生き残った息子たちを罵る場面が、『イーリアス』第二四巻二四七―六四行にある。

(38) イギリスの聖職者、学者、著述家ロバート・バートン(一五七七―一六四〇)が、デモクリトゥス・ユニオールの筆名で一六二一年に出版した医学書。当時流行していた憂鬱症の種類、原因、治療法について説明したもので、第三篇の恋愛憂鬱症がもっとも有名。

(39) イギリスの随筆家、伝記作家アイザック・ウォールトン(一五九三―一六八三)の主著 *The Complete Angler* は『釣魚大全(ちょうぎょたいぜん)』(初版一六五三)の邦題で知られているが、前後の文脈に合わせるため、このように逐語訳している。

(40) アイルランド系のイギリス作家トマス・エイモリー(一六九一頃―一七八八)の『ジョン・バ

ンクル氏の生活と意見』(第一巻一七五六/第二巻一七六六)は、七名の女性と結婚しては死別する変わり者の主人公バンクルによる自伝の形を取った小説で、ラムの愛読書。

(41) 引用符はあるが出典不詳。

(42) 註(40)で触れたように、『ジョン・バンクル』は二巻本であり、そのうちの一つがコールリッジか誰かによって奪い去られて、残された一冊がその蛮行を悼んでいる。

(43) 割礼を受けず、生まれながらのヘブライ(ユダヤ)人のように厳しい律法を守る義務はないが、ユダヤ教信仰を尊敬し集会に加わっている改宗者。この後の「帰化人」と同じ。

(44) アイルランド出身の劇作家ジェイムズ・ケニー(一七八〇―一八四九)。一八二二年にラム姉弟がフランスを訪れた際、当時ヴェルサイユ在住のケニー家に滞在した。ケニーも、その前年に生まれた息子にチャールズ・ラムという名前を付けるほど仲がよかった。

(45) ニューカッスル=アポン=タイン公爵夫人マーガレット・キャヴェンディッシュ(一六二三―七三)は、王党派の家に生まれ、一六四五年にニューカッスル公爵の後妻となった。自然科学、ロマンス、随筆、戯曲など幅広く実名で執筆し、女権拡張論の先駆けを務めたが、当然ながら保守派からは顰蹙を買った。一六六四年に二冊の書簡集を出版している。

(46) この詩行はラム自らがひねり出したもののようだ。

(47) イギリスの詩人、政治家フルク・グレヴィル(一五五四―一六二八)は、大蔵大臣などの要職を務め、初代ブルック男爵に列せられた。友人サー・フィリップ・シドニー(一五五四―八六)の伝記を書いたことでも知られる。

(48)　スイスの医師、作家ヨハン・ゲオルク・リッター・フォン・ツィンマーマン(一七二八―九五)が、一般向け哲学、修身の書として出版した『孤独論』(一七五六)は、ヨーロッパのほぼあらゆる言語に訳されるベストセラーとなった。

(49)　サミュエル・ダニエル(一五六二―一六一九)はイギリスの詩人、劇作家で、代表作はソネット連作『ディーリア』(一五九二)、薔薇戦争を描いた叙事詩『内戦』(一五九五―一六〇九)。

除夜

(1)　一七九六年末に発表されたコールリッジの詩「去り行く年へのオード」八行からの引用。ラムは、コールリッジへの手紙で、去りゆく年の裳裾が風に靡いて遥か向こうへ飛び去っていくという考えは、読者の想像力を掻き立てる高貴な暗示だと称讃している。

(2)　イギリス新古典主義文学の第一人者アレグザンダー・ポープ(一六八八―一七四四)訳『オデュッセイア』(一七二五―二六)第十五巻八四行からの引用。ポープは、『ホラティウスの模倣』「諷刺詩第二巻二番」(一七三四)一六〇行でもほぼ同じ表現を使っている。

(3)　ラム自身による頭文字と伏せ字の手がかりによれば、「偽名(ウィンタートン)」。ラムが若い頃に熱烈に恋したアン・シモンズのこと。

(4)　ラムの父ジョンの友人で、一七六一年に遺言を作成する際に連署人を務めたウィリアム・ドレル。ラムは、挽歌「逝くも逝けるも」(一八二七)第六聯で、「悪党のドレルとは／一悶着あったが／そんな奴でも死ねばこちらも身につまされる」と多少の情けをかけている。

（5）ラムの著作で天然痘罹患への言及はこの箇所以外ないため、事実かどうかは不確かである。
（6）シェイクスピア『夏の夜の夢』第三幕一場で、村芝居の稽古中に妖精パックの魔術によってロバの頭を付けられたニック・ボトムの姿を見て、仲間のピーター・クィンスが驚いて言う台詞、「いやはや、ボトムよ、お前の姿の変わりようといったら」（一一三―一四行）を踏まえている。
（7）『イーリアス』の英雄たちが、しばしば雲や霧に包まれて、味方する神に助けられることから来る表現。
（8）旧約聖書『ヨブ記』第七章六節、「わが日は機の梭よりも迅速なり、我望むところなくして之を送る」を踏まえている。
（9）《マルクス・アウレリウス『自省録』第四巻四八節参照。「……だからこのほんのわずかの時間を自然に従って歩み、安らかに旅路を終えるがよい。あたかもよく熟れたオリーヴの実が、自分を産んだ地を讃めたたえ、自分を実らせた樹に感謝をささげながら落ちていくように。」（神谷美恵子訳）》（南條註）
（10）《『アエネーイス』第一巻二行。「わたしは歌う、戦いと、そしてひとりの英雄を。――／神の定める宿命の、ままにトロイアの岸の辺を、／まずは逃れてイタリアの、ラーウィーニウムの海の辺に、／辿りついた英雄を――」（泉井久之助訳）》（南條註）
（11）ラムの友人で『イグザミナー』を主宰したイギリスの急進派ジャーナリスト、編集者、詩人ジェイムズ・リー・ハント（一七八四―一八五九）は、ラムがジョージ・チャップマン（一五五九頃―一六三四）英訳の二折り判『ホメロス全集』（一六一六）に口づけするのを見たと記している。

(12) エリザベス朝時代の錚々たる文人と付き合いのあった詩人マシュー・ロイドン(一六二二没)によるシドニーへの「挽歌」(一五九三)一〇四行からの多少手を加えた引用。

(13) 旧約聖書『雅歌』第八章八節に、「われら小(ちひさ)き妹子(いもうと)あり、未だ乳房(ちぶさ)あらず」とある。月の女神ポイベがこの妹子のように貧弱だということ。

(14) 『ヘンリー四世第一部』第一幕二場で、「俺たちゃ、ディアーナ様傘下の森の住人(フォレスター)、／夜陰の紳士、お月様の寵臣でございい」(二五―二六行)と王子ハルに向かって嘯くフォールスタッフと違い、古代ペルシアのゾロアスター教徒と一緒に太陽を崇拝するということ。

(15) フランス・ルネサンス期の作家フランソワ・ラブレー(一四九四頃―一五五三)『第一之書ガルガンチュワ物語』(一五三四)第四四章で、ジャン・デ・ザントムール修道士は、見張りの敵の隙を突いて一人を短剣で刺し殺すと、もう一人が命乞いをするのも聞かず、「貴様を百鬼千魔めに差しあげますわいな」(渡辺一夫訳)と呟き、一刀のもとに首を刎ねる。

(16) 『復楽園』第四巻四〇〇行で、荒野に置き去りにされたキリストは、日没とともに現われる「暗闇」と、その子として垂れ込める「夜」を、「所詮単なる光の欠乏、昼の不在」と呼ぶ。

(17) ブラウン『壺葬論』第五章と旧約聖書『ヨブ記』第三章十三―十四節を混ぜ合わせた引用。

(18) スコットランド出身の作家デヴィッド・マレット(一七〇五頃―六五)による伝統的なバラッドの擬古調翻案「ウィリアムとマーガレット」(一七二四)九行からの引用。

(19) イギリスの詩人、翻訳家チャールズ・コットン(一六三〇―八七)は、ウェルギリウス、ルキアノス、モンテーニュの翻訳のほか、ウォールトン『釣魚大全』の続篇執筆に協力したことでも知られる。ラムが引用している「新年」の執筆年などは不詳。「古陶器」の註(27)も参照。

(20) ヘリコンは、ギリシア神話で詩の神ポイボス＝アポロンと詩神(ムーサ)たちが住むとされた山なのに、まるで川か泉のように考えている。ラムは一七九六年作の詩でも、エイボン川のことをイギリスのヘリコンと呼び、後で誤りに気づいて修正した。

バトル夫人のホイストに関する意見

(1) ブリッジの前身と言われるカード・ゲームで、四人の参加者が二組に分かれ、組んだ二人は対面に座って勝負をする。十八世紀から十九世紀にかけて流行した。ホイストほかさまざまなカード・ゲームの詳細は、松田道弘編『トランプゲーム事典』(東京堂出版、一九八八)を参照。

(2) 旧約聖書『傳道之書』第十章一節、「死にし蠅(はひ)は和香者(かをりづくり)の膏(あぶら)を臭くしこれを腐らす」を踏まえている。

(3) トリック(一巡)ごとに最初に場に出されたカードと同じスート(例えば最初の一枚がハートならハート)が手札にあるのに、それを出さないと反則とされる。

(4) 新約聖書『テモテへの後の書』第四章七節、「われ善き戰鬪(たたかひ)をたたかひ、走るべき道程(みちのり)を果し、信仰を守れり」を踏まえている。

(5) シェイクスピア『アントニーとクレオパトラ』第三幕十一場で、敗色濃厚なアントニーがクレオパトラを前にして、シーザーはかつて「フィリパイの戦場で／まるで踊り子のように剣を腰に飾っているだけだった」(三五―三六行)と負け惜しみを言う場面を踏まえている。鞭がお飾りだったということ。

(6) ポープの代表作(一七一二、改訂版一七一四)。青年貴族が社交界の花形の女性の巻髪を鋏で切ったという実際の事件を脚色して書いた疑似英雄詩。女性軍と男性軍入り乱れて女性主人公ベリンダの巻髪を奪い合うが、髪の毛は昇天して空の星となって終わる。

(7) ヨーロッパでもっとも古いカード・ゲームの一つで、十七世紀にスペインから伝えられ大流行した。各スート8、9、10のカード計十二枚を除いた四十枚を用いて各自九枚ずつを手札として三人で行なう。『髪の毛盗み』改訂版第三篇において、ベリンダはハンプトン宮殿で騎士二人にオンブルの勝負を挑む。

(8) オンブルと同じく三人で行なうカード・ゲームだが、用いるカードは三十枚。標準的な名称はトレドリール、あるいはトレディール。

(9) イギリスの牧師、詩人、古物愛好家ウィリアム・ライル・ボウルズ(一七六二—一八五〇)。ボウルズ編のポープ作品集全十巻は一八〇六年刊。

(10) 各スート8、9、10のカード計十二枚を除いた四十枚を用いて四人で行なうオンブルに似た複雑なカード・ゲーム。十八世紀前半オンブルに取って代わったが、やがてホイストに流行が移った。ホイストと同様二組に分かれるものの、それは一時的にすぎず最後は個人勝負となる。

(11) カドリールにおけるスペードのエースの呼び名で、その場の切り札のスートに関係なく、常に一番強い。特定のカードに至高の特権が常に与えられることに夫人は不満を持っている。以前はスペードのエースだけが、夫人の言う「冠とガーター勲章」で飾られていたという。

（12） 「助太刀なしの完勝」を意味するフランス語（Sans Prendre Vole）。カドリールでは手札を見ながら競りを行ない、他の参加者を相棒に指名するか、自分の手が圧倒的に強い場合には、単独で戦うかを宣言する権利を持つ。単独戦闘宣言をする者が出ればそちらが優先され、その人は一人勝ちを目指す。

（13） クリベッジは三百年以上の歴史を持ち、今でも親しまれている大衆的カード・ゲーム。二人以上四人まで参加できるが二人で行なうのが一般的。ノブは、山札の一番上のカードをめくった時に、それと同じスートのジャックを持っていれば、親子にかかわらず「頭一つで一点」（one for his nob）と宣言することによって、一点が与えられる仕組み。

（14） ポーカーでもお馴染みだが、手札を全部出した後の手役で、四枚全てが同じスートならば四点、最初にめくった山札の一番上のカードも同じスートならばさらに一点が加算される。

（15） バトル夫人の田舎屋敷がある場所だと思われるが、そもそもバトル夫人がバーニー夫人をもとにしてラムの作り出した架空の人物なので、これも架空の地名なのかもしれない。

（16） ルーベンスと並び十七世紀を代表するフランドルの画家サー・アントニー・ヴァン・ダイク（一五九九―一六四一）。各国貴族の肖像画のほか、宗教的、神秘的な主題も扱った。晩年にチャールズ一世の首席宮廷画家となってナイト爵を授与され、ロンドンで没した。

（17） 低いアングルからの牛馬の放牧風景画を十八番にしたオランダの画家（一六二五―五四）。

（18） 『髪の毛盗み』改訂版第三篇五六行からの引用。

（19） 『髪の毛盗み』改訂版第三篇には、「あの強力なるクラブのジャックも、数々の王や女王を打ち倒し／多くの軍勢を薙ぎ倒し、ルーの戦いでは無敵を誇ったのに」(六一―六二行)とある。ルーのゲームにおけるクラブのジャックは、王や女王を凌ぐ無敵の地位を与えられているが、勝手の違うオンブルでは助太刀もなくスペードに武運拙く敗れ去ると続いてゆく。

(20) 新約聖書『使徒行傳』第十九章二四―二七節で、エペソスの銀細工人デメテリオが、女神アルテミスの神殿の模型を銀で作って、職人たちに少なからぬ利益を得させている。

(21) クリベッジの得点計算はゲームと同時進行である上に、終了後の手役計算もあって面倒であるため、点数盤を用いて間違えないようにするのが普通。

(22) 「南洋商会」の註(54)を参照。

(23) クリベッジでは、残りのどのカードを出しても合計得点が三十一点を越えてしまう時には手札を出すことができないのでその旨宣言し、相手に自動的に一点が加えられる。その宣言「行け」(go)が文法的に出鱈目だと零(こぼ)しているのは、前進するという肯定的な意味の「行け」が、白旗降参という否定的な意味になっているのが腑に落ちないからだと思われる。

(24) 註(21)を参照。

(25) 山札の一番上をめくった時にジャックが出た場合、親は「踵(ヒール)二つで二点」(two for his heels)と宣言することによって、二点をもらう権利を有する。ノブ同様、ジャックの頭一つと踵二つに得点を掛けた言葉遊びが気に入らない夫人は、宣言を拒否して点を取り損ね三番勝負に敗れる。

(26) 五百年の歴史を持つ古いカード・ゲームで、2から6までを除き三十二枚のカードを用いて二人で行なう。

(27) 子の側がゲーム開始前の手役の得点とゲームでの得点を合わせて三十点を越えているのに親の側が〇点の時に、子に三十点が加算される規則。

(28) 親子いずれであっても、ゲーム開始前の手役の得点が三十点を越え、相手が〇点である時に、六十点が加算される規則。

(29) 十二回のカードの取り合い全てに勝って総取りすること。四十点が加算される。

(30) 註(13)で示したようにクリベッジは二人で行なうのが普通だが、四人までなら参加可能なので、ここは三人で行なう場合を想定しているようだ。

(31) 『失楽園』第六巻六六七行で、神に叛いたセイタンと神に遣わされた天使ミカエルの間の戦闘第二日目の様子をアダムに語って聞かせる天使ラファエルは、その騒乱と比較すれば普通の戦争など「穏やかな競技」にすぎなかったと断言する。

(32) 二つの骰子(さいころ)を投げて、それぞれ一と六を出すというのを百回続けること。

(33) ラムの姉メアリの仮の名。この随筆集で初めての登場。「私の近親」の註(9)ほか、「ハーフォードシャーのマッカリー・エンド」「古陶器」なども参照。

(34) 共にピケにおける手役で、同一種で三つ連続したカードを持っている場合ティエルスと呼ばれ三点、10以上の同位札を四枚全て持っている場合カトルズと呼ばれ十四点が加算される。

魔女その他夜の恐怖

(1) シェイクスピア『テンペスト』第一幕二場一四四―六八行で、ミラノ大公の地位を弟アントーニオに簒奪されたプロスペロは、共に島流しになった娘ミランダに、十二年前、ぼろ船に乗せられて追放された経緯を語り、その際に、大切な書物数巻を持ち込むことだけは許されたと説明している。

(2) ガイアンは、エドマンド・スペンサー(一五五二頃―九九)の寓意的騎士物語『妖精の女王』(一五九〇―九六)第二巻の主人公で「節制の騎士」。第七篇六四聯に、金の亡者の魔物マモンから受けたさまざまな誘惑に屈していたら八つ裂き、千裂きにされていただろうとある。同三四聯三行からの「輝く宝物(たから)」は、誘惑に用いる黄金。

(3) ダラム州ボールドンの教会主管者を務めた神学者トマス・スタックハウス(一六七七―一七五二)『世界の始まりからキリスト教の成立までの聖書の新しい歴史』(一七三三)。その各章は「歴史」「異論」「論述」の三部構成で、最後の項目が「解決」としてラムの記憶に残ったようだ。

(4) 旧約聖書『サムエル前書』第二八章。ペリシテ人との戦いに苦しむイスラエル王サウルは、エンドルの口寄せに頼って、預言者サムエルの霊を呼び出し助言を請うが、主の言葉に従わなかったお前は一族もろとも敵に滅ぼされると冷たい宣告を下される。魔女はエンドルの口寄せ女。

(5) 後にイングランドの守護聖人聖ジョージであると判明する『妖精の女王』第一巻の主人公赤十字の騎士は、第十一篇で二度瀕死の傷を負いながらも竜を打ち倒す。しかし、いずれその腹から竜の子供が這い出してくるものと疑い、人々の竜への恐れはやまない(第十二篇十聯)。

(6) イングランドの守護聖人に倣って、英国国教会の信仰を守る健気な子供の意気込み。

（7） 新約聖書『マタイ傳福音書』第二一章で、イエスの不思議なわざを見、また宮の庭でそれを讃える子供たちを見て立腹した祭司長、律法学者たちが、イエスを難詰するのに対し、「然り『嬰兒乳兒の口に讃美を備へ給へり』とあるを未だ讀まぬか」（十六節）と言い返す。本来、霊的真理は、曇りなき心を持つ赤児や乳呑児にむしろ表われるということ。

（8） バートン『憂鬱の解剖学』序詩「著者による憂鬱要録」四四行からの引用で、著者が幻想によって耳にし、目にするさまざまな亡霊、小鬼、異形などの例として真っ先に挙げられている。バートンについては、「人間の二種族」の註（38）を参照。

（9）「除夜」の註（11）で言及したリー・ハントの息子で、後にやはりジャーナリスト、批評家になったソーントン・リー・ハント（一八一〇―七三）。ラムは、『イグザミナー』に寄稿した詩の中で「わが秘蔵っ子」と口にするほど可愛がっていた。

（10） シェイクスピア『マクベス』第五幕三場三八行、マクベス夫人が犯した罪の重さに耐えかねて不眠に陥り、精神錯乱状態になっているとマクベスに報告する医師の台詞。

（11）『失楽園』第二巻六二八行で言及されるギリシア神話の怪物。ゴルゴンは、頭髪が蛇で見る者を石に変える三姉妹。ヒュドラは、頭を切ってもその代わりが生じる多頭の蛇。キマイラは、ライオン、山羊、蛇が合体した火を吐く怪物。堕天使たちが見回る地獄には、これらを凌ぐ恐ろしい異形が無数に存在する。

（12）『アエネーイス』第三巻二六五行参照。ケライノーは、ここでは、女の頭と鉤爪の生えた猛禽の体を持った強欲な怪物ハーピー（ハルピュイア）姉妹の一人。

(13)　スペンサーがエリザベス・ボイルとの結婚を祝って一五九五年に出版した「祝婚歌」三四三―四四行からの引用。
(14)　「老水夫行」第六部四四六―五一行、阿呆鳥を殺した報いから、海上で恐ろしい経験をした水夫がやっと呪いを解かれた後も、怖くて振り返ることができない気持ちを歌う有名な一節。
(15)　イングランド北西部の旧州で一九七四年にカンブリア州に統合された。湖水地方の一部をなす。ラム姉弟は一八〇二年夏、当時コールリッジが住んでいたケズィックを訪れている。
(16)　湖水地方で三番目に高い山。ウェストモーランドとカンバーランドの旧州境に位置する。
(17)　ワーズワスの有名な喇叭水仙の詩の二一―二二行、「あの心の内なる眼／独居がもたらす至福の喜び」の中で、昔見た花の美しさが輝くという一節への引喩。
(18)　コールリッジが一七九七年の秋頃、体調不良の鎮痛薬として阿片を飲んで三時間ほど眠った時に夢に現われた詩行を、目覚めた後に書き留めた詩「忽必烈汗（クーブラ・カン）」三行からの引用。アバラは、実際にはアボラ（四一行）で山の名前。詩は約二十年後の一八一六年に、バイロン卿の仲介により、「クリスタベル」などと一緒に小冊子で出版されるまで日の目を見なかった。
(19)　コールリッジの夢に現われるアビシニアの乙女がダルシマーという異国情緒豊かな打弦楽器を演奏しているのに対して、自分は平凡なヴァイオリンさえ夢に見られないという謙遜。
(20)　法廷弁護士ブライアン・ウォラー・プロクター（一七八七―一八七四）の詩人としての筆名。ラムとは一八一七年頃に知り合った最初からウマが合って生涯の友となった。その妻は、「休暇中のオックスフォード」（三三ページ）の「可愛らしいA・S」、アン・スケッパー。

(21) ネプトゥーヌスはローマ神話の呼び名で、ギリシア神話では海神ポセイドン。トリトンはその息子で、頭と胴体が人間で魚の尾を持ち、法螺貝を吹く。ネーレイスは海神であるネレウスの五十人の娘で海の精。

(22) 正確には、「幻」という題名の九十一行からなるコーンウォール作の詩。ラムはこの詩を高く買い、それを讃えるソネットを書くほどだった。

(23) イーノーはテーベのカドモスの娘でアタマースの妻。発狂した夫から逃れようとして、息子と共に海に身を投げたのを神々は不憫に思って、「レウコテアー(白い女神)」と名づけて海の女神とした。

(24) テムズ川を挟んで対岸にあるウェストミンスター宮殿よりもわずかに上流に位置するカンタベリー大主教のロンドン公邸。

私の近親

(1) ラムは一八二一年二月十日に四十六歳の誕生日を迎えている。

(2) 以下の引用は第三部二二節から。「休暇中のオックスフォード」(一九ページ)に引用されていた「隻面(せきめん)のヤヌス」の語句もこの直前にある。著者ブラウンについての詳細は、「人間の二種族」の註(34)を参照。

(3) ラムの父方の伯母セアラ・ラム(一七一二頃—九七)、通称「ヘティおばさん」。生涯独身を通し、姉メアリが狂気の発作から母を刺殺した一七九六年九月の惨事までラム一家と同居し、一時離れたが再び戻った。甥のチャールズを可愛がったことで知られる。

(4)『夏の夜の夢』第一幕一場七八行からの引用。親が決めた結婚を拒否するとどうなるかとハーミアに尋ねられた公爵シーシュースは、死刑か修道院送りのいずれかで、薔薇は「独身のめでたさ」を保ったまま枯れ萎むより、摘んで香りを搾り取られてこそ幸せになれると教え諭す。

(5) ジョージ・スタノップ(一六六〇—一七二八)はカンタベリー大聖堂主任司祭、王室付き牧師を務めたイギリスの聖職者。ドイツの聖職者トマス・ア・ケンピス(一三八〇頃—一四七一)作とされる信仰生活の指南書『キリストに倣いて』をラテン語から翻訳し、一六九八年に出版した。

(6) ラムの生家のあったイナー・テンプルのすぐ西隣を南北に走る通り。ユニテリアン派は、三位一体説に反対してキリストの神聖を否定したため「異端」とされたが、十八世紀初めには大陸からイギリスに伝わって一七七四年にこの通りに最初の教会が建立された。

(7) 冗談めかして、おじのことをこのように呼んでいる。

(8) ラムには兄も姉もいたが、ここではエリアという架空の人物の近親について語っている。

(9) 実際にはラムの兄ジョン・ラム(一七六三—一八二一)と姉メアリ・アン・ラム(一七六四—一八四七)。ラムとの年齢差はほぼここで述べられている通り。

(10) 日本では語呂合わせにより、男性四二(しに)、女性三三(さんざん)が大厄の年齢とされているが、西洋の占星術では七と九の奇数倍の歳が厄年、その両方が重なる六十三歳が大厄。

(11)『ハムレット』第五幕一場で墓場から頭蓋骨を掘り出される昔の宮廷道化師ヨリックを踏まえて、ロレンス・スターンが自作『トリストラム・シャンディ』に登場する牧師につけた名。田舎の牧師だったスターンを体現する登場人物。「休暇中のオックスフォード」の註(3)も参照。

(12) イタリア・バロック期のボローニャの画家(一五八一—一六四一)、本名はドメニコ・ザムピエーリ。

(13) カール十二世(一六八二—一七一八、在位一六九七—一七一八)。領土的野心に取り憑かれて、諸外国との戦争に明け暮れたが、最後はノルウェーで流れ弾に当たって戦死した。

(14) 一七六八年に創業後、バイロン卿、オースティン、ダーウィンなどの著名作品を世に出した老舗大手出版社ジョン・マレーは、一八一二年に社屋をフリート通りから、王立美術院の先でピカディリー通りと交わるアルベマール通り五〇番地に移して以来現在に至っている。

(15) 『失楽園』第二巻一六四行で、ルシファー(セイタン)と共に神に叛旗を翻して敗れた堕天使の一人で端麗な姿のベリアルが、地獄に坐して今後を談ずる現状も、神との戦いの恐ろしさに比べればましだと述べる台詞からの引用。

(16) 『お気に召すまま』第二幕七場三〇行で、皮肉な厭世家の貴族ジェークイズが発する台詞からの引用。つまり、大笑いするということ。

(17) 理想的風景を描いてイギリスで人気のあったフランス・バロック期の画家クロード・ロラン。

(18) オランダの風景画家メインデルト・ホッベマ(一六三八—一七〇九)。

(19) 共に今もある有名な美術品競売商で、クリスティーズは一七六六年ペル・メル通りに創業、フィリップスはそこの従業員が独立して一七九六年に創業した。

(20) もともとは西を目指して出港する時に発する航海用語。二人が顔を合せた場所は、エリアが

「日々の仕事をする街」、レドンホール通りにある東インド会社近辺であり、そこから見て、J・Eが目指す美術品競売商街ペル・メルは、西の方、セント・ジェイムズ公園近くにある。

(21) 原文はCynthia of the minute。ポープ「書簡詩第二 さる御婦人に」(一七三五)の二〇行、「摑まえるのだ、今この瞬間のキュンテアを、その姿が変じる前に」からの引用。キュンテアCynthiaは月の女神。満ち欠けする月のように刻々変わるJ・Eのお気に入りの絵。

(22) シェイクスピア『ソネット集』三三番冒頭の二行「私はこれまでに幾度となく目にした、光り輝く朝が／王者の眼差しを向けて山の頂きを喜ばせるのを」へのユーモアを籠めた引喩。

(23) 十六世紀後半に活躍したイタリア・ボローニャの画家一族。ラファエロ(一四八三―一五二〇)の聖母像に違いないと思って買ってきたものが、実際に調べてみるとそれよりも劣る画家の作だと分かってくる。

(24) スペイン国王カルロス二世の宮廷画家も務めたイタリア後期バロックの画家(一六三四―一七〇五)。

(25) イタリア後期バロックの画家(一六二五―一七一三)。聖母像の素性もここまで落ちると、物置部屋からも追放されて、売り払われる。

(26) フランス国王シャルル六世の娘イザベラ(一三八九―一四〇九)。最初の王妃を亡くしたリチャードとわずか六歳で政略結婚を強いられたが、まもなく夫は王位を追われて幽閉先で殺される。その後、新王ヘンリー四世に強いられたその息子との再婚を拒否して母国へ追い返された。

(27) シェイクスピア『リチャード二世』第五幕一場七八―八〇行で、戦に敗れてロンドン塔の牢獄へ向かうリチャードが、街路で待ち構えているイザベラを前にして、敵将に向けた台詞。添い遂げられぬなら、自分を北方に送り、妻を故国フランスに戻して二人を引き裂けと命じ、盛衰を季節に準（なぞら）える。

(28)『妖精の女王』第一巻三篇一聯九行からの引用。詩の語り手は、美人が嫉妬や運命の気紛れによって、惨めな境遇に落とされるのを見るとこのような気持ちになる。

(29)十八世紀末から奴隷制廃止を唱え、革命前後のフランス政府や、ナポレオン戦争後のロシア皇帝に廃止を訴えかけた活動家（一七六〇―一八四六）。主著に『奴隷貿易廃止の歴史』（一八〇八）。ラムはクラークソンと親交があり、その家を一度ならず訪問している。

(30)ワーズワス「クラークソンに寄せるソネット」八行からの引用。一八〇七年三月に奴隷貿易廃止法案が議会を通過したのを受けて、長期間に渡る主唱者としての貢献を称える呼びかけ。

(31)ラム自身による頭文字と伏せ字の手がかりによれば、困窮水兵 Distressed Sailors 救済協会。

(32)ラムが、『月刊雑誌（マンスリー・マガジン）』一七九七年十二月号に寄稿したソネット最終行からの引用。初夏に雲間から陽光が注ぐ時、欲得ずくの都会を離れて、緑豊かな郊外への散歩に誘われるという内容。

ハーフォードシャーのマッカリー・エンド

(1)旧約聖書『士師記』第十一章三〇―四〇節で、士師の一人エフタは、アンモン人との戦いに勝利したら、凱旋の際に真っ先に迎えてくれる家の者を燔祭（はんさい）として捧げると神に誓ったが、出迎えたのは一人娘だった。娘は二ヶ月の間「處女（をとめ）たることを歎（なげ）」いた後、処女のまま生贄となった。

(2)『ハムレット』第四幕五場一八一行。ハムレットに邪険にされて狂ったオフィーリアは、周囲の人に花を身につけるよう勧め、兄を殺して王位を奪ったクローディアスには、後悔の象徴ヘンルーダがお似合いだが、同じく後悔の花が必要な自分とは「ひと味違えて」身に纏えと歌う。

(3)ラムは無政府主義思想家ウィリアム・ゴドウィン(一七五六―一八三六)のほか、トマス・ホルクロフト(一七四五―一八〇九)、ジョン・セルウォール(一七六四―一八三四)などの急進的活動家と交友があった。

(4)『オセロ』第一幕二場二行にあるイアーゴの台詞を踏まえている。戦争で人を殺すのはやむを得ないとしても、計画的殺人となると話は別で良心の問題だ。

(5)ラム姉弟の父親が召使い兼書記として家族と住み込みで仕えていた弁護士サミュエル・ソールトの立派な蔵書がある図書室。家はクラウン・オフィス・ロウ二番地にあった。

(6)ハーフォードシャー西部の都市セント・オールバンズの北に位置する町ハーペンデン近くの農場。ラム姉弟が、友人バロン・フィールドを伴ってここを再訪したのは、一八一五年の夏。当時と大分姿は変わったものの、一九八〇年頃にはまだこの農場家屋は現存していたという。

(7)セント・オールバンズ市域の北部、ハーペンデンの東に位置する村。

(8)フィールド家に嫁いだラムの母方の祖母メアリはブルートン家の出で、その妹アンがジェイムズ・グラッドマンと結婚し、マッカリー・エンドに住んでいた。『レスター先生の学校』(一八〇八)の第二章メアリ・ラム作「農家」は、幼いチャールズとの最初の訪問の記憶に基づく。

(9)ベン・ジョンソン(一五七二―一六三七)「祝婚歌」十六行からの引用。一六三二年六月二十五日に行なわれたジョンソンの支援者だった貴族の息子の結婚式を称えて歌った。

(10) ワーズワス「ヤロウ訪問」第六聯四一―四四行からの正確な引用。一八一四年九月に訪れたスコットランド南東部の景勝地ヤロウを詠ったこの詩を、翌年の詩集に掲載したワーズワスにラムは手紙を書いて、詩の世界広しといえどもこれほど美しい聯は他に存在しないと激賞した。

(11) 『コーマス』二六二行で、コーマスは、令嬢の美しい歌声を聞いて「厳粛な確信に満ちた覚醒した喜び」に打ち震え、令嬢を甘言で誘惑しようと決意する。

(12) ラムの大叔母アンが一七四七年グラッドマン家に嫁いでマッカリー・エンドに住んでいたが、その後、アンの孫に当たるペネロペが祖母の生家ブルートン家からエドワードを迎えて結婚し、二人でここに暮らしていた。

(13) 聖母マリアと洗礼者ヨハネの母エリサベツ。新約聖書『ルカ傳福音書』第一章三九―四五節で、マリアはザカリヤの家に入って挨拶すると、身重のエリサベツの胎児が喜びの余り躍る。

(14) 弁護士、劇評家バロン・フィールド(一七八六―一八四六)。一八一六年にニュー・サウス・ウェールズの最高法院判事に任命されてシドニーに着任、一八二四年までその地に滞在した。

(15) 原文は The fatted calf was made ready。新約聖書『ルカ傳福音書』第十五章二三節で、帰還した放蕩息子を見た父が、「肥えたる犢(こうし)を牽きたりて屠(ほふ)れ、我ら食して樂しまん」と僕(しもべ)たちに命じ、息子を歓迎したことから、肥えた子牛は歓待の御馳走の象徴として慣用句化した。

初めての芝居見

（1）『ロンドン雑誌』版では「ラッセル・コート」。現在のドゥルーリー・レーン劇場も面しているラッセル通りと混同していて訂正したものと思われる。

（2）『ロンドン雑誌』版では「居酒屋」。おそらく書籍版の方が正しいと思われる。

（3）正式名称ドゥルーリー・レーンのシアター・ロイヤルは、一六六三年コヴェント・ガーデンに創設されたが老朽化して、一七九四年に新劇場が完成した。名優デヴィッド・ギャリック（一七一七―七九）は、劇場の共同経営者を務めながら引退する一七七六年まで第一劇場の時代に活躍した。ラムが初めて芝居を見た一七八〇年前後もまだ最初の劇場だった。

（4）ラムの名づけ親の一人フランシス・フィールド（一八〇九没）。

（5）十八世紀を代表する万能型の名優（一七四二頃―九八）で、フォールスタッフやトービー・ベルチなどの喜劇的な役を得意とした。

（6）アイルランド出身の劇作家、詩人リチャード・ブリンズリー・シェリダン。「人間の二種族」に「比類なきブリンズリー」として既出、その註（6）を参照。

（7）駆け落ちした相手はマライア・リンリー（一七六三―八四）ではなく姉のエリザベス・アン・リンリー（一七五四―九二）。二人は作曲家トマス・リンリー（一七三三―九五）の娘で歌手。寄宿学校ではなくバースにあったリンリー家の自宅から、一七七二年三月フランスへ駆け落ちした。

（8）《「逆に」「逆もまた同じ」》を意味するラテン語で、古典ラテン語としての発音はウィーケ・ウェルサーである。しかし、ラムがラテン語として習った読みには、当時の読み癖があったろうから、どんなものを正しい発音と思っていたかはわからない。英語読みする場合は、ヴァイ

シー・ヴァーサーが標準的な読みだが、さらに砕けた形の発音ヴァイス・ヴァーサという発音もある。》(南條註)

(9) ラテン文学の白銀時代を代表するストア派の哲学者、悲劇作家、政治家ルキウス・アンナエウス・セネカ(前四頃—後六五)。皇帝ネロの幼少期に家庭教師、その治世初期には相談役を務めたが、やがて暗殺計画に連座した廉で死を命じられた。

(10) 古代ローマを代表する知識人で学者のマルクス・テレンティウス・ウァッロー(前一一六—前二七)。著述は文法から政治、哲学まで多岐に渡る。

(11) 教区が平信徒に対して与える最高位とは、教会財産と金銭を管理する教区代表委員。

(12) ルーカスによれば、フィールド没から三年後の一八一二年にその妻セアラが夫の遺言に従ってその地産をラムに譲渡したが、ラムはそれから三年後の一八一五年に、五十ポンドの代価で譲渡したという。パッカリッジはウェアの北に位置し、現在の幹線道路A10沿いにある小村。

(13) イギリスの劇作家、桂冠詩人ニコラス・ロウ(一六七四—一七一八)は近代最初のシェイクスピア作品の校訂者としても知られ、一七〇九年に六巻本の作品集を編集出版した。

(14) ロウ編作品集第四巻の口絵は第五幕二場を描いたもの。トロイア王プライアムの王子トロイラスと恋に落ち結ばれたクレシダは、敵に寝返った父カルカスの要求により捕虜交換でギリシア陣営に赴くと、敵将ダイアミーディーズに言い寄られて、易々とそれに靡(なび)く。それを、敵将ユリシーズの手引きでトロイラスが物陰から怒りを押し殺しながら目撃する場面。

(15) オペラ『アルタクセルクセス』の最初のアリアにある歌詞、「麗わしの曙の女神よ、お願いだから行かないでおくれ」を踏まえている。

(16) ルーカスによれば、「除夜」(四九ページ)の一節、「知らぬうちに眠りを見守っていてくれた母が優しく覗き込んでいるのに驚いた」とこの箇所だけが『エリア随筆』における母への言及であり、それは狂気の発作から母を刺殺してしまった姉メアリへの気遣いによるものだという。

(17) トマス・アーン(一七一〇―七八)が作曲したオペラ『アルタクセルクセス』(一七六二)。その主人公アルタクセルクセス一世は、前五世紀アケメネス朝ペルシアの国王。

(18) イギリスの廷臣、探検家、文筆家サー・ウォルター・ローリー(一五五四―一六一八)による五巻本『世界史』(一六一四)を指すか。この書は古代史を前一六八年まで辿る。

(19) アケメネス朝最後の王ダリウス三世への言及とする註釈もあるが、このオペラの主人公の弟で、二人の父であるクセルクセス一世を殺害した嫌疑を掛けられて兄に殺されるダリウス。上演中にその名を聞くや否や、兄弟の祖父に当たるダリウス一世が、預言者ダニエルを獅子の穴に投げ入れる旧約聖書『ダニエル書』第六章を思い出し、ラムは古代異教世界の真っ只中へと投げ込まれ現実を忘れたのである。

(20) 古代ペルシアでは光の象徴としての火を崇拝するゾロアスター教が信じられていた。

(21) 一七五九年に初演されたデヴィッド・ギャリック作の子供向けの滑稽なお伽芝居(パントマイム)。道化のハーレクインがシェイクスピアの領土に侵入し打ち負かされる。註(3)も参照。

(22) 二五八年頃にローマ皇帝デキウスの迫害を受けて殉教したパリの司教でフランスの守護聖人。斬首された後、自分の首を手に持って数マイル歩きながら、その間ずっと説教をしていたという。

(23) イギリスの諷刺作家ウィリアム・ケンリック(一七二五頃―七九)が一七七八年に書いた喜劇的オペラだが、一七八〇年に初演されたジョン・バーゴイン作のよく似た題名のオペラ『荘園の領主』と取り違えている可能性がある。バーゴインについては、「南洋商会」の註(42)を参照。

(24) 作者不詳だが、『ハーレクインの闖入』と同じく、クリスマスの時期に上演される子供向けの滑稽なお伽芝居(パントマイム)だと思われる。ランは、喜劇作家、演劇監督であり自らも道化役として舞台に立ったジョン・リッチ(一六九二―一七六一)の筆名。

(25) イギリスの聖職者モンマスのジェフリー(一一〇〇頃―五五頃)がラテン語で著わした『ブリタニア諸王史』(一一三八頃)で、ロンドンの建設者とされる古代ブリトン族の伝説的な王。

(26) イギリスの劇作家ウィリアム・コングリーヴ(一六七〇―一七二九)が一七〇〇年に書いた風習喜劇の代表作。

(27) 『世の習い』の登場人物で、主人公のミラベルに偽りの愛で騙されたためにこれを目の敵にする尻軽な年増女。

(28) イナー・テンプル敷地内に今もあるテンプル教会の別名で、円筒形の建物に由来する。地名の起源である聖堂騎士団(テンプル)によって、十二世紀末にイギリスにおける本部として建設された。

(29) ラムは一七八二年十月から八九年十一月までの七年間、ロンドンのクライスツ・ホスピタル校に在籍し、学期中は寄宿舎に暮らした。

(30) 『釣魚大全』第一部四章。「立派な著者たちの報告によれば、バッタやある種の魚には口がないものの、人の知らざる方法によって鰓の穴で滋養を得て呼吸するという。」

(31) ラムは、七歳でクライスツ校の寄宿舎に入るためイナー・テンプルの家を出たが、それは同時に在学期間中劇場という神殿(テンプル)から遠ざかることでもあった。テンプルが掛詞になっている。
(32) 亡き父王の亡霊が現われハムレットを手招きする『ハムレット』第一幕四場への引喩か。
(33) ワーズワスが一八〇二年に書いた「郭公に」三―四行、「ああ、郭公よ、汝を鳥と呼ぼうか、／それともただ彷徨える声と呼ぼうか」を踏まえている。
(34) セアラ・シドンズ夫人（一七五五―一八三一）は、当時随一の女優で、弟もやはり俳優として有名なジョン・フィリップ・ケンブル。

夢の子供達――一つの幻想――

(1) ラムの母方の祖母メアリ・フィールドについては、「南洋商会」の註(51)を参照。
(2) 祖母が半世紀以上女中頭を務めたプルーマー家のブレイクスウェア・ハウスは、実際にはハーフォードシャーにあった。敢えて所在地を変えているのは、同州選出の国会議員を長年務め、当時存命だった当主ウィリアムへの気遣いによるものだと思われる。「南洋商会」の註(53)も参照。
(3) トマス・パーシー（一七二九―一八一一）編『古代英詩拾遺』（一七六五）収録の有名な伝承的歌謡。父を亡くした三歳にも満たない兄妹を預かった後見人の叔父は、遺産目当てに二人を殺そうとして二人の悪党を雇う。森へ連れ出された兄妹は、悪党の一人が改心して相棒を殺したため命拾いするが、町へ食料を取りに行った悪党がそのまま戻らず、森の中で互いの腕で庇い合いながら息絶える。

(4) 「森の子供達」は、森で死んだ二人の子供の亡骸を埋葬する者もなく、駒鳥が落ち葉でその遺体を覆ってくれるのを待つしかなかったと続き、最後は叔父に天罰が下って幕となる。

(5) プルーマー家の主邸宅はブレイクスウェアから東へ約四マイルの小村ギルストンにあり、ハーフォードシャーの東端に位置した。

(6) ブレイクスウェア屋敷は、当主ウィリアム・プルーマーが亡くなる一八二二年に完全に解体されたが、本篇の執筆が同年初めなので、祖母の死後少しずつ取り壊されていたらしい。

(7) ラム自身による頭文字と伏せ字の手がかりにも記載がなく不詳。

(8) 初代アウグストゥス(前六三生、在位前二七―後一四)から十二代ドミティアヌス(五一生、在位八一―九六)までの皇帝。その大理石製胸像が、貴族の大邸宅などによく見られた。

(9) 「暢気な仕事にあくせくと精を出す」という撞着語法で、ホラティウス『書簡詩』第一巻十一歌二八行にある 'strenua inertia' の英訳。

(10) ラムの兄ジョン・ラム。「私の近親」の註(9)を参照。

(11) 兄ジョンは一七九六年の夏の嵐により引き起こされた落石で片足に大怪我を負った。本篇ではその足を切断したと書いているが、それほどひどい怪我だったのかどうかは不明。

(12) ラムの若き日の求愛対象アン・シモンズに言及する時の偽名で姓はウィンタートン。「除夜」の註(3)を参照。

(13) ラムが恋したアンはロンドンのレスター・スクェアで銀細工店兼質屋を営むジョン・トマ

ス・バートラムと結婚し、一男二女を設けた。

(14) ギリシア神話で黄泉の国を流れる忘却の河で、その水を飲んだ者は過去の全てを忘れる。

煙突掃除人の讃

(1) 煙突掃除人は、「掃除いかがですか」(sweep, sweep)と町中を呼び歩く。この呼び売りの声を、ラムは雀の鳴き声「ピイピイ」(peep peep)に準えている。ちなみに、ウィリアム・ブレイク(一七五七—一八二七)の詩「煙突掃除」では、その声を'weep, weep'と聞き取って泣き声に見立てている。

(2) 《『アエネーイス』第六巻二〇一行で、巫女シビュルラにより冥界下りのために必要と教えられた金葉の小枝を探すアエネーアースの前に、鳩が二羽現われて黄金に光る樹木へ導く場所が「冥府の顎」の際。「こうして彼らが毒のある／匂いを放つ地下界の、顎のきわまで来たときに」(泉井久之助訳)》(南條註)

(3) 『コーマス』四二八行、令嬢の弟二人は道に迷った姉の身を心配しつつ、純潔な姉は、「瘤だらけで、恐るべき暗闇を抱く洞窟や洞穴」も無事通り抜けられると請け合う。

(4) 魔女たちの予言に不安を感じたマクベスは、第四幕一場で再び魔女たちのもとに赴き、幾つかの幻影を介して改めて自分の将来を占ってもらう。これは、第三の幻影についてのト書き。

(5) サループはラン科植物の根を乾燥粉末にしたサレップ粉で、後には本段落冒頭で言及される楠科サッサフラスの根皮を煎じた汁に、牛乳と砂糖を加えた温飲料。夜から明け方にかけての街角での露天屋台売りが主で、リード氏のサループ専門茶店は珍しかったようだ。

(6) 混雑による交通渋滞のため一九七四年に五キロ南東に位置するナイン・エルムズへ移転するまで、ロンドンの主要な青物市場がコヴェント・ガーデンの中央広場にあった。

(7) ラムが美術批評を書くほどのお気に入りだった十八世紀最大の諷刺画家、版画家ホガースについては、「南洋商会」の註(20)を参照。

(8) 『近衛連隊のフィンチリーへの行進』(一七五〇)。ジャコバイトの乱鎮圧のため行軍する規律のない近衛兵たちと、一儲けを企む庶民たちの入り乱れた群像を描く油彩諷刺画。画面右手、酔い潰れた同僚を介抱する兵士の陰に、黒ずんだ顔をした煙突掃除の少年が商売道具のブラシを肩に抱え、パイ売りの男を背にして立っている。

(9) シェイクスピア『シンベリン』第二幕四場九六行で、ヤーキモーがポスチュマスの妻イノージェンの誘惑に成功したように見せかけるため、自分で盗んだ夫からの贈り物である腕輪を夫人から貰ったものと称して取り出し、「この宝石を風にあてさせてもらおう」と勿体ぶって言う台詞を踏まえている。

(10) 『コーマス』二二〇―二二一行で、令嬢が黒雲に光が射したのかと最初は疑いながら、次にいや間違いないと確信して繰り返す台詞。黒雲に光とは苦境における神の救いの手。

(11) 煤で汚れた服と肌の二重の黒さ。クリストファー・マーロウとジョージ・チャップマン共作の悲恋物語詩『ヒアローとリアンダー』(一五九八)第五歌、天上の太陽の光もその地上への反映も共に消えて「二重の夜」(一七四行)の帳が降りるという一節から。

(12)　旧約聖書『エレミヤ記』第三一章十五節で、ヤコブとの間にヨセフとベニヤミンの二人の子を設けたラケル(『創世記』第二九—三五章)について、預言者エレミアが主の言葉として「ラケルその兒子のために歎き、その兒子のあらずなりしによりて慰をえず」と伝える。

(13)　イギリスの作家、旅行家エドワード・ウォートリー・モンタギュー(一七一三—七六)。寄宿制の名門パブリック・スクール、ウェストミンスター校から何度も脱走し、時に煙突掃除をしたこともあったが、通りがかりの紳士に気高い生まれを見抜かれ家に連れ戻されたという。

(14)　イングランド南端の西サセックス州にある十一世紀建立の古城で、十七世紀清教徒革命の際に破壊されたが後に再建された。十四世紀末から現在までノーフォーク公爵ハワード家の居城。

(15)　第十一代ノーフォーク公爵チャールズ・ハワード(一七四六—一八一五)。一七八六年に伯爵位を継いだ後、アランデル城再建のために多額の金を投じた。

(16)　『アエネーイス』第一巻六四二行以下で、アエネーアースの母である女神ウェヌスは、クピードーに孫のアスカニウスに変装してカルタゴの女王ディドーを誘惑するよう命じ、その間孫が邪魔をしないように自らの膝の上に乗せて眠らせ(六九二行)、イダの山へと運び去る。

(17)　ワーズワス「霊魂不滅の暗示の賦」一四九—五〇行、「気高い本能、それを前にするやわれらの死すべき本性が/不意を衝かれた罪人の如く震える本能」への引喩。この本能はプラトン主義的な未生以前の記憶で、この段落の後半で煙突掃除人の幼年期の記憶をこれに準えている。

(18)　クライスツ・ホスピタル校以来のラムの友人ジェイムズ・ホワイト(一七七五—一八二〇)の愛称。母校に事務員として勤務した後、広告会社を設立し経営した。

(19) 勅許を得てロンドン食肉市場スミスフィールドの小修道院敷地内で、聖バルトロマイの祝日八月二十四日頃に開かれていた縁日。最初は布の市だったが後に大騒ぎをする縁日となり、十八世紀半ばに日付も九月三日開始に変わり、一八四〇年には場所もイズリントンへ移った。

(20) 「光るもの必ずしも金にあらず」ということわざのもじり。

(21) 新約聖書『マタイ傳福音書』第二二章十一―十三節、婚礼の席で客を迎えようとした王は、礼服を着ていない者が一人いるのを見てこれを咎め、手足を縛って外の闇に放り出させた故事。

(22) レイフ・バイゴッド、本名ジョン・フェニックはラムの友人で編集者、劇作家。「人間の二種族」(三七ページ)に金を借りる側の一例として登場している。その註(18)を参照。

(23) 諷刺を得意としたイギリスの宮廷詩人第二代ロチェスター伯ジョン・ウィルモット(一六四七―八〇)は、退廃的な王政復古期の宮廷随一の淫蕩家だった。やはり享楽的で「陽気な君主」と言われたチャールズ二世の遊び仲間。

(24) ベン・ジョンソン(一五七二頃―一六三七頃)の気質喜劇『浮かれ縁日　バーソロミュー・フェア』(一六一四)に登場する焼豚売りの女性の名を借りている。「焼豚の説」の註(6)も参照。

(25) 『失楽園』第一巻五四一―四三行、神に叛いて地獄に落とされたセイタンを初めとする堕天使たちが、「全軍一斉に喊声を上げるや、／その音は地獄の拱形(ゆみなり)の天空を劈(つんざ)き、さらにその先の／『混沌』と老いたる『夜』の支配地をも震撼させたり」という一節を踏まえている。

(26) 本篇一二四ページに「ほとんど聖職者に近い腕白小僧達は、黒服を着ても偉そうな様子はせず」とあるように、煤で真っ黒になった僧服のような服が煙突掃除人たちの目印。

(27) 刷毛に当たる'brush'には絵筆という意味もあり、おそらくもともと「絵筆が月桂樹に取って代わらんことを」という祈願文が、「文は武よりも強し」に近いことわざ的な表現として存在しており、それに煙突掃除人の商売道具である刷毛を引っかけて駄洒落にしているようだ。

(28)『シンベリン』第四幕二場二六二―六三行からの引用。夫の迫害を逃れ、小姓に身を窶してウェールズの洞窟に住んでいたイノージェンが死んだと勘違いして、グィディーリアスとアーヴィラガスの兄弟がその死を悼んで歌う。身分の高低に関係なく、いずれ人は皆この世を去る。

(29) エドマンド・バーク(一七二九―九七)『フランス革命の省察』(一七九〇)にある一節、「ヨーロッパの栄光は永遠に消え失せた」への引喩。

首都に於ける乞食の衰亡を嘆ず

(1) アルキデスはユピテルの息子で、レルネーに住む九頭の水蛇ヒュドラの退治など十二の難事をやり遂げた剛力無双の英雄ヘラクレスの別名。獅子皮と瘤だらけの棍棒を身に帯びている。

(2) この一節は、『失楽園』第六巻でセイタンに率いられた叛乱軍と戦う天使の長ミカエルが、「両手にて大いなる力込め/高く振り上げたる恐ろしき刃を打ち下ろしては/敵を根こそぎ薙ぎ倒す」(二五〇―五二行)という獅子奮迅の描写を踏まえている。

(3) ローマ時代、ネロ帝による六四年の第一回からディオクレティアヌス帝による三〇三―〇四年の第十回まで、キリスト教徒迫害は繰り返され、三一三年にコンスタンティヌス一世によるミラノ勅令でキリスト教が公認されるまで続いた。その次が今回の乞食迫害だとラムは考えている。

（4） ミルトン「キリスト降誕の朝に」（一六二九）第二〇聯で、キリストの降誕と共に異教的な存在が地上から追放され、「物の怪の取り憑いた泉、そして谷間から、／青ざめたヤマナラシの木に縁取られた谷間から、／去りゆく地霊が嘆息と共に送り出される」（一八四―一八六行）。

（5） ディオニュシオス二世（前三九七頃―前三四三）は、古代シチリアのギリシア都市シュラクサイの僭主として二度に渡り権力を握ったが、二度目に追放された後はギリシア本土のコリントスに逃げ、惨めな晩年を過ごした。そこで教師になったというのは、後世による伝説。

（6） 十七世紀フランドルの画家。「バトル夫人のホイストに関する意見」の註（16）を参照。

（7） 東ローマ皇帝ユスティニアヌスに仕えた武将フラウィウス・ベリサリウス（五〇五頃―六五）。用兵の才により華々しい戦功を上げたものの、皇帝の嫉妬を買って解任と前線への復帰を繰り返した。晩年に目を刳りぬかれて宿無しの乞食になったという伝説が、中世以来流布し、その姿が絵画に好んで描かれた。ヴァン・ダイクも、道端で物乞いするベリサリウスの姿を描いたという。

（8） パーシー編『古代英詩拾遺』第二集三巻所収「ベドナル・グリーンの乞食の娘」で、娘ベッシーはとびきりの美女だが、求婚者たちは父が盲目の乞食であると知ると、騎士一人を除いて尻込みする。しかし、父親は物乞いで大金を貯えており、自分はレスター伯の嫡男ヘンリーだという立派な出自を示すことによって、娘と騎士はめでたく結ばれる。

（9） 「ベスナル・グリーンの盲目の乞食」という名のパブは、かつて実際にあったという。パーシーの記した「ベドナル」は「ベスナル」の古名。

（10） 盲目の乞食ヘンリーはレスター伯の息子だが、民謡の話なのでラムは大らかに考えている。

(11)　ラムのお気に入りだった十七世紀の女性作家。「人間の二種族」の註(45)を参照。

(12)　シェイクスピア『リア王』第三幕四場で、乞食に変装して腰蓑だけで裸身のエドガーを見て、リアは人間も哀れな裸の二本足動物にすぎないと認め、「借り物の衣服など脱ぎ捨ててしまえ！／さあ、このボタンを外してくれ」(一〇六―〇七行)とお供に命じて自らも裸になろうとする。

(13)　実際にはリアではなく、『アテネのタイモン』第四幕三場二三三行にある不作法な哲学者アペマンタスの台詞で、無慈悲な自然にわが身を晒して耐えるという意味。ただし、前註(12)の『リア王』の台詞の直前で、リアが「墓にいる方がまだましだ、／お前の裸身を以てこの激しい風雨に答えるよりは」(九九―一〇〇行)というこれとよく似た台詞を吐いている。

(14)　スコットランドのチョーサー模倣派詩人ロバート・ヘンリソン(一四二〇/三〇頃―一五〇六頃)によるトロイア戦争をめぐる悲恋物語『クレセイドの遺言』の女性主人公。そのもとになったチョーサーの『トロイラスとクリセイデ』(一三八五頃)は、恋人クリセイデが自分を棄てて敵将に走ったことを知ったトロイラスが、戦場で自殺同然に討ち死にして終わる。ヘンリソンは、恋人を裏切ったクレセイドを罰することに主眼を置き、敵将に棄てられてハンセン氏病を患って乞食となり、昔の恋人の前に正体を気づかれずに施しを受けた後で、以前貰った指輪を送り返して死ぬという身も蓋もない話を続けている。シェイクスピアの『トロイラスとクレシダ』にも、クレシダの後日談はないが、『十二夜』第三幕一場では、道化が「クレシダは乞食に落ちぶれた」(六二行)と述べている。「初めての芝居見」の註(14)も参照。

(15)　クレセイドがハンセン氏病に罹患したことによる肌の白さ。前註(14)のヘンリソンによる物語の筋を参照。

(16) 金受けの鉢は施しを受け取るための蓋付き木製皿で、蓋をカタカタ鳴らしながら歩き、鈴の音と共に自分たちの接近を周囲に知らせる役目を果たした。

(17) ルキアノス(一二五頃―一八〇頃)はシリアに生まれ、ギリシア語で執筆した機知溢れる諷刺散文作家。それに連なる諷刺家は、ラムのお気に入りだったラブレーのようだ。

(18) ラブレー『第二之書 パンタグリュエル物語』(一五三二)第三〇章で、地獄を見てきたエピステモンが、「アレクサンデル大王がおんぼろの洋袴(ショース)の継ぎ接(は)ぎをし」、「セミラミスは乞食の虱取り」(渡辺一夫訳)をしていたと境遇の逆転を報告する。セミラミスは、美貌と英知と好色で有名な前九世紀のアッシリアの女王でバビロンの創建者。

(19) 『古代英詩拾遺』第一集二巻所収の民謡「コフェチュア王と乞食娘」。女嫌いのアフリカ王が乞食娘に一目惚れし、求愛の末結婚し静かな生活を送って、やがて同じ墓に眠る。

(20) シェイクスピア『冬物語』第四幕四場で、ごろつきの行商人オートリカスは、言い寄る男を拒んだ罰で魚に姿を変えられた娘がつれない娘たちを戒める歌を、「このバラッドは実に哀れな真実の話なんでさ」(二八二行)と請け合う。

(21) 『アテネのタイモン』第四幕三場のタイモンの台詞、人間は一人がごますりならみんなそうだ、なぜなら「運命の階段はすべて、/その下の段からごまをすられるからだ」(十六―十七行)を逆転させて、貧しい者は自分より多少恵まれているだけの隣人から嘲笑されるということ。

(22) 『ヘンリー四世第一部』第三幕二場で、先王リチャード二世が、「減らず口を叩く若僧どもを面白がり、わざわざ顔を貸して／青二才の自惚れた較べ屋に耳を傾け」(六六—六七行)、民衆に阿ろうとして王の権威を損なったことを現王が非難する台詞への言及。

(23)『ロンドン雑誌』版では、この後に次の一文があった。「彼の上着は、アダムの上着と同じくらい古い。」

(24)『妖精の女王』第七巻七篇四七聯で、「時も、絶えず変化し動く。／それゆえ、何物もこの世では長く一処に留まることはない」(七—八行)のだから、下界を支配しているのは自分であると、女巨人たる「無常」が至上神ジョーヴ(ゼウス)に向かって主張する場面を踏まえている。

(25)オックスフォード英語辞典によれば、十六世紀にヘンリー八世により破壊されるまでビショップスゲイトの外側にあった聖スピタル修道院、その後は、フリート通り南の聖ブライド教会、最後はスピタルフィールズのクライスト教会で、復活祭の月曜日と火曜日に行なわれた説教。

(26)引用前も含めて、『お気に召すまま』第二幕一場からの一部手を加えた引用。手負いの鹿が仲間から見捨てられる様子を見て、皮肉屋ジェークイズが漏らす言葉、「さっさと立ち去れ、肥えて脂ぎった町人どもよ、／これぞまさしく世の習い、何故に目を向ける必要があろう、／あの哀れな打ち砕かれた破産者などに」(五五—五七行)。

(27)旧約聖書外典『トビト書』の主人公の盲人。庭で寝ている時に雀の糞が目に落ちて失明するが、息子トビアに魚の胆汁を塗ってもらい視力を取り戻す。

(28)二重の闇とは盲目と監禁を指す。ミルトン『闘技士サムソン』(一六七一)で、デリラに欺かれて敵に売られ眼を潰されたサムソンは、この暗い眼球は「まもなく訪れる二重の闇に屈するほかない」(五九三行)と嘆く。

(29)『失楽園』第三巻で、執筆時すでに失明していたミルトンが、「快活なる人間の日々の営みから/切り離され」(四五―四六行)、暗闇に取り囲まれていることを嘆く一節への引喩。

(30) ラム自身による頭文字と伏せ字の手がかりでは、この後の教区長Bともども、意味はないとされているが、ホールウォードとヒルは、北ロンドンの聖ルカ教区だと推測している。この地区には、一七五一年に精神病患者を収容する病院が建てられていた。

(31) イギリスのラテン語詩人(一六九五―一七四七)で、ケンブリッジ大学卒業後母校に戻って教師を務める傍ら、『詩集(ポエーマタ)』(一七三四)などを出版した。ラムはボーンの熱い心と都市の見事な風景描写を高く評価した。引用される詩は、ラム自身がラテン語から英訳したもの。

(32)《サー・トマス・ブラウンの『キリスト教教訓集』第一部五節に、「三途(さんず)の川の渡し守はアレクサンドロスにもイルスにも同じ渡し賃しか求めぬ」という句がある。》(南條註)

(33) ルーカスによれば、乞食の王と言われたサミュエル・ホーシー。

(34) 一七七八年のカトリック教徒禁圧軽減法に反対して、五万人の大群衆が一七八〇年六月にロンドンでのデモ行進に参加し、暴動に発展すると軍隊が動員されて多数の死傷者を出しながら一週間ほどで鎮圧された事件。首謀者の名からゴードン暴動あるいは教皇不要の乱と呼ばれる。

(35) 海神ポセイドンと大地の女神ガイアの息子で巨人。母なる大地に触れている限り新たな活力を得て無敵だったが、ヘラクレスによって両腕で地面から抱え上げられ、絞め殺された。

(36) 当時ギリシアを支配下に置いていたオスマン・トルコ帝国の駐在英国大使だった第七代エル

ギン伯爵トマス・ブルース（一七六六―一八四一）が、トルコ政府から許可を得たとして、アテネのパルテノン神殿などから壁面彫刻をイギリスへ持ち去った。一八一六年英国政府によって買い上げられ、エルギン・マーブルとして博物館に展示されたこの壁面彫刻は、運搬可能な大きさに切り取られたため断片のつなぎ合わせであり、肉体の一部が切れているものもある。

(37)　原文はラテン語由来の mandragora でなく、英語名の mandrake。茄子科の有毒植物で、その根は二股で交差していることが多く、人間の脚の肉のように見えるため、地中から引き抜く時には叫び声を上げるという迷信があった。

(38)　ギリシア神話に登場する幻獣で、腰から上が人間、下が馬の姿をしている。

(39)　オウィディウス『変身物語』第十二巻。テッサリア地方に住むラピテス族は王の婚礼を祝うため、地域の住民を婚礼に招いたが、ケンタウロス一族が酔っ払って乱暴狼藉を働いたため血で血を洗う争いとなり、ケンタウロス一族は半数があの世へ送られ、残りが夜陰に乗じて逃げた。

(40)　人間の誕生を語る『変身物語』第一巻八四―八六行からの引用。《「他の動物達が下を向いて地面を見るのに対して、／人間には上向ける顔を与え、空を見ることを／許したもうた。」ちなみに、ジェイムズ・ボズウェルの『ジョンソン伝』（一七七五年の条）に、ギャリックが、ジョンソン博士の口ぶりを真似（まね）て、オウィディウスのこの句を誦するエピソードがある。》（南條註）

(41)　エリザベス一世時代末、一六〇一年の救貧法に基づいて設立された施設で、浮浪者や乞食を含む労働忌避者たちを収容して働かせ、怠惰な癖を矯正することを目的とした。後の「救貧院」'workhouse' の先駆けとなった。一方で、老齢、疾病などにより勤労に適さない者たちに対しては、主に、教区の富者に課した地方税を元手にして、金銭や食べ物など必需品を在宅のまま与える「施設外援助」が行なわれた。

(42) 一八一八年に物乞禁止協会が結成されたのを受けて、一八二一年に物乞いや浮浪者を路上から一掃することを目的とする特別委員会が国会の下院(庶民院)に設立された。

(43) 『トリストラム・シャンディ』に登場する牧師で、著者ロレンス・スターンの分身。「私の近親」の註(11)を参照。糞真面目で愛すべき性格の牧師は、第一巻十章で、「働く力を失った者のため——年老いた者のため——あるいは貧と病と苦とが同居する、彼がいつも見舞ってやる必要のある、何の慰めもない数多い場景などのために」(朱牟田夏雄訳)心を砕く。

(44) シェイクスピア『ジュリアス・シーザー』第一幕二場からの一部手を加えての引用。シーザーばかりが栄達に恵まれることを妬むキャシアスが、ブルータスに向かって、「今の時代よ、汝は汚辱の時代なり!/ローマよ、汝は高貴なる血脈を失いたり!」(一四八—四九行)と零す。

(45) ロンドン南東部サザック自治区に属する地域名。英蘭(イングランド)銀行までの距離は約五・五キロ。

(46) 現在ロンドンに自治区(Borough)は三十二あるが、テムズ川南岸に古くから中心地として栄えたサザック自治区は、北岸の金融の中心地シティと区別して、単に「バラ(自治区)」と呼ばれることもある。サザック地域は自治区の中でもっとも北のテムズ川縁にあり、ペッカムより三キロほど北に位置する。

(47) 新約聖書『マルコ傳福音書』第十章四六—五二節で、イエスがその弟子たちとエリコを訪れて、そこを出る時に道端に座って物乞いをしている盲目の乞食。

(48) 旧約聖書『傳道之書』第十一章一節、「汝の糧食を水の上に投げよ、多くの日の後に汝ふたゝび之を得ん」を踏まえている。長い目で見た善行の勧め。

(49) 新約聖書『ヘブル人への書』第十三章二節、「旅人の接待を忘るな、或人これに由り、知らずして御使を舎したり」を踏まえている。

(50) 『医家の宗教』第一部三八節にある「死者の臓腑をさぐる」を踏まえている。ラムお気に入りの作家ブラウンとその著作については、「人間の二種族」の註(34)を参照。

(51) この最後の一文の後、『ロンドン雑誌』版には半ページ弱に及ぶ数段落があった。詳細は省くが、冗談も冴えず脱線の甚だしいこの箇所を書籍版から削ったのは賢明な判断だった。

焼豚の説

(1) 《‘Mundane Mutations’という英訳が定着している儒教の書物はない。平田禿木はこれを直訳すれば「世変」であるとし、戸川秋骨は「宇宙の変遷」とこの語句を解釈した上で、共に『易経』を指すものと推測している。『易経』の易は「変易」の易であり、フランス語には‘La Libre des Mutations’と訳されているから、この推測は当たっていよう。ラムは、おそらくマニングを通じて‘Mutations’とでも訳すべき題名の書物があることを知り、それに形容詞‘Mundane’を加えて、頭韻を踏んだのではあるまいか。》(南條註)

(2) 《Cho-fang。この一条はもちろんラムの作り事であるが、この語がどこから出て来たかを考えると興味深い。「厨房」(現代の標準中国語の発音では chú fáng)であろうとする註もあるが、

「料理人の休日」という意味からすると、「厨放」(chú fàng)という漢字が頭に浮かぶ。しかし、そんな中国語はないようである。'Mundane Mutations' と同様、ここにもラムとマニング合作の言葉遊びがあったことが想像される。》(南條註)

(3) ジョン・ロック(一六三二—一七〇四)はイギリス経験論を代表する哲学者で、主著は『人間知性論』(一六八九)。

(4) 《菜肴と訳した 'obsonium'(原文にある 'obsoniorum' は、この語の中性複数所有格)は、ラテン語で「パンと一緒に食べるもの。おかず」を意味する。》(南條註)

(5) マナは旧約聖書『出エジプト記』第十六章十四—十五節に描かれている神与の食物で、荒野をさまようイスラエル人に与えられた。その食物が穀物ではなく肉からできているということ。

(6) ベン・ジョンソン『浮かれ縁日 バーソロミュー・フェア』第二幕四場で、焼豚屋の給仕人ムーンカーフが、女主人アーシュラに豚の焼き具合はどうかと尋ねられて、「とても悲しそうです、女将さん、中には泣いて眼が飛び出しちまったのもいます」(五四—五五行)と答えるのを踏まえている。豚の眼が涙目になって飛び出してくるのは、焼き上がりが近づいた証拠。

(7) 流れ星は燃え尽きてゼリーとなって地上に落ちるという迷信があったようだ。ジョン・ダン(一五七二—一六三一)の「サマセット伯爵の婚礼に際しての牧歌と祝婚歌」(一六一四)二〇四—〇五行(「星が落ちるのを見て、走ってそこへ急ぐ人は、/そこにゼリーを発見する」)、ジョン・ドライデン(一六三一—一七〇〇)の悲劇『オイディプス』(一六七八/九)第二幕一場九行(「流れ星は最後に燃え尽きて紫のゼリーとなる」)などを参照。

(8)　新約聖書『ペテロの後の書』第二章七節、ソドムとゴモラの町の「無法の者どもの好色の擧動(ふるまひ)」を踏まえている。

(9)　全四行の短詩、コールリッジ「幼児の墓碑銘」(一七九四)一―二行からの引用。原典では、「時を得た」ではなく「友情溢れる」。

(10)　ミルトン「シェイクスピアに寄せる」(一六三〇)十五―十六行、シェイクスピアが「埋葬されて横たわる墓地の豪華さは、／王たちさえもそんな墓に入って死にたいと願う」を参照。

(11)　原文は Presents endear Absents。'Presents' という言葉に「出席者」と「贈り物」の両義を掛けた洒落。お裾分けした食べ物がそこにあるおかげで、贈り主もその宴の場で有難がられる。

(12)　『闘技士サムソン』一六九五行からの引用。夕暮れに農家の飼い慣らされた鶏たちを急襲する蛇のように、やがてサムソンは復活するという小合唱隊の予言。

(13)　豚、時に子牛の頭や脚の肉を細かく刻んで香辛料と一緒に煮て冷まし、ゼリー状に固めた食べ物。アメリカではヘッドチーズと呼ばれる。ラムの大好物。

(14)　『リア王』第二幕四場で、長女ゴネリルに供回りの騎士を百人から半減されたことに怒ったリアは、次女リーガンを頼ろうとするが、お供をさらに半減しなければ城には迎え入れないと条件を付けられて、「わしはお前に全てを与えたではないか」(二四八行)と空しく言い返す。

(15)　「私の近親」の註(3)で説明した父方の伯母セアラ・ラム、通称「ヘティおばさん」は、一七九六年までテンプル地区のラム家に同居していたが、本篇の伯母はラムの実家とは別の家に住んでいる設定になっていることから、セアラとは別人になる。実在説と作り話説とがある。

（16）　バーク『フランス革命の省察』の一節「騎士道の時代は過ぎ去った」を踏まえている。
（17）　シェイクスピア『ジョン王』第四幕二場で、二度目の戴冠を喜ぶジョン王に対して、ソールズベリー伯が、「精錬された黄金に鍍金を施し、百合に色を添え、／菫に香りを注ぐことなど」（十一―十二行）、「無駄にして滑稽な過剰でございましょう」（十六行）と諫言するのを踏まえている。
（18）　宗教改革により禁止されたカトリックの教えを学ぼうとするイングランド、アイルランドの信者のために、カレーの南東約四十キロ、イギリスからほど近い聖オメールの地にイエズス会が創設した神学校。その後、場所を転々とし、最終的には一七九四年に大陸からイングランド北部へ移った。カトリックと縁もゆかりもないラムが在籍したはずはなく、これも戯れ言の一つ。

H――シャーのブレイクスムア

（1）　ホールウォードとヒルによれば、ラムが念頭に置いているのは、ブレイクスウェア近くのウィドフォード教会かギルストン教会だという。いずれも、ラム家と因縁浅からぬハーフォードシャーの同名の村にある教会。
（2）　これとよく似た表現が「夢の子供達」（一一九ページ）にある。その箇所の註（8）も参照。大理石と同化するという表現は、ミルトン「沈思の人」（一六三二）四二行、同「シェイクスピアに寄せる」十三―十四行への引喩。
（3）　カウリー風と言われる独特のオード形式を生み出し、散文エッセイにも優れていた早熟の形而上派詩人、随筆家エイブラハム・カウリー(一六一八―六七)。

(4)《以下に言及されるアクタイオンの話は『変身物語』第三巻一三八―二五二行に、マルシュアスの話は『変身物語』第六巻三八二―四〇〇行、および『祭暦』第六巻七〇三―〇八行に見える。》(南條註)

(5)《ギリシア神話。テーバイの創建者カドモス王の孫。狩りの名手だったが、女神アルテミス(ディアーナ)の水浴する姿を見たため鹿に変えられ、自分の猟犬に食い千切られる。》(南條註)

(6)《ギリシア神話。プリュギアの若者マルシュアスは笛の名手で、音楽の技競べをしようとアポロン(ポイボスはその異名)に挑んだ。技競べに勝ったアポロンはマルシュアスを木に縛りつけ、生きたままその皮を剝いだ。オウィディウスによると、マルシュアスはサテュロスの一人で、女神アテナ(ミネルウァ)の捨てた笛を拾ったことになっている。土地の人々やサテュロスやニンフらは彼の死を悲しんで泣き、その涙が川になって、マルシュアス川と呼ばれた。》(南條註)。「休暇中のオックスフォード」の註(11)を参照。

(7)「バトル夫人のホイストに関する意見」を参照。また、「夢の子供達」(一一八ページ)で、真夜中に二人の幼な子の幽霊が現われる「大きな寂しい家の寂しい部屋」は、本篇の幽霊部屋と同じであるが、そちらではラムの祖母に当たるフィールド夫人が一人で寝たとされている。

(8)原文は battledores。羊皮紙を貼った小さなラケットで、コルクなどの軽い素材に羽根をつけたものを地面に落とさないように打ち合う子供の遊戯。バドミントンの前身。

(9)面積にも長さにも用いられるイギリスのやや古い単位。長さの単位としては、一ルードが五・五から八ヤード、つまり五から七・三メートルに相当する。

(10) ブレイクスウェアの旧屋敷の壁に沿って流れていたアッシュ川。

(11) ラムが愛した十七世紀形而上派詩人アンドルー・マーヴェル(一六二一—七八)。この後の詩は、「庭」と並ぶ代表作「アプルトン屋敷を歌う」からの引用。ヨークシャーにあるトマス・フエアファクス卿のナン・アプルトン屋敷と庭を称えて書いた九十七聯七百七十六行からなる長い瞑想詩の七七聯六〇九—一六行。

(12) 一〇六六年ノルマン征服の際に、フランス北西部ノルマンディ地方からウィリアム一世に従ってイギリスへ侵攻し貴族に列せられ、一時ノーフォーク公爵の地位にあった名門一族。

(13) やはりウィリアム征服王以来続く名門男爵一家。男爵家は現在に至るまで続いている。

(14) イギリスで騎士階級が身分を剝奪される際には、ロンドン国会議事堂の大広間で、紋章官によって身分の証である黄金の拍車を踵から切り落とされ、剣帯を切られ、頭上で刀剣をへし折られる。しかし、身分の低いエリアが自分は貴族だと夢想しても、身分を剝奪されることはない。

(15) イギリス騎士階級最高のガーター勲章を与えられた貴族は、首飾り章、青色の斜帯、「思い邪(よこしま)なる者に災いあれ」と書かれた靴下留め(ガーター)を正装の際に左足脹脛(ふくらはぎ)(女性は左腕)に着ける。ガーター勲爵士としての体面を汚すと、象徴としての靴下留めを召し上げられる。

(16) ここでは、盾型の紋地そのものだけでなく、それを上下左右から取り囲んで装飾する図柄としての大紋章(アチーヴメント)全体について述べている。通例、盾を中心に上に兜や冠が置かれ、左右両脇から獅子や鷹、時に人が盾持ちとして支え、下に多くはラテン語による格言を記した帯が横たわる。

(17)　この家の大紋章では、前註(16)で述べた下部の格言部分に、最後の審判における復活への信仰を表わすこのラテン語が記されていたということ。しかし、ルーカスによればブレイクスムアすなわちブレイクスウェアの当主だったプルーマー家の格言はこれではなかったという。

(18)　紋章は手柄を立てることによって、国王から特別に使用を許されるものなので、この紋章を手に入れるためにこの家の先祖が戦で命を擲(なげう)ったことを意味する。

(19)　《テオクリトス、ウェルギリウスの『牧歌』に登場する牧人。ラテン語名で表記したが、ギリシア語名はダモイタス。英語読みすればダミータス。テオクリトスの『牧歌』第六歌に出て来るダモイタスは牛飼いで、同じく牛飼いのダプニスと歌競べをする。ウェルギリウスの『牧歌』では羊飼いで、第二歌、第三歌、第五歌に登場する。第三歌では羊飼いのメナルカスを相手に歌競べをする。》(南條註)

(20)　ラムの父親ジョン・ラム(一七二二頃─九九)は、リンカーンシャー出身だった。なお、この辺りでは、ラムの姓が子羊を意味することに掛けて言葉遊びをしている。

(21)　《ウェルギリウス『牧歌』に登場する牧人。ラテン語名で表記したが、ギリシア語名はアイゴン。テオクリトス『牧歌』では第四歌に名前が出て来る牛飼いで、オリュンピア競技に参加するため家を留守にしており、その間、牛飼いのコリュドンが彼の牛を世話している。かれらはイタリア半島南端のクロトン近くに住んでいるという設定である。ウェルギリウス『牧歌』では第三歌、第五歌に登場する羊飼い。第五歌には「僕のために、ダモエタスと、リュクトゥスの人アエゴンは歌をうたい」(小川正廣訳)とある。ラムの文脈では羊飼いのダモエタスが平民のエリアに、アエゴンがブレイクスムアの持主だった貴族に見立てられているが、テオクリトス、ウェルギリウスのアエゴンは高貴な人物ではなくただの牧人である。ホールウォードとヒルの註を見ると、アエゴンはウェルギリウス『牧歌』第三歌に登場する地主で、ダモエタスがその羊を世話しているとあるが、まったくの誤り。》(南條註)

(22) プルーマー家の新旧の屋敷については、「夢の子供達」の註(2)と註(5)を参照。

(23) この屋敷の本当の所有者プルーマー家の実名を出さないようにとの配慮による変更。

(24) ラムが若き日に思いを寄せたアン・シモンズの偽名。「夢の子供達」の註(12)を参照。

(25) 屋敷にあったエリアお気に入りの肖像画に描かれた美人が、一族の先祖ミルドレッドだと推測している。『ロンドン雑誌』版にはこの後に一段落があり、欄外には、姉のメアリがこの美人画への弟の愛着を優しくからかって書いた二十四行からなるバラッドが添えられていた。

(26) ブレイクスウェアの敷地にあったローマ皇帝十二人の胸像。「夢の子供達」の註(8)を参照。一八二二年にこの屋敷が取り壊された時、皇帝像はギルストンのプルーマー家本宅へ移された。

(27) ローマ帝国第六代皇帝(在位六八―六九)。暴君として知られた第五代皇帝ネロ(在位五四―六八)が自殺したのを受けて皇帝の地位に就き、皇帝が次々に即位する「四皇帝の年」の最初の皇帝となったが、かつての支持者に暗殺されて七ヶ月の短い治世を終えた。

(28) ローマ神話の森の守り神。

(29) 《ホラティウス『歌章』第三巻三〇歌六行「我のすべては死せじ non omnis moriar」を踏まえるか。「わたしが死するとも、そはわたしの一切(すべて)ではなく、わたしのうちで、葬礼の女神(リビティーナ)をま

ぬがれる部分(ところ)も大きいであろう。」(藤井昇訳)》(南條註)

恩給取り

(1)《『牧歌』第一歌二八行からの不正確な引用。ウェルギリウスの原文は、「Libertas, quae sera tamen respexit inertem. 自由のためだよ。それは遅まきながら、怠惰な私に眼をとめてくれた。」(小川正廣訳)。これは長く奴隷だったが、金を貯めて自由人の身分を手に入れた牧人ティテュルスの台詞(せりふ)である。『ロンドン雑誌』版ではこの題辞の著者の名は記されていなかった。》(南條註)

(2) アイルランド出身の劇作家ジョン・オキーフ(一七四七―一八三三)の作としているが、実際はジョージ・コールマン(子)(一七六二―一八三六)作の喜劇的オペラ『インクルとヤリコ』(一七八七)第三幕一場からの引用。ロンドンの会計事務員として何不自由なく暮らしていたのに、インクルに従って来た新大陸で災難に遭い後悔しているトラッジの歌。

(3) テムズ川とほぼ並行に走るフェンチャーチ通りと大タワー通りを南北に繋ぐ道。ラムが勤務した東インド会社は、そのすぐ北側を東西に走るレドンホール通りにあり、実際には三十六年でなく三十三年だった勤務年数も含めて、故意に事実と変えている。

(4)『ロンドン雑誌』版では、この箇所に欄外註がつけられ、十七世紀の清教徒たちが宗教的安息の日と気晴らしの日を区別していたことを、敬虔さと賢さの極みとして賛美している。

(5) イギリスでは十六世紀から十九世紀にかけて、バラッド形式の俗謡をブロードサイドあるいはブロードシートと呼ばれる片面刷り大判紙に印刷して、行商人がその歌を街頭で歌いながら呼び売りをして歩いた。

(6) 母親と母方の祖母の出身地ハーフォードシャーとラムの深いつながりについては、「ハーフォードシャーのマッカリー・エンド」と「H――シャーのブレイクスムア」を参照。

(7) ラムが五十歳の誕生日を迎えたのは、このエッセイを書いた一八二五年の二月十日。その三日前に辞表を提出した。

(8) ホールウォードとヒルによれば、旧約聖書『詩篇』第一〇五篇十八節、「足械(あしかせ)をもてヨセフの足をそこなひ、くろかねの鏈(くさり)をもてその靈魂(たましひ)をつなげり」の後半部を、英国国教会『祈禱書』の「二十一日目　朝の祈禱」用に改訂した「くろかねがその霊魂に入り込めり」を踏まえている。

(9) エリアの勤める会社の共同経営者たちの名。もちろん、ラムが勤務していた東インド会社の名を出さないために作り出した架空の名前。東インド会社は小規模の合名会社などではなく、アジアの植民地経営に従事し一時世界貿易の半分を担った大株式会社だった。

(10) ホールウォードとヒルによれば、ヴェネチア共和国の自由のためにローマ教皇に論戦を挑んだ歴史家パオロ・サルピ(一五五二―一六二三)が、愛する祖国を讃えたラテン語の言葉。

(11) 退職直後の気持ちを伝えるワーズワス宛一八二五年四月六日付の手紙に全く同じ言葉がある。この手紙と同じ日付のバーナード・バートン宛の手紙の二つには、本篇の文言や気持ちときわめて類似した箇所が多く、このエッセイの雛形になっている。

(12) ジェイムズ一世時代の劇作家トマス・ミドルトン(一五八〇―一六二七)の歴史劇『クィーン

バラの市長』（一六一六―二〇頃）第一幕一場一〇二―〇三行からのやや不正確な引用。退職により完全に浮き世離れした境遇。

(13)　ホールウォードとヒルは、「夢の子供達」（一二二ページ）で兄ジョンの死の際に、生と死の間に横たわる距離を感じる一節との類似を指摘している。

(14)　イギリスの劇作家、政治家（一六二六―九八）。イギリスにソネット形式を導入した詩人の一人サリー伯ヘンリー・ハワードの曽孫に当たる名門貴族の出身で、今では忘れられた作家。

(15)　ハワードの古代ローマを舞台とした悲劇『ウェスタの処女』（一六六五）第五幕一場から。

(16)　会社に勤めて仕事に従事している状態。

(17)　イギリスの貿易商、財政家サー・トマス・グレシャム（一五一八／九―七九）。エドワード六世、メアリ一世、エリザベス一世の三代の君主に仕え、王立取引所を創設した。「悪貨は良貨を駆逐する」というグレシャムの法則で知られる。

(18)　イギリス中世の貿易商、政治家リチャード・ホイッティントン（一三五四／八―一四二三）。国会議員、州長官のほか、数度ロンドン市長を務め、貧しい地域に下水道施設を整備し、未婚の母のための病室提供などの善政を敷いて、巨万の富を慈善活動の資金として残した。

(19)　雑誌に載せた随筆などでなく、会計係として残した帳簿などの書類こそが自分の仕事、作品だというエリアお気に入りのやや自虐的な冗談。

(20)　スコラ哲学最大の神学者トマス・アクィナスについては、「人間の二種族」の註(32)を参照。主著『神学大全』ほか、平田禿木によれば、「一折大判十七冊に亙る」著述を残した。

(21) 雑誌掲載時はこの後に線が引かれて、「恩給取り――第二号」という題名で第二部の開幕を告げ、その後に書籍版では冒頭に献辞の二つ目として置かれているオキーフからの引用があった。

(22) 直前で「以前の束縛を……恋しく思った」と率直に認めているように、実際には、当初の解放の喜びが収まると気ままな散歩だけでは時間を持て余し、勤務時代さながら毎日十時から四時まで律儀に大英博物館に足を運んで、当時所蔵されていた古今の戯曲に読み耽って時間を潰した。

(23) 一六六六年のロンドン大火を記念して建てられた大火記念円塔(モニュメント)がある短い通りで、テムズ川の北側ロンドン橋を渡ってすぐのところにある。

(24) シェイクスピア『ロミオとジュリエット』第二幕六場、ロミオと秘密結婚するためにいそいそとやって来るジュリエットの姿を見て、婚礼を取り持つ修道士ロレンスが思わず漏らす台詞、「あれほど軽い足取りでは／永劫不変の堅石も磨り減りはすまい」(十六―十七行)からの引用。

(25) エルギン卿がアテネのパルテノン神殿から切り出してイギリスに持ち帰り、政府に買い上げられて大英博物館に展示された大理石彫刻については、「首都に於ける乞食の衰亡を嘆ず」の註(36)を参照。ラムが退職後の暇潰しに大英博物館通いをした折に、大理石像も目にした。

(26) 旧約聖書『エレミヤ記』第十三章二三節、「エテオピア人(びと)その膚(はだへ)をかへうるか、豹その斑駁(まだら)をかへうるか」を踏まえている。

(27) 《『物の本質について』第二巻巻頭参照。「大海で風が波を掻(か)き立てている時、陸の上から他人(ひと)の苦労をながめているのは面白い。他人が困っているのが面白い楽しみだと云(い)うわけではなく、自分はこのような不幸に遭(あ)っているのではないと自覚することが楽しいからである。野にくりひろげられる戦争の、大合戦を自分がその危険に関与せずに、見るのは楽しい。とはいえ、何ものにも増して楽しいことは、賢者の学問を以て築き固められた平穏な殿堂にこもって、高処から人を見下し、彼らが人生の途を求めてさまよい、あちらこちらと踏み迷っているのを眺めていられることである——才を競い、身分の上位を争い、日夜甚しい辛苦をつくし、富の頂上を極めんものと、又権力を占めんものと、齷齪するのを眺めていられることである。」（樋口勝彦訳）》（南條註）

(28)『ロンドン雑誌』版には、このあと半ページ弱にも及ぶ挿入があり、幾つかの詩を引用して、仕事から解放されて余暇を得る喜びを興奮気味に語っていた。書籍版から削ったのは、退職から八年を経て余暇がそれほどありがたいものではないことが明白になっていたからかもしれない。

(29)『ハムレット』第二幕二場で、トロイア王プリアモスに敵将ピュラスの剣が振り下ろされる瞬間、「運命の女神の車輪より輻と軸を根こそぎ打ち砕き、／その丸き轂を天の丘より／地獄の鬼のところへ投げ落とし給え」（四九一—九三行）と神々に助命嘆願する役者の台詞。

(30)『ロンドン雑誌』版では、アステリスクの代わりに'J—s D—n'が入っていた。これは、雑誌版の最後が、いつものエリアでなく、'J. D.'と署名されていたのに対応するものだが、誰もこのイニシアルについて推測していない。

(31)次の文も含めてミルトン「沈思の人」からの引用。愁いの女神に向かってお供として連れてきて欲しいものとして、「そしてこれに隠遁せる〈閑暇〉を加え給え、／手入れ行き届きたる庭にて喜び味わう〈閑暇〉を」（四九—五〇行）とお願いする。

(32)《「otium cum dignitate 品位ある閑暇」の「otium 閑暇」を省略した。出典はキケロ『プブリウス・セスティウス弁護』第四五節「正気で、善良な、幸福な全ての人間にとり、もっとも重要で望ましいものは威厳ある閑暇である。」》(南條註)

(33)《英語の「歌劇 opera」と「仕事」を意味するラテン語 'opus(複数形 opera)' をかけた洒落(しゃれ)。》(南條註)

(34) 雑誌版ではこの後に 'J. D.' の署名があり(註(30)参照)、「現住所リージェント通りのボーフォート・テラス、最近までフェンチャーチ通りの金物屋袋小路(アイアンモンガーズ・コート)在住」と付け加えられていた。'J. D.' は勤務先近くの金融街から、退職後ウェスト・エンドの繁華街に引っ越した設定にしている。ラムの住所は、一八二三年から二七年までイズリントンのコールブルック通りだった。

蘇レル友

(1)《原題 Amicus Redivivus はラテン語だが、「蘇れる」と訳した形容詞 'redivivus' を人名の後につけると、「誰それの再来」という意味になる(例えば「ネロの再来 Nero redivivus」)。》(南條註)

(2) ミルトンが、一六三七年八月に溺死したケンブリッジ大学クライスツ学寮の特別研究員(フェロー)エドワード・キングを悼む「リシダス」五〇—五一行で、キングを救えなかったニンフを詰る(なじる)一節。学寮の同窓生たちが事故の翌年に出版した追悼詩集の第二巻に収録された。

(3) クライスツ・ホスピタルの同窓生でラムの友人の詩人、古典学者ジョージ・ダイアー。「休暇中のオックスフォード」の註(32)参照。

(4)　ラム姉弟は、一八一七年以来住んでいた劇場街コヴェント・ガーデンから、一八二三年七月末、当時ロンドンの北郊にあったイズリントン地区コールブルック通りの茅屋(コテジ)へ移り、さらに北外れのエンフィールドに転居する一八二七年までそこで暮らした。

(5)　十七世紀初頭に開発された人工河川　新　川(ニュー・リヴァー)。当時はイズリントンのクラーケンウェルにあった貯水池がその終点(本書巻末「ラムの時代のロンドン略図」のニュー・リヴァー・ヘッド)となっており、終点間近にあるラムのコテジの前を左右に通る小径と並行にその脇を流れていた。

(6)　《トロイアの英雄アイネイアース(ラテン語形アエネーアース)の父。トロイア陥落の際、アイネイアースがおぶって逃げ出した。『アエネーイス』第二巻七〇七―一二三行を参照。》(南條註)

(7)　この後述べられているように、医師には左眼がないのでこう呼んでいる。

(8)　原文は common surfeit-suffocation。既訳は「普通の脳溢血」(平田禿木)、「平凡な卒中」(石田憲次)としているが、オックスフォード英語辞典はこの複合語の唯一の例としてこの箇所を挙げ、'surfeit'は「食べ過ぎ」という一般的な意味だと説明する。'suffocation'には「窒息」という意味以外なく、ありふれた脳卒中などあり得ないので、食べ過ぎによる喉詰まりと解釈するほかない。

(9)　麻縄を首に巻きつけて自殺しようとして死に切れず、半死状態で見つかって蘇生術を施されるような場合。

(10)　註(5)で触れた通り、クラーケンウェルにあった新川終点の貯水池ニュー・リヴァー・ヘッド。終点は一九四六年にここから北へ約六キロのストーク・ニューイントンにある二つの貯水池へ移され、その分だけ新川は短縮された。

(11) ロンドンへの水供給のため、一六〇八—一三年のニュー・リヴァー開設を主導したウェールズ人の金細工師、技師サー・ヒュー・ミドルトン(一五六〇—一六三一)に因む宿屋兼居酒屋。

(12) 長さの単位で二二〇ヤード、八分の一マイル、二〇一・一七メートルに相当する。日本でも主に競馬界でハロンとして用いられている。

(13) このように呼ばれ、気つけ薬のブランディを隻眼医に毒味までさせた挙げ句、あっという間に酩酊して遠い昔の歌を歌い出すのは、ダイアーが禁酒主義者で普段は一滴も飲まないから。

(14) 註(4)で触れた通り、ラムのコテジが面した通りの名前。

(15) トランピントンはケンブリッジ南西部に隣接していた村で現在は同市に編入されている。ペンブルックはケンブリッジ大学で三番目に古い名門学寮。ダイアーはケンブリッジ出身なので、この二つの落下の思い出は大学時代のもの。ただし、ダイアーの所属した学寮はエマニュエル。

(16) 『冬物語』第一幕二場一一〇行、シチリア王リオンティーズが、帰国を急ぐボヘミア王ポリクシニーズに逗留延長を説得する王妃ハーマイオニの熱心さを見て胸騒ぎがし、浮気を疑う独白の中でこのラテン語を用いる。

(17) シェイクスピア『ウィンザーの陽気な女房たち』に登場する滑稽なウェールズ人の聖職者ヒュー・エヴァンズは、第三幕一場で決闘を目前に控えて取り乱し訛りながら歌う、「われバビロンの都にありし頃——／さて、ざまよう千の花々を／浅き小川に」(一三—二五行)。

(18) 註(11)で説明した通り、ミドルトンが十七世紀初頭に開発した新川(ニュー・リヴァー)。

(19) 北アフリカを幾度となく旅して、一七七〇年にアビシニア(現エチオピア)に青ナイル川の水源を発見したスコットランド人の探検家ジェイムズ・ブルース(一七三〇―九四)。一七九〇年にその名高い旅行記『ナイル源流発見紀行』が出版された時、ラムは十五歳だった。

(20) 「H――シャーのブレイクスムア」に登場したウィドフォード、ギルストンなどの村のやや西に位置するウェアのすぐ南にあり、この辺りを流れるリー川が新川の水源。

(21) ラムが一七九五年に執筆し、『月刊雑誌(マンスリー・マガジン)』一七九七年十二月号に発表したソネットに「楽しきハーフォードシャーの緑野をめぐって」という一節がある。この詩行は「私の近親」(九六ページ)に既出、その註(32)を参照。

(22) ロンドン中心部から北へ約十六キロに位置するエンフィールドには、十一世紀から広大な狩猟園があった。現在その名残を留める町公園(タウン・パーク)を貫いて、新川は町の中心を流れている。コールブルック通りの茅屋(コテジ)、その後最晩年にラムが移り住むエンフィールド、その南にあって臨終の地となるエドモントンは全て、新川の終点近くの流域にあり、ラムが幼少期に水源のアムウェル辺りで遊んだことを考えると、地理的にばかりでなく時間的にもラムの人生をつないでいる。

(23) ワーズワスの自伝的長篇叙事詩『序曲』(一八〇五年版)第一巻二七一行にこれと全く同じ語句がある。詩人が畢生の大作を書こうとして行き詰まり、どん底状態で発されるのがこの自問で、生家の裏を流れるダーウェント川がその美しい調べによって自分をこれまで育んでくれたのは、このためだったのかと自らを叱咤する。一八五〇年の死後出版のずっと以前から友人間で回し読みされていた『序曲』の草稿を、ラムも読んでいたと思われる。

(24) 「リシダス」への引喩。ミルトンは、リシダスことキングは溺死したが、「今後汝は岸辺の守護聖人だ、／それは汝にとっての大いなる補償、そして汝は良き導きとなる、／あの危険な海原をさ迷うあらゆる者にとって」(一八三―八五行)と考えることで慰めを得ようとする。

(25) ケンブリッジを貫いて流れる川。ダイアーはケンブリッジの卒業生であり、一八一四年に二巻本『ケンブリッジ大学と学寮の歴史』を出版してもいるので、新川よりはこの川で溺れる方がふさわしい。

(26) 柳は追悼、悲恋による死と結びつけられる。また、カム川は岸辺にずん切りにした柳が並んで美しい景観を作り出していることで有名。

(27) 開設以来二百年以上を経て既に古参の域に達しているのだが、永遠に「新川」であるという名前に掛けた形容矛盾の冗談。

(28) イギリスの王党派詩人ジョン・クリーヴランド(一六一三―五八)による「アイルランド海で溺れたキング氏の死について」全五十四行中、十七―十八行からの引用。「リシダス」と同じ追悼詩集第二巻に収録。註(2)を参照。

(29) 《ギリシアのボイオーティア地方とエウボイア島を隔てる海峡。ここでは潮の満干が月に十八、九日は規則的だが、それ以外は甚だ変わりやすく、古代人の間で謎(なぞ)とされた。伝説によると、アリストテレスはこの現象の理由を解明出来なかったため、ここに身を投げて死んだという。》(南條註)

(30)　全身を水に浸す洗礼を行なうべきだとするバプテスト、再洗礼派(アナバプテスト)、ダンカー派などのキリスト教諸宗派を指した古い言葉。これに対して、ダイアーが信じている英国国教会は、「水をふりかけるだけの洗礼を良しとする」。溺れて水にどっぷり浸かったことを洗礼に見立てた冗談。

(31)　シェイクスピア『リチャード三世』第一幕四場九行以下、弟グロスター公リチャード(後に国王)の讒言によりロンドン塔に幽閉されたクラレンス公ジョージが語る悪夢への言及。フランスへ脱出する船上で、弟に海へ突き落とされる夢。後に、弟の放った刺客によりジョージは暗殺される。

(32)　クリスチャンは、『天路歴程』の主人公でキリスト教徒の寓意。第一部では、自分の住む「破滅の市」が火に焼かれることを知り、妻と子に知らせるものの聞き入れられず、一人で脱出し、さまざまな試練を経て「天上の市」へと到達する。ホープフルも信仰の希望を表わす寓意的人物で、途中で巡礼に合流して道連れとなる。「休暇中のオックスフォード」の註(53)も参照。

(33)　『天路歴程』第一部の終わり間際、「天上の市」の門前に立ちはだかる橋のない深い川に二人の巡礼が意を決して身を投じた際、溺れかかったクリスチャンが取り乱してホープフルに訴えかける言葉。旧約聖書『詩篇』第六九篇二節、第四二篇七節を踏まえている。

(34)　《ギリシア語形はパリヌーロス。アイネイアースの船隊の舵取り。睡魔に襲われて海に落ち、三日間荒海を漂った末岸に着いたが、彼の財物を奪おうとした土地の者に殺された。『アエネーイス』第五巻八二七―七〇行を参照。》(南條註)

(35)　新約聖書『ヨハネ傳福音書』第十一章に登場するベタニアのマリアとマルタの弟ラザロで、

病死して埋葬されてから四日後に、イエスの奇跡によって死から蘇った。ラムはこの人物を、他人のお節介により命を救われて迷惑している自殺未遂者のように捉えている。

(36) 前註(35)と同じように、自殺して冥府に辿り着きそうになりながら、心ならずも救命されてしまった者たちを指す。

(37) 古代ギリシアの伝説の詩人で、海賊に襲われた時、歌声で海豚(いるか)の群れを呼び寄せてその背中に乗って逃げ、九死に一生を得た。

(38) 《トロイアを攻めたギリシア方の武将の一人。医神アスクレーピオスの息子。父の医術を受け継ぎ、ギリシア方の傷を癒(いや)した。》(南條註)

(39) イギリスの医師ウィリアム・ホーズ(一七三六―一八〇八)。半溺死者再生医術の先駆者で、一七七四年に王立投身者救助会を創設した。先に登場した隻眼医師の総元締めのような存在。

(40) ギリシア神話で黄泉の国を流れる忘却の河については、「夢の子供達」の註(14)を参照。

(41) 『ハムレット』第四章七場で溺死するオフィーリアの最期を、王妃ガートルードは、「衣装は水を吸って重くなり、/哀れな娘から調べ豊かな歌声をもぎ取って、/泥だらけの死へと導きました」(一八〇―八二行)と報告する。冥界でもレーテーの泥水に塗れる哀れな運命。

(42) 『失楽園』第十巻二七九行にある「死」の描写。つまり、死神のこと。

(43) 生前の罪により冥府で焦燥の苦しみを永遠に味わわされるギリシア神話上の人物。

(44) ギリシア神話で、善人が死後に行く楽園。

(45) 実際の植物としてはユリ科ツルボラン属などの総称だが、ギリシア神話ではエリュシオンの野に咲いているとされた不凋花。

(46)「休暇中のオックスフォード」の註(32)で触れた通り、古典学者としてのダイアーの仕事、デルフィン・ギリシア・ローマ古典叢書全百四十三巻を指す。「未完」とあるのは、一八二三年時点でまだ刊行中だったため。ダイアーは編集、校訂に打ち込む余り、晩年にはほとんど盲目になった。

(47) イギリスの古典学者ジェレマイア・マークランド（一六九三―一七七六）。クライスツ・ホスピタル校を経てケンブリッジ大学ピーターハウス学寮に学んだ。これ以下に登場する四人は、いずれも註(25)で触れたダイアー著『ケンブリッジ大学と学寮の歴史』に登場する人物。

(48) ケンブリッジ大学ジーザス学寮を卒業して、特別研究員（フェロー）として大学に残り、後にユニテリアンに改宗したロバート・ティリット（一七三五―一八一七）。ダイアーは、大学の規則と習慣に誰よりも通じたこの人物から、執筆に当たって大きな恩恵を得たと謝辞を捧げている。

(49) ケンブリッジ大学ピーターハウス学寮に学んだ墓地派の詩人トマス・グレイ（一七一六―一七七一）。「墓畔の哀歌」（一七五一）は明治期に和訳されて日本でもよく読まれた。詩人の没年はダイアー十六歳の時で、大学に入学するのはその四年後。ラテン語の原註はこのことに触れたもの。

(50) クライスツ・ホスピタル校を経て、ケンブリッジ大学エマニュエル学寮に学んだ医師アントニー・アスキュー（一七二二―一七七二）。ケンブリッジで開業後、医学博士号を取得してロンドンへ移り、母校の嘱託医などを務めた。ダイアーはクライスツ校在学中、校医アスキューから親切にしてもらった恩を生涯忘れず、『ケンブリッジ大学と学寮の歴史』の第一巻「前置き」で受けた薫陶に感謝を捧げた。

(51) 《グライウスはジョージのラテン語形。この句はオウィディウス『哀歌』第四巻十歌五一行'Vergilium vidi tantum'のもじり。五一―五二行を試訳すると、以下の如し。「ウェルギリウスを我は見しのみ。無情なる運命は/ティブルスと友誼(ゆうぎ)を結ぶ時をも我に与えざりき。」》(南條註)

婚礼

(1) ホールウォードとヒルによれば、『テンペスト』第四幕一場のファーディナンドの台詞、「わが胸に積もる白く冷たい処女雪が/熱情の焰を冷ましてくれます」(五五―五六行)への引喩。

(2) 「バトル夫人のホイストに関する意見」の夫人のモデル、セアラ・バーニー(一七五八―一八三二)の夫で海軍提督のジェイムズ・バーニー(一七五〇―一八二一)。その娘セアラは、ペル・メル街で書籍商を営む従兄弟ジョン・トマス・ペインと一八二一年四月に結婚した。

(3) 石田憲次は「従姉J――」と訳し、花嫁の付き添いのように考えているが、結婚相手の「従兄」に「手を取られ」て式場の教会に入ったとする平田禿木訳の方が自然だと思われる。

(4) 英語の forester は森の住人という意味なので緑の服装はふさわしいのだが、実際にそのような姓の姉妹が花嫁の付き添い役を務め、緑の服を着ていたのかどうかなどは不明。

(5) 《古代、神々に犠牲として捧げる獣は白い獣だった。『アエネーイス』第五巻二三五行以降参照。「おお大海を統(す)べたまい、わたしがその海行くことを、/許したもう神々よ、わたしは進んでこの浜に、/神々のため祭壇の、み前に輝く雪白の/牛の犠牲を誓います。」(泉井久之助訳)》

（南條註）

(6)　ローマ神話における処女姓と狩猟の女神ディアーナ（ギリシア神話のアルテミス）に付き従う乙女（ニンフ）たちは森に住まうことに引っかけた言葉遊び。この箇所は、「除夜」の註(14)で触れた『ヘンリー四世第一部』第一幕二場のフォールスタッフの台詞への引喩。

(7)　ホールウォードとヒルによれば、シェイクスピア『終わり良ければすべて良し』第一幕一場で処女姓を守り通す愚かさを熱弁するペーローレスの台詞、「それは、冷たすぎて／連れ合いには向かない。さっさと捨てなさい！」（一二九―三〇行）を踏まえている。

(8)　《アガメムノンとクリュタイムネストラの娘。アガメムノンはアルテミス（ディアーナ）に捧げられた牡鹿を殺して女神の怒りを買い、その怒りを和らげるためにイピゲネイアを生贄（いけにえ）にしようとする。女神は不憫（ふびん）に思って彼女を救い、自分の神殿の祭司にする。》（南條註）

(9)　こうした傾向をラムが自覚していたことは、一八一五年八月九日付ロバート・サウジー宛の手紙（「ハズリットの結婚式に出席した時には、式の間に何度も危うく退席させられそうになった。何であれ恐ろしいことを見ると笑わずにいられない」）、及び、一八二七年七月十九日付P・G・パトモア宛の手紙（「僕は葬儀に行ってきたが、そこで駄洒落をかましたところ、他の弔問客全員が肝を潰していた」）からも分かる。

(10)　通風のため娘の婚礼に欠席した提督だが、この後、二〇六ページでは立派な鬘をつけて晴れの席にいる。教会での式の後、朝食会は自宅に場所を移して行なわれたようだ。

(11)　聖ミルドレッド教会は、一八七二年までは確かに、聖ポール大聖堂の東、チープサイドと英蘭銀行をつなぐ家禽通りにあったが、この時の式場はここではなかったようだ。

(12) 《この個所の原文 tristful severities は、テレンティウスの 'tristis severitas' を逐語的に英語にしたものである。》(南條註)

(13) 『ロンドン雑誌』版では頭文字でなく、「ターナー嬢姉妹」と実名が入っていた。ホールウォードとヒルは、王立外科医師会会長を務めたオノレタス・リー・トマス(一七六九—一八四六)の娘たちとしている。

(14) 前三世紀頃に書かれたとされるインドの動物寓話集『パンチャタントラ』の語り手。ビドパイとも呼ばれるが、固有名ではなくサンスクリット語で賢者を意味する語の転訛したもの。六世紀以後アラブ世界を始め各国語に訳され、最初の英訳は一五七〇年に出た。

(15) 原文は in fine wig and buckle。既訳では、「立派な鬘を被り、靴には飾りの控子をつけてゐました」(平田禿木訳)、「ちやんと癖直しをした立派な鬘を着けてゐた」(石田憲次訳)となっているが、禿木訳の靴の留め金は苦し紛れの訳。おそらく 'buckle' は、オックスフォード英語辞典で、一七九〇年の用例を最後として、ラムが成人する頃には廃語となっていた定義三「縮れた巻き毛」の意味だと思われる。十六世紀から十八世紀までイギリスの貴顕たちは時に肩まで掛かる長い巻き毛の鬘を被っていたが、一七九五年に鬘に振りかける白粉に税金が掛けられたことから急速に廃れていく。しかし、この婚礼が行なわれた十九世紀初頭には、冠婚葬祭などの改まった場での晴れ姿としてしっかりと縮れた巻き毛の鬘を被る習慣がまだ辛うじて残っていたようだ。石田訳の「癖直し」は、癖毛を伸ばして直すという日本語の通常の連想と反対に、櫛や鏝を使って蔓本来の縮れに戻すことだとすればその通りである。

(16)『リチャード二世』第五幕二場二三―二五行にある王の叔父ヨーク公の台詞から、最初の二行の順番を入れ替えての引用。

(17) 提督はこの結婚式が執り行なわれた一八二一年にホイストに関する九十ページ弱の随筆を出版するほど、この遊戯に入れ上げていた。

(18)『ロンドン雑誌』版では、この段落の後に小休止を示す短い線が引かれていた。

(19) バーニー提督は四月の結婚式後、同年十一月に亡くなっており、発表時点では間違いなく、また、執筆時点でもおそらく事実に反していたが、ラムは敢えて事実を曲げて書いたと思われる。

(20) チェス盤上で赤黒各十二の駒を用いてする挟み将棋に似た遊戯。日本ではアメリカでの呼称チェッカーで知られている。

(21)《この言葉はホラティウス『書簡詩』第一巻十二歌十九行、およびオウィディウス『変身物語』第一巻四三三行にも使われている。》(南條註)

(22) 嫁いで家からいなくなったバーニー提督の娘は、註(2)で述べた通り母親と同じ名前のセアラであるはずだが、提督の名を伏せ、式後の消息を改変することと並んで、娘の名を変えることもやはり、ラムによる意識的な虚構化の一環をなす。

(23)「H――シャーのブレイクスムア」の註(11)で触れた、ラムお気に入りの形而上派詩人アンドルー・マーヴェルの「アプルトン屋敷を歌う」第九三聯からの引用。詩人が住み込みで家庭教師をしていた議会派将軍トマス・フェアファクス卿の娘で、執筆当時まだ十二、三歳のメアリ(詩の中ではマリーア）がやがて嫁ぐ日を予測して詠う箇所で、その趣旨を汲み取るために少し前から引用すると次のようになる。「宿り木の若枝の如く／フェアファクスの樫の木の上に育つ。／そこから、何か全人類的な幸福のために、／やがて司祭がその神聖なる蕾を摘み取る定め。／それを喜ぶ両親は嬉しいことこの上なく、／己が運命を己が選択となさん。」（七三九―四四行）。親としては、娘の婚礼という頭上に降りかかる運命を、自ら選択したものとして引き受けるほかはない。フェアファクスがそうなら、提督もそう、いずれ養女エマ・イゾーラを手放さなければならないラムも例外ではない。

古陶器

（1） オペラ『アルタクセルクセス』とお伽芝居（パントマイム）『ハーレクインの闖入』。「初めての芝居見」の註(17)と(21)を参照。

（2） 西洋絵画の遠近法を知らないため、遠くの人物を相対的に小さく描くことはない。この後の悠揚たる絵の描写を読むと、ラムは中国絵付師の技術的拙劣さを蔑んでいるのではなく、むしろ、杓子定規な論理の世界から解放された大らかな東洋的自由の息吹を新鮮に感じているようだ。

（3） 原文の Mandarin は清朝時代の上級官吏を指し、清代に作られた陶磁器にその姿が絵付けされて、ヨーロッパでマンダリン磁器として知られた。

（4） おそらく纏足であることを暗示している。

（5） 「蘇レル友」の註(12)を参照。

(6)　原文 hay は蛇行したり、円を描いたりして踊る古いカントリーダンスの一種。ここでは、絵の中で事物をそのような形に配置しているということ。

(7)　中国安徽省で産出される緑茶で、雨期前に摘む若葉は上等とされ「雨前」の名がある。味が濃くて刺激的なため、ラムの頃には既に紅茶と混ぜて薄めて飲むのが習慣になっていたという。

(8)　《この言葉はホラティウス『詩論』一四四行に見える。》(南條註)

(9)　「バトル夫人のホイストに関する意見」を皮切りに、既に何度も登場した従姉ブリジェット・エリアは、実際にはラムの姉メアリ。

(10)　ホールウォードとヒルによれば、一瞬現われる憂鬱の影の意味で、『マクベス』第三幕四場、宴会中に亡霊の姿を見て取り乱したマクベスが夫人に向かって取り繕う台詞、「夕立雲のように覆い被さってきたのだ、／驚かずにいられるものか」(一一〇—一一一行)を踏まえている。

(11)　ここから始まるブリジェットの直接話法は、この後、「嬉しい望みもないんです。」までの七段落に渡って続く。引用符による直接話法が並外れ長いのは本篇の大きな特徴である。

(12)　ラムの着用した服の変遷の詳細は省略するが、「婚礼」(二〇五ページ)で「もう長いこと黒服を普段着にしている」と述べている時代の前は、茶色の服を長く愛用していたようだ。

(13)　劇場街グレート・ラッセル通り十九番地にあった古本屋。一八一七年十月から二三年七月まで、ラム姉弟は隣の二〇—二一番地にあった金物商あるいは真鍮細工商オウェンの店の二階に住んでいた。本篇を書いているのはこの時代の最後に当たる。「人間の二種族」の註(27)も参照。

(14)　フランシス・ボーモント(一五八四—一六一六)とジョン・フレッチャー(一五七九—一六二

五）はイギリスの劇作家で、『フィラスター』（一六〇九頃）、『乙女の悲劇』（一六〇九―一一頃）など七篇の戯曲を共作した。フレッチャーにはシェイクスピアとの共作『ヘンリー八世』（一六一三）もある。

（15）「蘇レル友」で事件の現場となったラムの「我が茅屋（ぼうおく）」の所在地だが、姉弟がここに住んだのは註（13）のラッセル通りから転居した一八二三年から二七年までなので年代的に合わない。イズリントンのすぐ西隣にあるペントンヴィルのチャペル通りに住んでいた時代のことだと思われる。一七九六年九月に姉メアリが母親刺殺事件を起こした後、家族は年内にその通りの四五番地に転居したが、メアリは事件後精神病院収容を経て、看護付き下宿に住んで家族とは別居しており、弟ラムと再び同居するのは一七九九年四月に父が亡くなった後、チャペル通り三六番地に移って以降。ここには翌年六月まで住んでいたので、その約一年間に本の購入がなされたことになる。クライスツ校を卒業して約十年後、ラムは二十四、五歳の若い盛りだった。

（16）「除夜」（五二ページ）でも、「わが二折り判の書物達よ！　私は（腕にひと抱えもある）君達を抱擁する無上の喜びとも別れねばならないのだろうか？」と大判書籍への偏愛を語っている。

（17）「濃緑」の原文 corbeau は大鴉（raven）を意味するフランス語からの借用語で、服地業界において黒に近い暗緑色を表わす。

（18）ダ・ヴィンチの絵を元にしたイタリア人版画家アンジェロ・カンパネッラ（一七四八頃―一八一五頃）の『謙遜と虚飾』で、擬人法によって女性の二面性を描く寓意画。姉メアリは一八〇四年のソネットで、「謙遜」を「尼僧院長」、「虚飾」を「色白夫人（ブランチ）」と呼んで対峙させている。

(19) トラファルガー広場とペル・メル通りを繋ぐコックスパー通りにあった版画商の店。ミラノ出身のポール・コルナーギ（一七五一―一八三三）が、一七八五年にパリの器具製造業兼書籍商のロンドン支店を任され、版画の扱いに特化し国王の愛顧を受けて王室御用達となった。

(20) いずれもロンドンの北の外れに位置し、当時は遠足や散歩に適した田舎だった。エンフィールドは現在の大ロンドン首都圏の最北にある自治区。「蘇レル友」の註(22)も参照。ポッターズ・バーはその西側に位置し、ハーフォードシャーの最南端。ウォルサムは、エンフィールドの南東に接するロンドンの自治区ウォルサム・フォレストを指し、区内にエッピングの森の一部を含む。

(21) 『釣魚大全』はラムの愛読書。「人間の二種族」の註(39)、「除夜」の註(19)を参照。ハーフォードシャーを流れるリー川はテムズ川支流の一つで、「蘇レル友」ほかに登場する人工河川新川の源流。「鱒御殿」は、第一部二章で釣師が「いつでも素晴らしい道連れとなる釣り人がいる」と他の二人を案内する立派な宿。

(22) イギリスの劇作家ジョージ・コールマン（子）の歴史劇で、それぞれ一七八九年、九一年の作。前者は薔薇戦争中のヨーク方が勝利を収めた戦いを、後者は百年戦争初期のイギリス方勝利の戦いを描く。「恩給取り」の註(2)も参照。

(23) 有名な伝承的歌謡をトマス・モートン（一七六四―一八三八）が翻案して作った二幕物ミュージカルでラムのお気に入りの一つ。原作については「夢の子供達」の註(3)を参照。翻案が大きく異なるのは、改心して子供を救う悪党の一人に大工のウォルターという名が与えられて主役になり、最初から命令に背いて子供たちを救う決心をしている点、子供たちのお守り役としてジョゼフィーンという役が新たに加えられ、悪漢の叔父に言い寄られながら最終的に恋するウォルターと結ばれる点、最後に、原作では死んでしまう両親が生きて戻り、子供たちを死ぬ寸前で救ってめでたく終わる点である。

(24) イギリスの俳優ジョン(ジャック)・バニスター(一七六〇—一八三六)は、ドタバタ喜劇役者としては当代一と言われた、ラムお気に入りの役者の一人。イギリスの女優マリア・ブランド(一七六九—一八三八)は、旧姓ロマンジーニ、ユダヤ系イタリア人の両親に連れられて生後すぐイギリスに移住して歌手となった。『森の子供達』のロンドン公演(一七九四)では、それぞれウォルターとジョゼフィーンを演じ主役を張っている。

(25) 『お気に召すまま』の男装の女性主人公とその舞台。

(26) 『十二夜』の男装の女性主人公とその舞台。

(27) 『釣魚大全』の続篇執筆に協力したことでも知られるイギリスの詩人、翻訳者チャールズ・コットンの詩「新年」から。「除夜」に全詩行が引用されており、その末尾近くの「新客」をここでは「来る客」に置き換えている。いずれにせよ客は新年のこと。「除夜」の註(19)を参照。

(28) 『リア王』第三幕四場でリアが嵐の中で今まで苦労知らずだったことを恥じて漏らす独白、「わが身を晒して惨めな者らの感ずるままに感ぜよ、/余分なものを連中に分け与えられるように」(三四—三五行)への引喩。

(29) 《リュディア王国最後の王。ペルシアとの戦いに敗れ、捕虜となった。莫大(ばくだい)な富の持主とし

て知られていた。》（南條註）

(30)　ネイサン・メイアー・ロスチャイルド（一七七七―一八三六）。ドイツのフランクフルトにロートシルト財閥の祖マイヤー・アムシェルの三男として生まれ、後にイギリス分家の祖となったユダヤ人銀行家。政府の代理商人として反ナポレオン同盟諸国に軍資金を貸し付け巨万の富を得て、一時は世界一の金持ちと言われた。

解説　エリア随筆の微妙な世界

藤巻　明

はじめに

チャールズ・ラム『エリア随筆』について、平井正穂は自らの抄訳の解説で、「簡単に『分る、よく分る』などといえた義理ではない、或る微妙な世界がそこにある」と指摘し、年の瀬を迎えて昔を振り返ってばかりいる「除夜」や、結婚して二人の子どもを設けたという家族幻想から現実へ引き戻される「夢の子供達」の中に、「病的なものに近い何か」、「鬱々として抑えきれない複合観念（コンプレックス）」を感じ取っている（一九四―九五）。平井が指摘する『エリア随筆』の「微妙な世界」とは一体何か。それに答えを出そうと試みることをもって本書の解説に代えたい。

一、借り手への羨望

平井が「非常に微妙な問題」の一例として挙げるのは、「人間の二種族」における虫食い本棚である。ジョン・ウェブスターの『白い悪魔』が持ち去られてできた穴を見てエリアが尋常でない悔しがり方をするのは、「一冊の本が書架から消えたという単純なことではない。恋する女を友人にとられてしまった」のに等しく、そこには「現実と幻想との幽玄な交錯」が存在するという(一九四)。金と書物の両方において存在する借り方と貸し方という二種族のうち、あっけらかんと人のものを借りて恥じることのない者たちのある種の高貴さを持ち上げつつ、常に貸し方である自分のような人間のせせこましさを卑下するのがこの作品の大筋である。

前半部の金の借り手の代表レイフ・バイゴッドは友人ジョン・フェニックの偽名だが、これは、ジェラルド・モンスマンによれば、「ラム自身の兄ジョンをある程度反映している」(『告白』一一二)。伝記的事実や「私の近親」、「夢の子供達」などを参照すると、変わり者の兄を愛おしく思ってはいても、容姿の立派さから兄弟中ただ一人母親に可愛がられ、家族を顧みずメアリの看病を弟に任せて勝手気儘に生きた兄を妬ましく思う気持ちがあったことは否めない。ただ、ラムがこの作品を執筆する頃には相当の高給取りになっていたという事情からか、金銭面では余裕のある態度が取れたと推察され、あまり嫌みは感じられない。金の借り手は、「もっと恐ろしい徴発者」(本書四一)、本という知的な財産の借り手の前奏曲にすぎない。

本を借りていくのはC、すなわちサミュエル・テイラー・コールリッジである。「所有する資格は、要求者がそれを理解し、鑑賞する能力に正比例する」(本書四二)という屁理屈をこねて堂々と本を持ち去っていく様を、面白おかしく紹介している。だが、持ち去られる本の描写がこれほど長いと、さすがにその底には相当の恨みがあるのではないかと思われてくる。実際、モンスマンは、書棚に空隙ができることに対してエリアは「根深い不信」を持っており、「空隙が両親も、妻も、子どももいないエリア=ラム自身の孤立の強力な象徴であることは明らかだ」(『告白』一一九)と家族の不在の問題にまで広げて解釈する。しかし、結局のところ、Cに貸した本は返ってくるのであり、しかも、余白への貴重な書き込み入り、言わば利子付きで戻る。そこで、エリアとしては、貸し渋るのがよいが、どうせ本を貸すなら「S・T・Cのような人に貸したまえ」(本書四四)と、一見すると鷹揚な態度で話を締め括っている。

だが、本当に笑いを誘うめでたい終わりなのだろうか。欠落の追及のしつこさや、イニシアルや偽名(カンバーバッチ)にせよ敢えてコールリッジの名前を挙げていることなどを考えると、この作品にはやはり友人への微妙な思いが込められている。クライスツ・ホスピタル校の同級生であるラムとコールリッジは同年に没するまでごく一時期の不和を除いて、生涯に渡る友情を育んだ。卒業後、ケンブリッジ大学へ進んで詩人として先に名をなしたコールリッジは、自分の詩集にラムの詩を掲載する思いやりを見せた。これに対して、事情から大学に進むこともできず、結局詩人として名をなすこともなく、四十代半ばを過ぎて漸く随筆家としての本領を発揮し始めたラム。自由気儘に詩人として生きた友人に対して、精神の病を抱えた姉の面倒を見るため、会社勤めをしなければならない自分。おまけに、兄を失った後自分には姉以外の身寄りがないのに、結局家族を棄てたとはいえ、友人には妻と三人の子どもがいる。そのような比較から妬みのような感情が生まれても不思議はない。

『白い悪魔』の女主人公ヴィットリア・コロンボーナを恋敵に奪われたという形で描いているところにそのような不吉な底流を察知した平井は、微妙な世界の一例としてまず挙げたのではないか。コールリッジとラムの諍いとしては、前者の詩「この菩提樹の木蔭はわが牢獄」で、「わが心根優しいチャールズ」と三度も連呼したことについて、一八〇〇年にラムが激しい抗議の手紙を二通も送ったことがあり(一:一九八、二〇三)、そこにも相手が自分を格下だと見なして、勝手な役割を押しつけてくることへの反発が見られた。コールリッジとはずっと友人だったが、心の奥にはそうした遅れてきた者の先行者への敵愾心のようなものが抜きがたく存在していたことは間違いない。自らを貸し手側に組み入れているのは被害感情の表われなのだ。

二、双面のヤヌス

次に取り上げる問題は、エリア随筆を書き始めた時にラムが既に四十代半ばに達していたこととも関係するが、過去への眼差しである。「休暇中のオックスフォード」で、サー・トマス・ブラウンの述べた、本来双面のはずが未来ばかり見ている隻面のヤヌスを逆手にとって、過去ばかり見ている隻面のヤヌスが自分たちであると宣言している。幼い者がブラウンの言うように未来しか見ないとすれば、年寄りにとって未来は無、過去が全てなのかもしれない（本書二九）。また、確かに、「南洋商会」、「初めての芝居見」ほか、代表作のほとんどは何らかの形で過去の回顧を主題としている。ラムにおける後ろ向きの姿勢は重要なものであり、友人の批評家ウィリアム・ハズリットも、「時代精神への順応ではなく抵抗」（四一〇―一一）がラムの特徴だと指摘していた。

しかし、いつも回顧ばかりしているように見えながら、実際にはそれが自分の境遇を含む現在と現代への批判と通じているという側面があることを忘れてはならない。橋泰来は、「過去に思いを馳せることは、現在未来をも含めての時間の意味を、把握する契機でもある。回顧はかならずしも退嬰でない」と断わった上で、「過去も未来も、ここに集まりここから発する現在、という瞬間の場に立つ Janus——その Janus のイメージに、みずからのイメージを重ねて、そこに生命の刹那と永劫を凝視しようとしたラム」(八一九)の「思念」のうちに、一九六〇年代当時流行した「実存主義」の傾向を読み取っている(六二)。モンスマンもまた、「首都に於ける乞食の衰亡を嘆ず」の下肢を失った乞食、「子供の天使」の跛行など、エリア随筆に頻出する身体的損傷のモチーフに引きつけて、「実存的孤児性」は「完全には克服不可能な実存の事実」(『告白』二二)との指摘をしており、ラムの著作に実存する社会との対峙を見ることは決して的外れではない。

ジェイン・アーロンもフェミニズムの立場から、子供時代を回想するラムの随筆は、「勤勉、競争、自制に身を捧げるべきだとする男性的役割への新しい要求に対する巧妙な攻撃」であり、「新しい一連の『男性的な』功利主義の価値観」に取って代わられた幼年時代の至福の時間の象徴が、「イナー・テンプルの昔の評議員達」で喪失を嘆かれる日時計だったと腑に落ちる指摘をしている。女性の時間は男性的な時間を計る時計ではなく、人間的な日々の必要性と結びついていたとして、性差による時間感覚の差異化を行ない、当時多くの人が持ち始めた腕時計を「チャールズ・ラムは決して着けなかった」という注目すべき事実をも教えてくれる(五五―五六)。

小池滋もやはり『エリア随筆』の同時代との関わりを鋭く見て取り、「まさに時代のアクチュアルな問題をなまに含んだ、煮えたぎったボウルなのである。オツにすました茶の湯ではない」(三九九)と言い切っている。小池によれば、エリアの十八世紀の技巧的な喜劇への追憶も「単なる懐古郷愁」ではなく、「芸術の中に、遊びの要素が稀薄になってきたことに対する抗議」であり、バトル夫人がホイストに向かう真剣な姿勢は、「幻影」、「芝居」にすぎないカードという意識が裏にあるからこそであり、それを失ってただ「真面目が大切」に向かって雪崩を打つことへの警鐘なのである(三九六―九七)。

茶の湯に引きつけて言えば、随筆中の最高傑作に推す人も多い「古陶器」は、延々と続く初老の独身姉弟の茶飲み話のようだが、実際には貧しくとも希望のあった過去への懐旧の思いを通して、若さと老い、貧乏と富裕の両方を経験して初めて獲得できる普遍の人間的真理への洞察を、小池の言葉を借りればアクチュアルに語っているからこそ、ウィリアム・ワーズワスを始め多くの読者にあれほど深い印象を残したと言える。この話は、戦後高度経済成長が頂点に達した後、行き場を失った二〇世紀転換期前後の日本の寓話としても読むことが可能であり、いつの時代でも人生の真理に触れた佳品として読み継がれるはずだ。

再び小池の卓見を引けば、「悟りきった心境に達して、もっぱら隠遁閑居と過去の回想に浸るばかり」とは「正反対の人間がラムであり、まったく異質な世界が『エリア』なのだ(三九四)。枯淡の味わいなどではなく、現実の生々しさを失わないテクストと言えばよいだろうか。立場は異なっても優れた論者の多くが認識しているように、ラムの懐旧が過去だけを目的としたものではなく、現在への照り返しを伴うものだということは留意しておくべきだ。照れ隠しのように自分は後ろ向きの隻面といいながら、やはり、ラムは過去と現在の両方を見据える双面のヤヌスだったのである。

三、産業資本主義と効率優先の社会

そのようなアクチュアリティを含む著作は、アーロンの指摘に見た通り、産業革命の結果生まれつつあった産業資本主義社会に違和感を覚えれば、それを表明することを躊躇わなかった。小池は、南洋商会が「バブル」という経済現象の元祖であり、「社会・経済の情勢が大きく変ってきた時代にラムが生きていた」事実を見落とさない(三九八)。

「書物と読書に関する断想」では、近代経済学の祖アダム・スミスや人口論のロバート・マルサスなど、資本主義の発展と関係のある学者の書物は唾棄され、「懐かしいマーゲイト通いの船」の羽振りのいい株屋たちへの侮蔑も隠しようがない。「恩給取り」では紡績工場が呪詛され、「新年の成人祝い」にはスモッグへの警告があり、産業革命によってもたらされた新しい世界にラムが批判的な目を向けていたことは間違いない。

「首都に於ける乞食の衰亡を嘆ず」で物乞いや浮浪者たちの囲い込みにラムがあれほど強く反対したのは、アーロンが言うように、それが「潜在的な労働人口を最大化する試み」であり、「脅しても罰しても、新しい労働精神の厳しさを強制的に受け入れさせることのできない狂人」は隔離して、「ただ怠惰や嫌気のせいで失業していると見なされる者に対する再教育」に悪影響を与えないようにすることを目指していたからだった(二〇〇)。ラムには、生産と効率を優先する産業資本主義社会の趨勢自体への反発があったに違いない。しかし、同時に、吃音で簿記が苦手なため東インド会社では平の会計事務員から出世することなく、勤務中に暇を見つけては手紙や随筆を書いていたらしいラム自身も、能率優先の社会で生き難い思いをしていたという個人的な事情とも無関係ではなかった。

また、そもそも姉メアリは自分が一生面倒見ると法廷で宣誓しなければ、精神病院に閉じ込められたかもしれないという苦渋の体験も、隔離政策への反発の奥底に潜んでいたと思われる。ラムは、母を刺殺する惨事を経て姉が漸く自分のもとに戻って一緒に暮らすことができるようになった後の一八〇〇年五月に、われわれは近隣から「札付き(marked)」の存在と見なされているので、匿名性を獲得できる都会の中心にしか住めないと二回に渡って書簡で漏らしている(二:一八八—九〇)。事件を起こした姉と同様、自分にも精神病の血は流れており、実際、一七九五年には失恋の苦悩により精神に異常を来し、年末から翌年にかけて六ヶ月精神病院に入院した。姉を看病する役回りではあったが、自分もいつまた患者となって社会の不適応者として隔離されてしまうか分からない不安を抱えていた。

乞食の囲い込み反対には、単に「奇観であり、名物だった」(本書一四二)都会の風物がまた一つ消える寂しさという感傷的な理由だけでなく、自己認識をめぐるそうした複雑な事情が背後に潜んでいたのである。

四、自己の矮小化と拡張の逆説

社会的適応性とは別に、ラムの文学的な自己評価の自己矮小化傾向を指摘するのは、トマス・マクファーランドとアン・ファディマンである。マクファーランドによれば、ラムはコールリッジとワーズワスに対して、「役立たず」だった父と兄の「代理」を求めていた節があり、二人の作品に対する批評は忌憚なく行なったが、「対峙と支持の喪失を避けようとする」注意深さがあったという。特に、「知的な面での分身(*alter ego*)」でもあったコールリッジに対して遠慮があり、「魔女その他夜の恐怖」で「夢と夢想に対して関心を示す規範的なロマン主義の権利」を放棄して友に委ねたように、ラムは「小さな散文の中へと退行し」、コールリッジに「詩の究極の大きな世界を投射した」(三八―四六)。これはラムにとっては耳の痛い指摘だが、完全に否定するのは難しい。

ファディマンは、一八一八年の二巻本ラム著作集でコールリッジに捧げた第一巻の献辞において、「樹液が(そんなものがかつて少しでもあったとして)言わば干上がり死滅したので、第二巻で僕は「散文と批評へと縮み込む」(『二巻本著作集』一：献辞六)と予告する一節に、ラム自身による自己矮小化の証拠を見出す。しかしながら、このように友人との対比の上で行なわれた「縮小」が、実際には「奇跡的な拡張であった」と続け、この後に散文によって『エリア随筆』という傑作が書かれる逆説に触れる(三九―四〇)。マクファーランドもまた、皮肉なことに大きい詩の世界を選んだコールリッジは叙事詩を書くことができず、ラムは小さな散文の世界でエリアという叙事詩を書くことにある意味で成功し、「ラムの精神的遍歴（オデュッセイア）の記録」は、「ホメロスの叙事詩」、「オデュッセウスの旅の記録」に匹敵するとまで持ち上げている（四六）。自己矮小化傾向の指摘をした二人が揃って、このような逆転に触れているのは興味深い。

コールリッジへの負い目をラムが感じていたことは、既に「人間の二種族」との関連でも言及したが、ラムの内面に分け入ろうとするとやはり避けられない。「魔女その他夜の恐怖」でコールリッジほかの詩人に夢見の能力を譲っていることは自己卑下の一環として触れた。しかし、この点についてモンスマンは、「幼年時代の恐ろしい夢を成人後の散文的な夢と置き換えることで、崖から転落するのを防ぐ自己療法」だったと異なる見方を示す。夢の放棄は友人への謙譲から生じたのではなくむしろ自発的な忌避行為だったということになるだろうか。理性による制御の働かない夢見は狂気と結びつくものであり、モンスマンの言う「夢の叙事詩的『壮大さ』を誇示する」作品、例えばトマス・ド・クインシー『阿片服用者の告白』やコールリッジ「忽必烈汗（クーブラ・カン）」を書くことは避けたいという思いがあった（『ラム』七〇）。

それが詩ではなく散文を書くという意識的選択につながる。狂気と通じかねない大きな夢見を拒絶すれば、小さい方の散文しか選ぶすべがなかったとも言える。しかし、結果的に、大きい世界を選んだコールリッジが想像力に翻弄されて有り余る才能を浪費した一面があったのに対して、小さい世界を選んだラムは地道に書き継いで散文による叙事詩を完成させるという逆説が生じたのは皮肉な成り行きだった。

五、虚実綯い交ぜの織物

このように近親や友人との関わりを含め、きわめて複雑な心理的事情を抱えていたラムは、随筆を書こうとしても、全てが自分についての真実であるとして世間に曝すことはできない。この点を、『エリア随筆』の完訳を最初に成し遂げた平田禿木は、「虚実うちまぜて、『詩と真実』という風に、様々な『ぼかし』の手を用ひ」ると巧みに表現した(六)。奇抜な犯罪捜査の比喩を用いて鮮やかに表現しているのは小池である。「エリアとラムはお互いに居留守の使いっこをしたり、仮面をつけ合ったり取り換えっこしたり、実に巧妙かつ狡猾な手を使って逃げまわっている。アリバイのトリックによる偽装工作である。」(三九六)

『エリア随筆』が虚実綯い交ぜのテクストであることについては、既に国書刊行会版の解説ほか、複数の箇所で述べているので詳しくは繰り返さないが、ラム自身がその事実を認めていたことを簡潔に指摘しておきたい。まず、ラムは「自分が嘘ばかりつく人間(a matter-of-lie man)であることを評価して」いると公言し(リー・ハント 二:二二二)、続篇「序」では、随筆家が「自分自身の上に他人の嘆きや愛情を織り込み、撚り合わせること」は、小説家が「己のことを語る主人公や女主人公を終始小説に持ち込む」のと何ら変わりがなく、なぜ随筆だけが非難されなければならないのかと反論している。極めつけは、「南洋商会」が活字になる直前に、当時オーストラリア在住の法律家の友人バロン・フィールドに送ったこの作品の趣意書とも言える手紙の一節だ。「君のところにまもなく、虚実綯い交ぜの織物を届ける。そこに綴じ込まれた紙は大層微妙なもので、虚実の仕切りが全く見えないため、君は帰国するまで頭を悩ませ続けるだろうが、[帰国しても]説明なんかしてやらないよ。」(二:二八二)執筆開始時点から、ラムは虚実の狭間で戯れて読者を幻惑し出し抜こうとさえしていたことが分かる。

ラムによる虚構のうちでも、特に、家族についてファディマンが注目に値する指摘をしているので紹介しておきたい。「自伝的でありながら、幾つかの決定的に重要な点については嘘っぱちである」として、兄姉は従兄姉に代わり、従姉は「もちろん狂人でも殺人者でもなく」、「母親は決して言及されず」、父親さえも「エリアと何の関係もないラヴェル」に変えられている。しかも、ラム自身は気に掛けていた親戚をエリアは邪魔者扱いする。しかし、「このような治療的なごまかしによってのみ、ラムの想像力は自分の家族の行き詰まるような桎梏から自らを解放することが可能になったのだ」(四〇)と。両親が召使いという社会的地位、狂気の血筋、退職後の父の衰弱、母親の長男偏愛と娘との不和、滅び行く家系など、ラムにとって家族問題が最大の重荷だったことは間違いなく、これを何らかの形で隠蔽する必要があった。『エリア随筆』に頻出する偽名は面白半分に付けたものではなかった。

平井は修辞疑問を発している、「エリアはチャールズ・ラムではない。しかし、エリアというペルソナのなかに、仮面の中に、虚構の中に、ラムの本当の姿があったのではないだろうか?」(一八九)と。もちろんその通りである。ラムはエリアの仮面を得て初めて、自分の思いの丈を書くことができるようになったのだ。

終わりに

ファディマンは、「メアリが母を殺さなかったら」、また「ラムが事務員として会社勤めを強いられることがなかったら」、エリア随筆は生まれなかったと言い切る(三八)。姉の事件がその後のラムの生涯の軌道を決めてしまい、その結果東インド会社勤務を続け、その束縛の中で書かざるを得なかった状況こそが、コールリッジやワーズワスの崇高な詩とは違う散文による傑作を生み出したのは間違いない。一八二五年の東インド会社退職後ラムには九年の歳月が残されていたにもかかわらず、その間に優れた随筆を残さなかったことに触れて、ファディマンは「ラムとエリアは同時に引退した」と巧みに表現している(四一)。

もちろん、これは偶然の一致などではなかった。退職して時間を持て余したラムは、以前のような会社勤めの束縛の中で時間に追われていたからこそ可能だったかもしれない、自己抑制の効いた研ぎ澄まされた文章を書くことができなくなったのだ。退職と同年の一八二五年に『ロンドン雑誌』を去った翌年『新月刊雑誌(ニュー・マンスリー・マガジン)』に連載し、書籍版続篇に収録した「巷間謬説集(こうかんびゅうせつしゅう)」の無残な出来を見ればそれは明らかだ。そこに見るのは、残念ながら、盛期エリア随筆の奥ゆかしさとは無縁の「尊厳の複数(ロイヤル・ウィ)」の一人称語りで尊大に放たれる箍が外れた老人の繰り言である。

平井もまた、大学に進学して詩人たちと同じような生涯を送っていたら、『エリア随筆』は生まれなかったと推測し、「この傑作は、ロンドンという町の、市井の人の書いた市井の文学であり、高邁な、或いは崇高な象牙の塔から生まれたものではなかった」(一九八)と、おそらくは会社勤めが与えた影響にも暗に触れて述べている。湖水地方など田舎の雄大な自然を背景としたものでなく、ロンドンの雑踏を舞台にした都会の文学である点もこの随筆の際立った特徴である。

さて、この解説が『エリア随筆』の「微妙な世界」の輪郭を浮かび上がらせることができたかどうか、本随筆抄を読んでご判断戴ければ幸いである。

＊

付録
チャールズ・ラム「自伝的素描」

平井正穂は、この随筆の「迫力」と「ラムの内なる複雑な世界」をいっそう切実に受け止めるためには、ラムの経歴を知る必要があると述べている（一九六）。以下にラム自身による自伝的な素描を掲げて多少の補足を加え、その手がかりとしたい。

チャールズ・ラム、一七七五年二月十日イナー・テンプル生まれ、クライスツ・ホスピタル校にて教育を受け、後に東インド会社会計事務所の事務員となり、三十三年に及ぶ勤務の後年金を給付されて一八二五年退職、現在は悠々自適の紳士、その人生におて特に思い出し得ることといえば、かつて飛翔する燕を摑まえたことあり（*teste suâ manu* ソノ手ニカケテ誓ウ）。身の丈平均を下回り、顔つきは幾分ユダヤ人的なれども、宗教的信念においていささかもユダヤ的色合いはなく、どもること甚だしく、それゆえ己が折節の会話を発するに当たり、しかと組み立てられた人のためになる演説よりもむしろ、奇妙なる警句あるいはお粗末なる地口こそふさわしく、その結果、常に機知を目論む輩と誹謗され、その件で咎め立てする退屈な朋輩に向かって曰く、退屈を目論むもとこれと大差なからんと。少食なれど少飲ならず、西洋杜松の実の産物［ジンに添えて使う］への偏愛を隠さず、かつては煙草の猛烈なる飲み手なりしものの、今や時たまふと煙を吐くのみの休火山なり。大衆に押しつけた廉で罪に問われたものの名を挙げれば、ロザモンド・グレイと呼ばれる散文物語、ジョン・ウッドヴィルと名づけられた劇的素描、煙草に別れを告げる賦、その他諸々の詩と軽々しい散文類、これらを薄き八折判二巻に纏め、仰々しく著作集との名を与えたものの、それらは手すさびにすぎず、真実の仕事はレドンホール通り［東インド会社所在地］の書棚の上にこそ見出され、百に及ぶ二折判を満たすものなり。また正真正銘のエリアにして、そのエッセイは一、二年前に出版されたる小巻中に現存し、己が本名にてかつて行ない、これから行なうことが期待できるいかなることよりもむしろ、意味もなきその名によって知られたり。また、およそ十五年前に上梓され、「シェイクスピア時代に生きた英国劇作家名作抄」と名づけられた作品にて、古き英国劇作家たちに大衆の注意を向けた趨り(はし)なり。これを要するに、詩の長所短所全てを述べようとすれば、アプコット氏の書籍の最後まで辿りついても、真実を語ることにはならず。

身罷り(みまか)しは　一八　年、大層悼まれてのことなり。

その手を御照覧、チャールズ・ラム。

一八二七年四月十日

これは、ラムが退職から二年後に、本文中に名前のある出版関係者ウィリアム・アプコットの依頼を受けて書いた「自伝的素描」であり、その後、ラムが生前寄稿していた『新月刊雑誌』一八三五年四月号に追悼文代わりに掲載された。改行箇所に、「誰でも結構ながら――この空隙を埋められんことを」と自らの没年の推測を読者に委ねるラムらしい茶目っ気のある註付きだった。(以上は国書刊行会版完訳第一巻:三一一―一二から一部手を加えての再録。翻訳は、アプコットが遺したラムの手稿をそのまま印刷したルーカス編著作集第一巻三二〇―二一に拠る。)

この素描は簡潔にしかも重要事項をほぼ漏らさずに自らの人生を記しているが、ここに出てこない出来事で最も重要なものは、一七九六年九月に起こった姉による母刺殺事件である。これについては本書註釈でも断片的に触れているが、その後のラムの人生を決定づけた重大事件なので概略を以下に示す。一七九六年九月二十一日夕方、姉メアリが精神病の発作を起こし、包丁を振り回してお針子の一人に傷を負わせ、母親を刺殺してしまう。医者を呼びに行った弟が帰宅した時には手遅れだった。兄のジョンはメアリを一生精神病院に入れることを主張したが、ラムが生涯に渡って姉の面倒を見ると当局に誓約して、漸く家に引き取ることを許される。その後は、二人で「二重の独身生活」(本書九七)を歩んでいくことになった。

そして二回の失恋である。ラムが最初に就職した南洋商会を退職した前後、ハーフォードシャーに住むアン・シモンズに恋をしたが、一七九五年に失恋し、その苦しみからラムは半年精神病院に入院した。次の相手はジョーダン夫人に次ぐと謳われ、喜劇を得意とした女優、フランシス・マライア(通称ファニー)・ケリーだった。ソネットを捧げ、新聞や手紙で盛んにその演技を褒め、姉も含めて親しく付き合っていた。一八一九年夏に思い切って求婚の手紙を出したが「率直にきっぱりと」断わられた。文中に「あなたの運命を私たちと共にする」、「私たちの友だちはあなたの友だち、私たちの関心はあなたのもの」という不穏な一人称複数形が含まれていて、姉を含めた所帯を前提にしていることが拒絶を決定づけた(二：二五四―五五)。二度目の失恋によって、結婚や家族の展望もなくなり、筆一本で名を残すほかないと覚悟ができたラムは翌年から『ロンドン雑誌』にエリアの名前でエッセイを執筆し始め、ここに漸く作家としての最盛期を迎える。失恋は長い文学修業期の終わりを告げる節目となった。

最後にもう一つ。チャールズ・ラムは、ロンドン北郊エドモントンの精神病患者向け下宿(一八三三年からここに姉と同居していた)から居酒屋へ向かう途中、躓いて転倒し顔を擦り剝き、丹毒(エラシペラス)に罹って、十二月二十七日、眠りに落ちるように安らかに死の床に就いた。享年五十九。亡骸はエドモントン万聖教会内の墓地に埋葬された。せめて姉よりも長生きして看取りたいという願いはかなわず、メアリはラムの友人たちの助けを受けて弟より十三年も長生きし、一八四七年五月二十日に他界し弟の隣に葬られた。享年八十二の長寿だった。

＊

底本など

翻訳、及び註釈の際に底本とした英語原文は一八二三年のエリア随筆正篇と一八三三年のエリア随筆続篇である。訳者と註釈者の手元に常にあったルーカス編ラム著作集第二巻、ホールウォードとヒル編のエリア随筆ほか、紙媒体、ウェブで参照できるものは参照した。本書における翻訳と註釈はそうした著作集の註、ラムの伝記、批評書の論評、および既訳を参考にしているが、文庫本という書物の性質上、出典指示は最小限に留めざるを得なかった。本書巻末「ラムの時代のロンドン略図」は、左記引用文献にあるクロード・A・プランス『チャールズ・ラム心携』の地図（三七八）に拠っている。この場を借りて、助けになった全ての先人たちに謝意を表したい。

なお、本書に収録した作品は、「南洋商会」から「焼豚の説」までの十三篇は正篇、「H——シャーのブレイクスムア」から「古陶器」までの五篇は続篇に収められている。

引用文献

Aaron, Jane. *A Double Singleness: Gender and the Writings of Charles and Mary Lamb*. Clarendon Press, 1991.

Fadiman, Anne. *At Large and At Small: Familiar Essays*. Farrar, Straus and Giroux, 2007.

Hazlitt, William. *The Spirit of the Age: or Contemporary Portraits*. Colburn, 1825.

Hunt, [James Henry] Leigh. *The Autobiography of Leigh Hunt, with Reminiscences of Friends and Contemporaries*. Vol. 2, Smith, Elder, 1850.

Lamb, Charles. *Elia. Essays Which Have Appeared under That Signature in the London Magazine*. Taylor and Hessey, 1823.

———. *The Last Essays of Elia. Being a Sequel to Essays Published under That Name*. Edward Moxon, 1833.

———. *The Letters of Charles & Mary Lamb*. Edited by E. V. Lucas, J. M. Dent & Methuen, 1935. 3 vols.

———. *The Works of Charles Lamb. In Two Volumes*. Vol. 1, C. and J. Ollier, 1818.

———. *The Works of Charles and Mary Lamb*. Edited by. E. V. Lucas, vols. 1 and 2, Methuen, 1903.

McFarland, Thomas. *Romantic Cruxes: The English Essayists and the Spirit of the Age*. Clarendon Press, 1987.

Monsman, Gerald. *Charles Lamb as the London Magazine "Elia."* Edwin Mellen Press, 2003.

———. *Confessions of a Prosaic Dreamer: Charles Lamb's Art of Autobiography*. Duke

UP, 1984.
Prance, Claude A. *Companion to Charles Lamb: A Guide to People and Places 1760–1847*. Mansell Publishing, 1983.
橋泰来『ラムの思考様式』神戸商科大学経済研究所、一九六三年
平井正穂訳『エリア随筆』八潮出版社、一九七八年
平田禿木「チャールズ・ラム作エリア随筆集」(『英語英文学講座 名著解説篇英国の部』所収、新英米文学社、一九三三年)
小池滋「英国ユーモアのアクチュアリティ」(船木裕訳『エリアのエッセイ』解説 三九三—九九所収、平凡社ライブラリー、一九九四年)

二〇二二年七月

訳者あとがき

南條竹則

チャールズ・ラムの『エリア随筆』はわたしのもっとも愛する書物の一つであるが、それを翻訳しようなどとは、ずっと考えもしなかった。長々しい文章を日本語に組み立て直すのが困難な上、文中に典故が多く、調べるのが大変だからである。

もう二十年近く前、岩波書店の市こうた氏に翻訳をやらないかとお誘いを受けた時も、自信がないのでお断りした。

その後、国書刊行会の礒崎純一氏の御提案により、藤巻明氏との共同作業で翻訳を試みることになった。藤巻氏はラムの親友だった詩人サミュエル・テイラー・コールリッジの研究家であり、十九世紀初頭の英文学に造詣が深い。そこで、訳註などを氏にお願いし、訳文の誤りも見ていただいたのである。そうした形で上梓したのが、国書刊行会から出た『完訳エリア随筆』正続篇で、これには足かけ十年近くの歳月を要したと記憶している。

今回、その中から傑作を選んで本文庫の一冊とする運びになったが、『エリア随筆』はほとんどどれも捨てがたい名篇ばかりだから、迷いに迷ったことは言うまでもない。結局、この古典に初めて接する読者のため、ということを判断基準として、文芸批評や演劇批評的な内容の文章などは割愛し、世に親しまれている作品を中心に選んだ。ただ、わたしの希望として、「エリア氏」の従姉妹ブリジェット、すなわち作者の姉メアリー・ラムが登場する随筆は出来るだけ入れることにした(例外は「The Old Margate Hoy」だけである)。ラムの人生を数奇なものとし、深く愛されながら時には憎まれもしたであろうこの女性がいなかったら、愛情と悔恨、諦念と悲哀、人間観察と幻想がかくも複雑な綾を織りなす古今無類の文学作品は生まれなかっただろうから。

訳文は、本書への再録にあたって些少の誤りを正し、表記を変更したが、それ以外はほとんど手を入れなかった。それをやり始めたら、また十年くらいかかりそうだからである。

なお、文中のギリシア・ローマの固有名詞には、長母音を音引きで表現したもの(例えば、レーテー)と、表現しなかったもの(例えば、ホラティウス)とが混在している。これはよろしくないことであるが、本書のような性格の書物としては、慣用を無視して厳格な統一をすることも難しいため、かかる中途半端な形となった。また南條による訳文と藤巻氏による解題・訳註・解説とで、固有名詞などの表記に若干相異がある。これは日本語表記に関するそれぞれの方針によるものであり、国書刊行会版でも敢えて統一しなかったし、本文庫版でもそのやり方を踏襲した。いずれの点でも、読者の御寛恕を乞いたい。

最後に、国書刊行会版の膨大な訳註を本書のために縮約し、各篇の末尾に解題を、本書のために新たな解説を書いて下すった藤巻明氏、出版のために色々と御配慮を賜った礒崎純一氏、そして岩波文庫編集部の皆様に厚く御礼を申し上げる。

二〇二二年盛夏

コールブルック通り
シティ・ロード
ゴズウェル・ロード
ッド
オールド・ストリート
オールダーズゲイト通り
シティ・ロード
ビショプスゲイト通り
スミス
ィールド
バービカン
ニューゲイト通り
スレッドニードル通り
ロンドン市庁舎
フライスツ・
ホスピタル校
ト市場
ート監獄
南洋商会
英蘭銀行
コーン
ヒル
チープサイド
東インド会社
フェンチャーチ通り
ホワイトチャペル・ロード
ロンドン市長官邸
レドンホール通り
ドゲイト・
ル
リッジ通り
聖ポール
大聖堂
ウォトリング通り
ミンシング・
レーン
キャノン通り
ロンバード
通り
上テムズ通り
下テムズ通り
テ ム ズ 川
ロンドン橋
ロンドン塔

ラムの時代のロンドン略図　1800年頃
チャペル
ニュー・ロード，ペントンヴィ
サドラーズ
ウェルズ劇
ニュー・ロード
グレイズ・イン通り
ニュー・リヴァ
（水源）
トッテナム・コート・ロード
グレイズ・イン
大英博物館
リンカーンズ・イン
サウサンプトン・
ビルディングズ
ボンド
厩舎
スキナー
通り
グレート・ラッセル通り
ホウボーン
チャンセリー・レーン
リトル・クィーン通り
オックスフォード通り
ブロード通り
ドゥルーリー・レーン
聖アンドルー
教会
セント・マーティンズ・レーン
コヴェント・
ガーデン劇場
ドゥルーリー・
レーン劇場
テンプル門
フリート
通り
ソーホー
グレート・
ラッセル通り
エクセター
取引所
サマセット・
ハウス
テンプル
地区
コヴェント・
ガーデン
ストランド
リトル・ラッセル通り
フェター・
レーン
ヘイマーケット劇場
チェアリング・
クロス

〔編集付記〕

本書は南條竹則訳・藤巻明註釈『完訳エリア随筆』(全四冊、国書刊行会、二〇一四―一七年刊)から十八篇を選び文庫化したものである。

このたびの文庫化にあたっては、藤巻明氏に訳註を縮約していただき、各篇の末尾には解題を、また本書のために新たな解説を御執筆いただいた。

なお、本文中に今日では差別的ととられかねない表現があるが、作品の歴史性を考慮してそのままとした。

(岩波文庫編集部)

エリア随筆抄(ずいひつしょう)　チャールズ・ラム著

2022年10月14日　第1刷発行

編訳者　南條竹則(なんじょうたけのり)

発行者　坂本政謙

発行所　株式会社 岩波書店
〒101-8002 東京都千代田区一ツ橋 2-5-5
案内 03-5210-4000　営業部 03-5210-4111
文庫編集部 03-5210-4051
https://www.iwanami.co.jp/

印刷・三陽社　カバー・精興社　製本・中永製本

ISBN 978-4-00-322234-8　　Printed in Japan

読書子に寄す

——岩波文庫発刊に際して——

岩波茂雄

真理は万人によって求められることを自ら欲し、芸術は万人によって愛されることを自ら望む。かつては民を愚昧ならしめるために学芸が最も狭き堂宇に閉鎖されたことがあった。今や知識と美とを特権階級の独占より奪い返すことはつねに進取的なる民衆の切実なる要求である。岩波文庫はこの要求に応じそれに励まされて生まれた。それは生命ある不朽の書を少数者の書斎と研究室とより解放して街頭にくまなく立たしめ民衆に伍せしめるであろう。近時大量生産予約出版の流行を見る。その広告宣伝の狂態はしばらくおくも、後代にのこすと誇称する全集がその編集に万全の用意をなしたるか。千古の典籍の翻訳企図に敬虔の態度を欠かざりしか。さらに分売を許さず読者を繋縛して数十冊を強うるがごとき、はたしてその揚言する学芸解放のゆえんなりや。吾人は天下の名士の声に和してこれを推挙するに躊躇するものである。このときにあたって、岩波書店は自己の責務のいよいよ重大なるを思い、従来の方針の徹底を期するため、すでに十数年以前より志して来た計画を慎重審議この際断然実行することにした。吾人は範をかのレクラム文庫にとり、古今東西にわたって文芸・哲学・社会科学・自然科学等種類のいかんを問わず、いやしくも万人の必読すべき真に古典的価値ある書をきわめて簡易なる形式において逐次刊行し、あらゆる人間に須要なる生活向上の資料、生活批判の原理を提供せんと欲する。この文庫は予約出版の方法を排したるがゆえに、読者は自己の欲する時に自己の欲する書物を各個に自由に選択することができる。携帯に便にして価格の低きを最主とするがゆえに、外観を顧みざるも内容に至っては厳選最も力を尽くし、従来の岩波出版物の特色をますます発揮せしめようとする。この計画たるや世間の一時の投機的なるものと異なり、永遠の事業として吾人は微力を傾倒し、あらゆる犠牲を忍んで今後永久に継続発展せしめ、もって文庫の使命を遺憾なく果たさしめることを期する。芸術を愛し知識を求むる士の自ら進んでこの挙に参加し、希望と忠言とを寄せられることは吾人の熱望するところである。その性質上経済的には最も困難多きこの事業にあえて当たらんとする吾人の志を諒として、その達成のため世の読書子とのうるわしき共同を期待する。

昭和二年七月

《イギリス文学》〔赤〕

ユートピア　トマス・モア　平井正穂訳
完訳カンタベリー物語　全三冊　チョーサー　桝井迪夫訳
ヴェニスの商人　シェイクスピア　中野好夫訳
十二夜　シェイクスピア　小津次郎訳
ハムレット　シェイクスピア　野島秀勝訳
オセロウ　シェイクスピア　菅泰男訳
リア王　シェイクスピア　野島秀勝訳
マクベス　シェイクスピア　木下順二訳
ソネット集　シェイクスピア　高松雄一訳
ロミオとジューリエット　シェイクスピア　平井正穂訳
リチャード三世　シェイクスピア　木下順二訳
対訳シェイクスピア詩集 ―イギリス詩人選(1)　柴田稔彦編
から騒ぎ　シェイクスピア　喜志哲雄訳
言論・出版の自由 ―アレオパジティカ 他一篇　ミルトン　原田純訳
失楽園　全二冊　ミルトン　平井正穂訳
ロビンソン・クルーソー　全二冊　デフォー　平井正穂訳

奴婢訓　他一篇　スウィフト　深町弘三訳
ガリヴァー旅行記　スウィフト　平井正穂訳
ジョウゼフ・アンドルーズ　全二冊　フィールディング　朱牟田夏雄訳
トリストラム・シャンディ　全三冊　ロレンス・スターン　朱牟田夏雄訳
ウェイクフィールドの牧師 ―むだばなし　ゴールドスミス　小野寺健訳
幸福の探求 ―アビシニアの王子ラセラスの物語　サミュエル・ジョンソン　朱牟田夏雄訳
対訳ブレイク詩集 ―イギリス詩人選(4)　松島正一編
対訳ワーズワス詩集 ―イギリス詩人選(3)　山内久明編
湖の麗人　スコット　入江直祐訳
キプリング短篇集　橋本槙矩編訳
高慢と偏見　全二冊　ジェーン・オースティン　富田彬訳
ジェイン・オースティンの手紙　新井潤美編訳
マンスフィールド・パーク　全二冊　ジェイン・オースティン　新井潤美・宮丸裕二訳
シェイクスピア物語　全二冊　チャールズ・ラム　メアリー・ラム　安藤貞雄訳
デイヴィッド・コパフィールド　全五冊　ディケンズ　石塚裕子訳
炉辺のこほろぎ　ディケンズ　本多顕彰訳
ボズのスケッチ　短篇小説篇　全二冊　ディケンズ　藤岡啓介訳

アメリカ紀行　全二冊　ディケンズ　伊藤弘之・下笠徳次・隈元貞広訳
イタリアのおもかげ　ディケンズ　伊藤弘之・下笠徳次・隈元貞広訳
大いなる遺産　全二冊　ディケンズ　石塚裕子訳
荒涼館　全四冊　ディケンズ　佐々木徹訳
鎖を解かれたプロメテウス　シェリー　石川重俊訳
ジェイン・エア　全二冊　シャーロット・ブロンテ　河島弘美訳
嵐が丘　全二冊　エミリー・ブロンテ　河島弘美訳
アルプス登攀記　全二冊　ウィンパー　浦松佐美太郎訳
アンデス登攀記　全二冊　ウィンパー　大貫良夫訳
ハーディ　テス　全二冊　井上宗次・石田英二訳
緑の木蔭 和蘭派田園画　トマス・ハーディ　阿部知二訳
ジーキル博士とハイド氏　スティーヴンスン　海保眞夫訳
南海千一夜物語　スティーヴンスン　中村徳三郎訳
若い人々のために　他十一篇　スティーヴンスン　岩田良吉訳
怪談 ―不思議なことの物語と研究　ラフカディオ・ハーン　平井呈一訳
ドリアン・グレイの肖像　オスカー・ワイルド　富士川義之訳
サロメ　ワイルド　福田恆存訳

嘘から出た誠　ワイルド　岸本一郎訳
童話集 幸福な王子 他八篇　オスカー・ワイルド　富士川義之訳
分らぬもんですよ　バァナード・ショウ　市川又彦訳
ヘンリ・ライクロフトの私記　ギッシング　平井正穂訳
南イタリア周遊記　ギッシング　小池滋訳
闇の奥　コンラッド　中野好夫訳
密偵　コンラッド　土岐恒二訳
対訳 イエイツ詩集　高松雄一編
月と六ペンス　モーム　行方昭夫訳
人間の絆 全三冊　モーム　行方昭夫訳
サミング・アップ　モーム　行方昭夫訳
モーム短篇選 全二冊　行方昭夫編訳
アシェンデン ―英国情報部員のファイル　モーム　中島賢二・岡田久雄訳
お菓子とビール　モーム　行方昭夫訳
ダブリンの市民　ジョイス　結城英雄訳
荒地　T・S・エリオット　岩崎宗治訳
悪口学校　シェリダン　菅泰男訳

オーウェル評論集　小野寺健編訳
パリ・ロンドン放浪記　ジョージ・オーウェル　小野寺健訳
動物農場 ―おとぎばなし　ジョージ・オーウェル　川端康雄訳
対訳 キーツ詩集 ―イギリス詩人選(10)　宮崎雄行編
キーツ詩集　中村健二訳
阿片常用者の告白　ド・クインシー　野島秀勝訳
オルノーコ 美しい浮気女　アフラ・ベイン　土井治訳
イギリス名詩選　平井正穂編
タイム・マシン 他九篇　H・G・ウエルズ　橋本槇矩訳
解放された世界　H・G・ウェルズ　浜野輝訳
大転落　イヴリン・ウォー　富山太佳夫訳
回想のブライズヘッド 全二冊　イーヴリン・ウォー　小野寺健訳
愛されたもの　イーヴリン・ウォー　中村健二・出淵博訳
対訳 ジョン・ダン詩集 ―イギリス詩人選(2)　湯浅信之編
フォースター評論集　小野寺健編訳
白衣の女 全三冊　ウィルキー・コリンズ　中島賢二訳
アイルランド短篇選　橋本槇矩編訳

対訳 ブラウニング詩集 ―イギリス詩人選(6)　富士川義之編
灯台へ　ヴァージニア・ウルフ　御輿哲也訳
船出 全二冊　ヴァージニア・ウルフ　川西進訳
フランク・オコナー短篇集　阿部公彦訳
たいした問題じゃないが ―イギリス・コラム傑作選　行方昭夫編訳
英国ルネサンス恋愛ソネット集　岩崎宗治編訳
文学とは何か ―現代批評理論への招待 全二冊　テリー・イーグルトン　大橋洋一訳
D・G・ロセッティ作品集　南條竹則・松村伸一編訳
真夜中の子供たち 全二冊　サルマン・ラシュディ　寺門泰彦訳

《アメリカ文学》〔赤〕

- ギリシア・ローマ神話 付インド・北欧神話 — ブルフィンチ 野上弥生子訳
- 中世騎士物語 — ブルフィンチ 野上弥生子訳
- フランクリン自伝 — 松本慎一 西川正身訳
- フランクリンの手紙 — 蕗沢忠枝編訳
- スケッチ・ブック 全二冊 — アーヴィング 齊藤昇訳
- アルハンブラ物語 全二冊 — アーヴィング 平沼孝之訳
- ウォルター・スコット邸訪問記 — アーヴィング 齊藤昇訳
- エマソン論文集 全二冊 — 酒本雅之訳
- 完訳 緋文字 — ホーソーン 八木敏雄訳
- 哀詩 エヴァンジェリン — ロングフェロー 斎藤悦子訳
- 黒猫・モルグ街の殺人事件 他五篇 — ポオ 中野好夫訳
- 対訳 ポー詩集 —アメリカ詩人選(1) — 加島祥造編
- ユリイカ — ポオ 八木敏雄訳
- ポオ評論集 — 八木敏雄編訳
- 森の生活(ウォールデン) 全二冊 — ソロー 飯田実訳
- 市民の反抗 他五篇 — H・D・ソロー 飯田実訳
- 白鯨 全三冊 — メルヴィル 八木敏雄訳
- ビリー・バッド — メルヴィル 坂下昇訳
- ホイットマン自選日記 全二冊 — 杉木喬訳
- 対訳 ホイットマン詩集 —アメリカ詩人選(2) — 木島始編
- 対訳 ディキンソン詩集 —アメリカ詩人選(3) — 亀井俊介編
- 不思議な少年 — マーク・トウェイン 中野好夫訳
- 王子と乞食 — マーク・トウェーン 村岡花子訳
- 人間とは何か — マーク・トウェイン 中野好夫訳
- ハックルベリー・フィンの冒険 全二冊 — マーク・トウェイン 西田実訳
- いのちの半ばに — ビアス 西川正身訳
- 新編 悪魔の辞典 — ビアス 西川正身編訳
- ねじの回転 デイジー・ミラー — ヘンリー・ジェイムズ 行方昭夫訳
- あしながおじさん — ジーン・ウェブスター 遠藤寿子訳
- 荒野の呼び声 — ジャック・ロンドン 海保眞夫訳
- ノリス マクティーグ 死の谷 全二冊 — 石田英二 井上宗次訳
- 響きと怒り 全二冊 — フォークナー 平石貴樹 新納卓也訳
- アブサロム、アブサロム! 全二冊 — フォークナー 藤平育子訳
- 八月の光 全二冊 — フォークナー 諏訪部浩一訳
- 武器よさらば 全二冊 — ヘミングウェイ 谷口陸男訳
- オー・ヘンリー傑作選 — 大津栄一郎訳
- 黒人のたましい — W・E・B・デュボイス 木島始 鮫島重俊 黄寅秀訳
- フィッツジェラルド短篇集 — 佐伯泰樹編訳
- アメリカ名詩選 — 亀井俊介 川本皓嗣編
- 青白い炎 — ナボコフ 富士川義之訳
- 風と共に去りぬ 全六冊 — マーガレット・ミッチェル 荒このみ訳
- 対訳 フロスト詩集 —アメリカ詩人選(4) — 川本皓嗣編
- とんがりモミの木の郷 他五篇 — セアラ・オーン・ジュエット 河島弘美訳

《ドイツ文学》〔赤〕

- ニーベルンゲンの歌 全二冊　相良守峯訳
- 若きウェルテルの悩み　ゲーテ　竹山道雄訳
- ヴィルヘルム・マイスターの修業時代 全三冊　ゲーテ　山崎章甫訳
- イタリア紀行 全三冊　ゲーテ　相良守峯訳
- ファウスト 全二冊　ゲーテ　相良守峯訳
- ゲーテとの対話 全三冊　エッカーマン　山下肇訳
- スペインの太子 ドン・カルロス　シルレル　佐藤通次訳
- 改訳 オルレアンの少女　シルレル　佐藤通次訳
- ヒュペーリオン ―希臘の世捨人　ヘルデルリーン　渡辺格司訳
- 青い花　ノヴァーリス　青山隆夫訳
- 夜の讃歌・サイスの弟子たち 他一篇　ノヴァーリス　今泉文子訳
- 完訳 グリム童話集 全五冊　金田鬼一訳
- 黄金の壺　ホフマン　神品芳夫訳
- ホフマン短篇集　池内紀編訳
- O侯爵夫人 他六篇　クライスト　相良守峯訳
- 影をなくした男　シャミッソー　池内紀訳

- 流刑の神々・精霊物語　ハイネ　小沢俊夫訳
- 冬物語 ―ドイツ　ハイネ　井汲越次訳
- 芸術と革命 他四篇　ワーグナー　北村義男訳
- ブリギッタ・森の泉 他一篇　シュティフター　宇多五郎 高安国世訳
- みずうみ 他四篇　シュトルム　関泰祐訳
- 村のロメオとユリア　ケラー　草間平作訳
- 沈鐘　ハウプトマン　阿部六郎訳
- 地霊・パンドラの箱 ルル二部作　F・ヴェデキント　岩淵達治訳
- 春のめざめ　F・ヴェデキント　酒寄進一訳
- 花・死人に口なし 他七篇　シュニッツラー　番匠谷英一 山本有三訳
- ゲオルゲ詩集　手塚富雄訳
- リルケ詩集　高安国世訳
- ドゥイノの悲歌　リルケ　手塚富雄訳
- ブッデンブローク家の人びと 全三冊　トーマス・マン　望月市恵訳
- トオマス・マン短篇集　実吉捷郎訳
- 魔の山 全二冊　トーマス・マン　関泰祐 望月市恵訳
- トニオ・クレエゲル　トオマス・マン　実吉捷郎訳

- ヴェニスに死す　トオマス・マン　実吉捷郎訳
- 車輪の下　ヘルマン・ヘッセ　実吉捷郎訳
- 青春はうるわし 他三篇　ヘッセ　関泰祐訳
- 漂泊の魂 ―クヌルプ　ヘルマン・ヘッセ　相良守峯訳
- デミアン　ヘルマン・ヘッセ　実吉捷郎訳
- シッダルタ　ヘッセ　手塚富雄訳
- ルーマニア日記　カロッサ　高橋健二訳
- 幼年時代　カロッサ　斎藤栄治訳
- 指導と信従　カロッサ　国松孝二訳
- ジョゼフ・フーシェ ―ある政治的人間の肖像　シュテファン・ツワイク　高橋禎二 秋山英夫訳
- 変身・断食芸人　カフカ　山下肇 山下萬里訳
- 審判　カフカ　辻瑆訳
- カフカ短篇集　池内紀編訳
- カフカ寓話集　池内紀編訳
- 三文オペラ　ブレヒト　岩淵達治訳
- ドイツ炉辺ばなし集 ―カレンダーゲシヒテン　ヘーベル　木下康光編訳
- 悪童物語　ルウドヰヒ・トオマ　実吉捷郎訳

岩波文庫の最新刊

シェフチェンコ詩集
藤井悦子編訳

理不尽な民族的抑圧への怒りと嘆きをうたい、ウクライナの国民的詩人と呼ばれるタラス・シェフチェンコ(一八一四―六一)。流刑の原因となった詩集から十篇を精選。
〔赤N七七二―一〕 定価八五八円

エリア随筆抄
チャールズ・ラム著／南條竹則編訳

英国随筆の古典的名品と謳われるラム(一七七五―一八三四)の『エリア随筆』。その正・続篇から十八篇を厳選し、詳しい訳註を付した。(解題・訳註・解説＝藤巻明)
〔赤二二三―四〕 定価一〇一二円

ギリシア芸術模倣論
ヴィンケルマン著／田邊玲子訳

芸術の真髄を「高貴なる単純と静謐なる偉大」に見出し、精神的なものの表現に重きを置いた。近代思想に多大な影響を与えた名著。
〔青五八六―一〕 定価一三二〇円

室生犀星俳句集
岸本尚毅編

室生犀星(一八八九―一九六二)の俳句は、自然への細やかな情愛、人情の機微に満ちている。気鋭の編者が八百数十句を精選した。犀星の俳論、室生朝子の随想も収載。
〔緑六六―五〕 定価七〇四円

……今月の重版再開……

プラトーノフ作品集
原卓也訳

定価一〇一二円 〔赤六四六―一〕

ザ・フェデラリスト
A・ハミルトン、J・ジェイ、J・マディソン著／斎藤眞、中野勝郎訳

定価一一七七円 〔白二四―一〕

定価は消費税 10% 込です　2022. 10